Michelle Rowen est née à Toronto, Ontario. Quand elle était enfant, elle rêvait de devenir hôtesse de l'air, voleuse de bijoux et écrivaine. Un sur trois, ce n'est déjà pas si mal ! Elle avoue être bibliophile, posséder un chat maléfique appelé Nikita, être accro à la télé-réalité et entretenir une relation malsaine avec tout ce qui touche à la série *Buffy contre les vampires.*

Du même auteur, chez Milady :

Sarah Dearly :
1. *Mordue*
2. *Accro*

www.milady.fr

Michelle Rowen

Accro

Sarah Dearly – 2

Traduit de l'anglais (États-Unis) par Anne-Virginie Tarall

Milady

Milady est un label des éditions Bragelonne

Titre original : *Fanged & Fabulous*

Suivi d'un extrait de : *Lady & the Vamp*

ISBN : 978-2-8112-0396-2

Bragelonne – Milady
35, rue de la Bienfaisance – 75008 Paris

E-mail : info@milady.fr
Site Internet : www.milady.fr

Pour Bonnie,
qui n'a pas de crocs, mais est fabuleuse.

Remerciements

Merci à mon éditrice Melanie Murray et à mon agent Jim McCarthy. Que ferais-je sans vous qui êtes deux personnes fabuleuses ?

Félicitations aux fabuleuses WRITE-ONS ! qui ont écrit et terminé leurs fabuleux livres pendant que j'écrivais *Accro* : Deborah Beckers, Kate Cannon, Fanney, Heather Harper, Mel Hiers, Kayla Hill, Alyssa Hurzeler, J. Madden, May, Yolanda Sfetsos et Bonnie Staring.

Merci aussi à *Tim Hortons*. Sans vos grands « double double », je ne sais pas si j'aurais envie de continuer.

Chapitre premier

Le jogging c'est super pour faire de l'exercice. Courir pour garder la vie sauve… c'est encore mieux.

Du moins essayais-je de m'en convaincre.

Tout était dans ma nouvelle tenue. Je me sentais comme J.Lo dans mon survêt en velours fuchsia (certes un peu démodé, mais heureusement acheté à moitié prix) alors que je sortais pour un petit jogging de fin d'après-midi. L'air froid mais revigorant de février me faisait du bien ; ma dernière paire de lunettes de soleil fermement en place.

Je suppose que je n'aurais pas dû sourire au garçon craquant, debout près du stand du vendeur de hot dogs, en bas de mon immeuble. Premièrement, parce que, *hé !* je suis prise, merci beaucoup.

Deuxièmement, à cause de mes *crocs*.

Les crocs ne passent pas bien auprès des chasseurs de vampires.

Donc, au lieu de faire un peu d'exercice – car aussi surprenant que cela puisse paraître, un régime uniquement à base de sang n'est pas sans calorie –, je me retrouvais à traverser un parc quasi désert avec un chasseur sur les talons de mes Reebok.

Je jetai un coup d'œil par-dessus mon épaule.

— Fiche-moi la paix !

— Arrête-toi, vampire ! brailla-t-il.

Je zieutai le pieu dans sa main droite, puis accélérai, dépassant deux marcheurs qui ne nous accordèrent même pas un regard.

Un mois entier s'était presque écoulé sans que je rencontre un chasseur. Cela avait suffi pour que je baisse ma garde.

Pas bon.

— Je vais t'attraper ! cria le chasseur, quelques foulées derrière moi. Alors pourquoi tu ne t'arrêtes pas tout de suite, histoire de me faire gagner du temps ?

Je sautai en l'air en passant sous des arbres à feuilles persistantes et m'emparai d'un gros glaçon. Puis je stoppai net et fis volte-face, serrant mon arme pointue dans mon poing.

Mon poursuivant s'arrêta dans une glissade et faillit me rentrer dedans. Il avait l'air étonné.

— Tu m'as obéi.

— J'essaie d'être plus proactive. Alors, approche, viens que je t'enfonce… (je jetai un coup d'œil à mon bout de glace dégoulinant) ce truc dans l'œil.

Mon cœur cognait si fort dans ma poitrine qu'il allait sans doute en jaillir comme la petite créature visqueuse d'*Alien*. Le cœur d'un vampire bat aussi vite que celui d'un humain, ce que j'ignorais avant d'en devenir une. Je croyais que les vampires étaient des morts-vivants. Mais c'est faux. Ils sont une autre espèce de vivants. Et pour entrer dans cette catégorie, il fallait que le cœur continue à battre. Autrement, quelle différence pourrait bien faire le fameux pieu en bois ?

Mon chasseur était mignon. La vingtaine, il avait des cheveux sombres, ébouriffés à la dernière mode, et un visage fin et séduisant, aux grands yeux marron de cocker. Il portait une veste en cuir noir sur… un pantalon Dockers beige ?

J'allais m'en débarrasser en cinq sec.

— « Proactive » ?

Il haussa un sourcil et fit passer le pieu dans son autre main. L'air glacé formait un petit nuage devant sa bouche chaque fois qu'il exhalait.

Je frissonnais, et pas seulement à cause de la température.

— Oui, ça veut dire que j'agis par avance pour affronter une difficulté inattendue. J'ai vérifié dans le dico. Autrement dit, au lieu de courir comme un poulet à qui on vient de couper la tête – pardonne-moi le cliché –, je confronte mon assaillant et je règle le problème avec calme et détermination.

— Tu es intelligente pour une vampire, dit-il.

Cette remarque me fit hausser les sourcils.

— Vraiment ?

— Une vampire sur le point de mourir.

Je me raidis et serrai mon autre poing. Depuis deux semaines, ma meilleure amie Amy et moi prenions des cours d'autodéfense. Quelques heures n'allaient pas me permettre de remporter la médaille du plus beau « bottage » de derrière, c'est vrai, mais je me sentais plus confiante dans ma situation de femme en danger. Un *petit peu* plus.

Proactive avec un grand « P ». C'était moi.

D'accord, à présent je frissonnais *et* je transpirais. Je devais revenir sur ce que j'avais dit. Je n'étais pas sûre de moi. Pas le moins du monde.

Ce chasseur allait me planter son pieu dans le cœur. Facilement.

— Comment tu t'appelles ? bafouillai-je.

— Chad.

— Vraiment ?

— Oui. Pourquoi ?

— C'est un diminutif ?

— Oui, de « je vais te zigouiller maintenant ». (Il fronça les sourcils.) Pourquoi parles-tu toujours ?

Il me désarma d'un coup de pied. Le glaçon atterrit sur le sol et se brisa. Je clignai des yeux.

Je levai ma main tremblante devant moi.

— Écoute… Chad, va-t'en tout de suite. Tu ne veux pas te mesurer à moi.

Comment allais-je pouvoir me tirer de cette situation ? Me défendre ? Je commencerais par frapper à l'aine. C'était toujours un bon début. Et une excellente fin.

— Laisse-moi te dire un truc…

Il marqua une pause et leva un sourcil interrogateur.

— Sarah, répondis-je sans réfléchir.

Idiote.

— La seule raison pour laquelle tu parles encore, Sarah, c'est parce que je le permets. Je n'en ai peut-être pas l'air, mais j'ai transformé plus d'une dizaine de vampires en poussière cette année.

Je déglutis avec difficulté et sentis de la sueur dégouliner le long de ma colonne vertébrale.

— Si tu en as vraiment tué autant, tu devrais savoir qu'ils ne se transforment pas en poussière, remarquai-je, encore moins confiante, si c'était possible. Ils forment une mare gluante.

— Peu importe. (Il regarda son pieu et fit courir son pouce le long de la pointe, puis il me regarda de nouveau.) Que la fête commence !

Zut, il semblait pourtant inoffensif avec son Dockers et tout. Il faut croire qu'on ne pouvait plus juger un homme à son pantalon résistant aux taches.

Je me retournai pour m'enfoncer plus loin dans le parc, le long du chemin pavé couvert de neige, mais avant que j'aie pu faire plus de quelques pas, je sentis une main se refermer sur mon épaule, m'arrêtant à mi-foulée. Chad me força à lui faire face et me poussa si fort que je tombai sur les fesses. Je rampai à reculons, jetant des coups d'œil désespérés autour de moi. Nous étions seuls. Pourquoi n'y avait-il personne ? Où étaient les passants innocents quand j'avais besoin d'eux ?

— Je ferai ça vite. (Chad me fit un clin d'œil.) Si tu te tiens tranquille.

Ouais, dans tes rêves !

— Tu as conscience que le méchant, c'est toi ?

Cela le stoppa net, mais son expression dure ne changea pas.

— Quoi ?

Je reculai un peu plus, sentant la neige glacée sous mes mains.

— Les chasseurs de vampires sont des assassins diaboliques qui tuent pour le plaisir. Ce sont eux les méchants. Les vampires sont sans défense. Comme des petits lapins à longues dents.

Il avança d'un pas en riant.

— C'est ça !

Je levai une main pour l'empêcher d'avancer et me relevai tant bien que mal.

Continue à le faire parler, pensai-je.

J'essayai de sourire et sentis mes joues tressauter de nervosité.

— Parlons de vue d'ensemble, d'accord, Chad ? Sais-tu ce que m'assassiner fera de toi ?

— Te transformer en poussière, tu veux dire.

Je secouai la tête.

— Tu n'es pas un acteur dans un film hollywoodien. Tu m'*assassinerais*. Juste parce que tu me prends pour un monstre. Mais je n'en suis pas un. La seule différence entre nous, ce sont mes dents.

Il m'étudia un instant, son expression se faisant de plus en plus hésitante.

— Tu bois du sang, non ?

Je fis la grimace. Dit comme ça, cela semblait dégoûtant.

— C'est vrai. Mais il est fourni par des donneurs volontaires. Il arrive par fûts, et j'espère qu'il a été purifié et homogénéisé, ou quoi qu'on lui fasse pour qu'il ne contienne pas de maladie.

— Tu es une morte-vivante, une créature de la nuit.

Fronçant les sourcils, il pointa son pieu en direction de ma poitrine.

Je levai les yeux et montrai le ciel de l'index.

— Le soleil est encore levé, n'est-ce pas ? Et je respire. Mon cœur bat. Sérieusement, tu devrais mieux te renseigner sur le sujet. Prends des notes.

Chad soupira lourdement.

— Tu prétends que tout ce qu'on m'a toujours dit, tout ce que j'ai cru toute ma vie, n'est qu'un mensonge ? Que je n'ai pas rendu service à l'humanité en débarrassant le monde des suceurs de sang, mais que j'ai tué des innocents ?

Je hochai la tête avec enthousiasme.

— Bingo !

Il me regarda un moment, puis il ricana.

— Tu es drôle. J'ai presque envie de te laisser partir. Mais tu sais quoi ? Aucune chance.

Ou pas bingo.

Je voulus lui échapper, mais il attrapa ma jambe couverte de velours fuchsia et me tira en arrière jusqu'à ce qu'il soit complètement au-dessus de moi, clouant mes bras au sol avec ses genoux. Je me débattis comme un phoque blessé. Il m'attrapa la mâchoire et serra pour que j'ouvre la bouche, afin de pouvoir examiner ma dentition. Il passa son pouce sur l'un de mes crocs.

— Je les arrache aux jeunes vampires que je tue. J'ai déjà un beau collier.

J'enfonçai mes dents, crocs inclus, dans sa main. Il la retira, surpris, et lâcha un cri de douleur.

Il me frappa au visage.

— Tu n'aurais pas dû faire ça, vampire !

— Touche-moi encore et mon petit ami t'arrachera le cœur, sifflai-je.

— Ouais ? (Il eut un sourire méprisant et regarda autour de lui.) Je ne le vois nulle part. D'ailleurs, il n'y a pas un chat. C'est entre toi et moi.

— C'est un maître vampire et il n'est pas très fan des chasseurs. Cœur ? Arraché ? Dois-je me répéter ?

Cela retint son attention.

— Un maître vampire ? À Toronto ? Il n'y en a qu'un, à ma connaissance.

— C'est lui. Alors, faut-il que j'insiste sur ce qu'il fera à ton cœur ?

Il baissa un peu son pieu et fronça les sourcils.

— Tu as dit t'appeler Sarah, non ?

— Et alors ?

— Sarah *Dearly* ?

Je continuais à lutter pour me dégager, mais en vain.

— Libère-moi, salaud !

À ma grande surprise, il obtempéra. Telle une marionnette dont on aurait tiré sur les fils, il bondit sur ses pieds et m'observa, le front barré de plis pensifs, tandis que je me relevais et époussetais mes vêtements.

— Sarah Dearly, répéta-t-il. La petite amie du maître vampire.

Je le considérai avec suspicion.

— Comment connais-tu mon nom ?

Chad écarquilla les yeux. Il inspira vivement et expira avec lenteur avant de répondre :

— Tout le monde te connaît.

— Tout le monde ?

— La Tueuse de Tueurs, souffla-t-il, reculant d'un pas.

— La *quoi* ?

— Le mois dernier… Le massacre dans le repaire de vampires. Tu as tué tellement de chasseurs… tellement…

Sa voix mourut et il porta sa main à la bouche.

Mais de quoi parlait-il, à la fin ?

Il fit encore un pas en arrière et buta contre le tronc épais d'un grand chêne qui poussait près d'un banc.

— Je… je n'aurais jamais dû… (Ses yeux dardaient de tous les côtés, et je remarquai que sa main tremblait.) Par pitié, épargne-moi. Ce que j'ai fait plus tôt… jouer les durs… c'était du vent. Les autres chasseurs sont méchants, ils croient que je suis faible. J'étais juste sorti pour un hot dog et un Coca. Pitié, ne me fais pas de mal ! Je plaisantais, pour le collier de crocs ! Je le jure !

Le mois dernier, il y avait eu une bataille entre les vampires et les chasseurs à l'*Éclipse de Minuit*, le club secret pour les vampires de mon petit ami Thierry. Je sais, « petit ami » semble une drôle de façon d'appeler un vampire de plus de six cents ans, mais c'était bien ce qu'il était.

C'est vrai, cette soirée-là avait été un événement marquant. Des tas de gens avaient été blessés, vampires et chasseurs, et il était même… possible… que j'aie dû tuer un chasseur du nom de Peter, le salopard. Cela avait été de la légitime défense, et pourtant, même si je savais qu'il avait mérité son sort, j'en éprouvais toujours de la culpabilité.

Et puis, je m'étais servie d'une arme à feu, pas de mes dents comme Chad semblait le croire, vu l'expression j'ai-peur-pour-ma-vie qu'affichait son visage désormais emperlé de sueur.

Tout le monde connaissait mon nom ?

Le générique de *Fame* commença à résonner dans ma tête.

Je fis un pas vers lui, et il tomba à genoux, lâchant son pieu. Il joignit les mains et se mit à prier dans un murmure à peine cohérent. De ses doigts tremblants, il s'empara d'une grosse croix en argent cachée sous sa chemise et la brandit devant lui.

Je soupirai.

Mieux vaut écraser ça dans l'œuf.

Je comblai la distance entre nous et lui arrachai la croix pour lui prouver que cela ne me faisait pas mal du tout. En fait, elle était plutôt jolie. Et brillante. Chad écarquilla les yeux de terreur.

Je l'attrapai par le col de la chemise et le remis sur ses pieds, ce que je n'eus aucun mal à faire, car il était aussi docile qu'une poupée de chiffon. Puis je collai mon nez au sien pour le regarder droit dans les yeux.

— Je te laisserai vivre… *aujourd'hui*, dis-je d'un ton dangereusement calme. (Autrefois, j'aspirais à devenir une actrice mondialement connue. Je fis appel à mes dons discutables pour jouer la comédie afin de donner plus de poids à mes paroles.) Mais si toi ou tes amis vous m'approchez encore, je me baignerai dans votre sang.

Beurk. Avais-je vraiment dit cela ? C'était dégoûtant.

Mais Chad avait compris le message. Il recula en hochant la tête comme un fou.

— Oui, oui, je le promets, répétait-il encore et encore.

Tremblant, le regard terrifié, du genre de ceux qu'on avait avant de perdre le contrôle de sa vessie, il quitta le parc en courant comme si l'enfer était à ses trousses.

Je me baissai pour ramasser le pieu que Chad le Tueur de Vampires avait abandonné et l'étudiai un moment. Je devais aller trouver Thierry pour lui dire ce qui venait de se passer et lui demander ce que je devais faire. Si quelqu'un pouvait répondre à mes questions, ce serait bien lui. Mais il n'allait pas apprécier la nouvelle.

La Tueuse de Tueurs, hein ? pensai-je.

Je jetai le pieu dans une poubelle.

Ce nouveau surnom allait revenir me hanter, bien sûr.

J'appelai aussitôt Thierry sur son téléphone portable, mais je tombai sur sa messagerie vocale, ce qui m'agaça plus que d'habitude. Il n'était pas non plus chez lui. Je retournai donc à mon appartement pour me changer, puis je fis les cent pas jusqu'à 20 heures, moment auquel j'étais sûre de trouver quelqu'un à son nouveau club. Il n'ouvrirait pas avant encore une heure, mais le personnel serait déjà là pour tout préparer.

Le *Refuge* n'était ouvert que depuis une semaine. Je ne l'aimais pas autant que l'*Éclipse de Minuit*. Au lieu d'être dissimulée derrière la façade d'un salon de bronzage, l'entrée du *Refuge* n'était qu'une simple porte s'ouvrant sur une ruelle abandonnée. Sans tambour ni trompette. Rien qu'un videur vampire de cent kilos répondant au nom d'Angel (malheureusement, sans aucun lien ni ressemblance avec David Boreanaz), qui jaugeait les clients qui venaient y frapper.

Bien sûr, l'entrée était également gardée par Barry Jordan, qui était le directeur du club. Il était très petit, toujours vêtu d'un smoking, et affichait immanquablement une expression acide et agacée. Ce type me vouait une haine farouche, et je ne pouvais pas prétendre que je le portais dans mon cœur. Cependant, il venait d'épouser ma meilleure amie Amy, qui semblait follement amoureuse de lui pour quelque étrange raison.

Barry avait l'habitude énervante d'appeler Thierry « le maître », ce qui me filait les chocottes. D'autant qu'il avait un réel problème avec tout individu qui ne faisait pas de même. Autrement dit, *moi*.

Barry n'était pas au *Refuge*. Ce devait être son soir de congé.

Le club était petit et intime, avec des murs peints en noir et des tables et des chaises sculptées en merisier. Le carrelage bleu et tilleul apportait une touche de couleur. Il était censé former un motif représentant un tourbillon, mais si vous voulez mon avis, on aurait plutôt dit une chasse d'eau. Des lustres modernes descendaient du plafond, produisant une douce lumière tremblotante qui n'avait rien pour me mettre à l'aise. Quand j'arrivai enfin, j'étais sur les nerfs.

— Où est Thierry ? demandai-je en passant la porte.

George allumait une bougie sur une table toute proche. Il leva la tête.

— Sais-tu que tu poses presque toujours la même question en entrant ?

Je clignai des yeux.

— Tu pourrais varier et dire : « Salut, George. Comment vas-tu, George ? », poursuivit-il. Mais, *non*. Il n'y en a que pour Thierry.

Je fus submergée par une vague d'anxiété.

— Il faut que je lui parle. J'ai un gros problème.

Il leva les yeux au ciel. George était serveur. Il l'était déjà à l'époque de l'*Éclipse de Minuit*, et je le considérais comme l'un de mes meilleurs amis à crocs. Il était aussi d'une beauté à couper le souffle. Il avait des cheveux blonds coupés aux épaules, une mâchoire carrée, des pommettes hautes, des lèvres pleines et un regard ensorceleur. De plus, il était fait comme un Chippendale ou l'un de ces modèles que l'on voit sur les couvertures des romans à l'eau de rose. Oui, George était super attirant.

Malheureusement, il jouait pour l'autre équipe.

— Marco m'a largué, annonça-t-il.

— Qui est Marco ?

— Mon petit ami. (Il se rembrunit.) Tu le sais bien.

Je haussai les épaules, trop distraite pour me concentrer sur ce qu'il disait.

— C'était l'un des ouvriers qui ont travaillé au club.

— Oh. Eh bien, je suis navrée. Je suis sûre que… je ne sais pas… tu rencontreras quelqu'un d'autre. (Je sondai l'obscurité alentour.) Alors, où est Thierry ?

Il soupira et s'appuya à la table.

— Je prends note de ton manque de compassion pour ma profonde dépression. Puis-je savoir quel est le traumatisme du jour ?

Je lui expliquai en quelques mots ce qui s'était passé, commençant par mon petit jogging et terminant par mon nouveau surnom. George siffla.

— Ça explique toutes les folles rumeurs que j'ai entendues, dit-il. Sur un méchant vampire qui serait en ville. Sans vouloir t'offenser, je ne m'étais pas rendu compte que c'était toi.

Mon anxiété monta encore d'un cran.

— Il y a des rumeurs ? Déjà ? Qu'est-ce que je vais faire ?

Il sembla réfléchir à la question.

— Tu devrais sans doute en parler à Thierry.

— Sans blague ?

Je sentis qu'on me tapait sur l'épaule et je me retournai. Un homme costaud en veste de ski bleue m'adressa un large sourire.

— C'est vous, Véronique ?

Je lui rendis un regard vague.

— Perdu. Qui êtes-vous ?

— Le chauffeur qui doit l'emmener à l'aéroport.

Il y eut comme un changement dans l'air, et je sus sans le moindre doute que celle dont nous parlions venait d'entrer. L'odeur d'un parfum hors de prix me chatouilla les narines. J'avais été transformée en vampire exactement sept semaines plus tôt, et mon odorat se développait de jour en jour. C'était parfois un avantage, parfois un inconvénient (selon le quartier où je me promenais).

Je pivotai et la vis traverser la salle avec grâce.

Véronique étudia le chauffeur et esquissa un demi-sourire de ses lèvres rouges.

— J'apprécierais beaucoup que vous m'accordiez un instant pour faire mes adieux à mon amie.

Il opina du chef, déjà sous le charme de la magnifique femme aux cheveux aile-de-corbeau, à la peau de lait et aux crocs blancs et élégants.

Elle regarda George et plissa les yeux.

— Ne devriez-vous pas travailler ?

— J'étais… Je faisais juste…, balbutia-t-il, avant de m'adresser un regard coupable. Je vais chercher Thierry.

Sur ces mots, il partit.

Son charme n'opérait pas sur tout le monde. Mais j'aimais bien Véronique. En fait, je l'aimais même beaucoup, bien qu'il y ait une chose chez elle que je n'appréciais pas du tout.

Elle était l'épouse de Thierry.

On m'avait assuré que leur mariage n'était plus qu'un terme vide de sens après six cents ans. Pour être franche, je ne pouvais pas m'imaginer être avec la même personne pendant trente ans, alors encore moins six siècles. Mais je n'étais toujours pas réconciliée avec la situation. Sortir avec un homme marié, même si sa femme n'y trouvait rien à redire, me semblait... terriblement mal.

Récemment, j'avais enfin pris mon courage à deux mains pour demander à Véronique si elle envisageait le divorce. Elle avait écarté ma question d'un rire.

—Après tout ce temps, pourquoi le voudrais-je ?

Mouais. J'avais réussi à réprimer la pulsion d'enfoncer mes ongles dans ses globes oculaires parfaits. Mais tout juste.

Donc, comme je le disais, j'aimais bien Véronique. Pourtant je n'avais pas le cœur brisé par sa décision de retourner à sa fabuleuse vie en France.

Elle m'étreignit, puis elle m'embrassa sur les deux joues.

—*Au revoir**. (Elle recula.) Tout va bien, ma chère ?

Je me forçai à sourire.

—Oui. Bon vol. Au revoir.

—En êtes-vous bien sûre ? Vous avez l'air un peu... *malheureuse**.

—J'étais nulle en français au lycée. Mais je vais bien.

Je haussai les épaules.

Excepté que j'ai échappé de peu à la mort il y a quelques heures à peine, pensai-je. *Encore.*

---

1. Tous les mots en italique suivis d'un astérisque sont en français dans le texte original. (*NdT*)

Je regardai par-dessus mon épaule. Bon sang, où donc était Thierry ?

— Je crois deviner de quoi il s'agit. (Un sourire apparut sur ses lèvres parfaitement dessinées.) Vous avez peur d'admettre que je vais vous manquer. Je comprends. Mais le temps où on avait besoin de moi ici est révolu, et le vôtre vient de commencer.

Je haussai les sourcils. Parlait-elle de Thierry ? Peut-être avait-elle réfléchi à cette histoire de divorce, après tout. Je me balançai d'un pied sur l'autre, lesquels n'étaient plus chaussés des Reebok de ma séance de jogging presque mortelle mais de Tender Tootsies à talons bas, parfaites avec mon jean noir. Mes chaussures à la dernière mode avaient été reléguées au fond de mon placard au profit d'autres paires qui me permettaient de détaler à la moindre alerte.

Proactive = Moi.

Véronique enfouit sa main dans son minuscule sac Fendi, en tira une carte de visite et me la tendit.

— C'est le numéro de chez moi, à Paris. Si vous avez besoin de parler à quelqu'un, n'hésitez pas à m'appeler. Je sais que les choses seront très vite difficiles pour vous.

Je regardai la carte, puis la fourrai dans la poche de mon pantalon.

— Vous savez donc, pour l'intérêt que me portent les chasseurs ? Eh bien, les rumeurs vont vite, hein ?

Elle haussa les sourcils de manière charmante.

— Non… quoique cela doive vous inquiéter. Je faisais référence à votre détresse, quand mon Thierry vous aura quittée.

— Hein ? (J'imitai son expression, le charme en moins, et balayai le club du regard.) Quoi ? Il me quitte ? Quand est-ce arrivé ?

Elle secoua la tête.

— Non, pas encore. Je dis simplement que lorsque cela se produira, vous pourrez me téléphoner. Je vous donnerai de précieux conseils pour réparer votre cœur brisé.

J'écarquillai un peu plus les yeux à chacun de ses mots.

Le chauffeur s'approcha d'elle.

— Nous devrions partir immédiatement, madame.

Je ne quittai pas Véronique du regard.

— Thierry vous a dit quelque chose ? C'est pour ça que je n'arrive pas à le trouver ? Il m'évite ?

Elle m'adressa un sourire patient.

— C'est tellement mignon de voir à quel point vous avez le béguin pour lui. Je n'avais pas l'intention de vous alarmer, mais il me semble évident que votre relation sera de courte durée.

— « De courte durée » ?

— Vous le connaissez depuis quoi… moins de deux mois, non ? Je sais qu'il se sent responsable de votre sécurité. Étant donné l'attention qu'il vous a portée, il n'est pas étonnant que vous vous soyez entichée de lui.

— « Entichée » ? crachai-je. Vous croyez que je suis seulement *entichée* ?

Elle fronça les sourcils.

— Thierry a presque sept cents ans. Vous avez… quoi ? La petite trentaine ?

— J'AI VINGT-HUIT ANS !

— Inutile de crier, ma chère. J'essaie d'être amicale et de vous dire les choses comme elles sont, afin que vous ne soyez pas surprise par ce qui arrivera. Je connais Thierry depuis bien longtemps. Je le connais mieux que quiconque. Vous devez vous attendre que son intérêt décline. (Elle me toucha le bras.) Je suis désolée.

Le chauffeur se racla bruyamment la gorge.

— Si nous ne partons pas tout de suite, j'ai peur que vous ratiez votre avion, madame, et ensuite je…

Je me tournai vers lui.

— Et ensuite vous… *quoi*? demandai-je d'un ton sec.

Il recula d'un pas.

— Peu importe. Prenez votre temps.

Véronique secoua la tête.

— *Mon Dieu**. J'aurais dû me taire. Tout ce que je veux, c'est le bonheur de ceux qui me sont chers. Aimer un homme tel que Thierry ne vous apportera pas le bonheur. Il est trop vieux pour vous. Il y a trop de secrets. Tout est contre vous. Je m'excuse d'avoir été si brutale, mais je l'ai fait par amitié.

Il était difficile d'être amie avec une personne qui, depuis sept siècles, était parfaite sans faire le moindre effort. Elle avait tout vu, et tout fait, au moins une fois. Et elle avait des cheveux extraordinaires.

Ainsi que la mauvaise habitude d'avoir souvent raison.

Je passai vivement la main sur mon nez, reniflai et essayai de recouvrer mon calme.

— Vous feriez bien d'y aller. Je ne veux pas que vous ratiez votre vol.

Véronique acquiesça.

— Bien sûr. Prenez soin de vous, ma chère.

Elle m'étudia encore un instant avec inquiétude. Puis, avec un bref regard au chauffeur, elle quitta le club sans rien ajouter.

« Quand mon Thierry vous aura quittée. » Ses paroles se répétaient encore et encore dans mon esprit. *« Il me semble évident que votre relation sera de courte durée. »*

Je secouai la tête. Non. Thierry ne me briserait pas le cœur. Notre relation était fondée sur des bases solides. De la roche.

Même s'il était absolument parfait et que j'étais loin de l'être. Je ferais tout ce qu'il faudrait pour lui prouver que j'étais la femme qu'il lui fallait.

Bien sûr, il avait été un peu distrait dernièrement, parce qu'il avait dû ouvrir ce club en un temps record. Je l'avais à peine vu durant les deux dernières semaines, mais cela ne voulait rien dire.

Rien du tout.

Nous étions rentrés près de trois semaines plus tôt de notre fantastique voyage au Mexique. Romance. Margaritas. Crème solaire.

Je suppose que cela aurait pu être mieux. Même en restant à l'abri du soleil aveuglant, j'avais réussi à attraper un coup de soleil dans le dos. Impossible de bouger sans hurler de douleur. Thierry m'avait prévenue de ne pas m'exposer, mais je ne l'avais pas écouté. Les vampires ne sont pas tués par le soleil, contrairement à la croyance populaire. Mais la « grosse boule de feu mortel », nom que je lui donnais depuis ma mésaventure, nous rendait moins forts, et sa luminosité était énervante. Surtout après avoir utilisé des tonnes de Biafine pour guérir. Cela avait jeté un froid sur notre vie amoureuse.

Et quand nous étions rentrés, Thierry s'était occupé du club. Mais ce dernier était ouvert, désormais…

Je regardai autour de moi. Où était-il, bon sang ?

Non. Je ne devais pas penser à cela maintenant. Les rumeurs étaient bien assez inquiétantes. Et je devais me cacher des chasseurs. Et cætera.

Véronique était folle. Thierry et moi, nous étions bien ensemble. Bien sûr, il était un peu distant, mais c'était dans sa nature. Nous avions un *lien* romantique profond.

Eh bien…

Sauf que nous n'avions pas fait l'amour depuis le Mexique. Oh, j'avais oublié de le mentionner, n'est-ce pas ? Oui. C'était peut-être un problème.

Je déglutis.

Véronique n'est peut-être pas si folle.

— Sarah…, dit une voix grave et familière derrière moi. George dit que tu me cherches ?

Chapitre 2

Je me tournai vers Thierry. Quand je n'étais pas en sa compagnie pendant un moment, il m'arrivait d'oublier à quel point poser les yeux sur lui me coupait le souffle.

Il était sans aucun doute le plus bel homme que j'aie jamais vu en chair et en os. Il avait des cheveux sombres, presque noirs. Sa peau était claire – car il évitait le soleil autant que possible, même si celui-ci ne pouvait pas le tuer –, mais elle irradiait d'une intense force intérieure. Ses yeux gris, dissimulés par des cils épais, paraissaient parfois argentés. Mais plus que par son apparence : grand, brun, beau, se déplaçant avec présence et grâce ; c'était par son essence même que, sans même le vouloir, il devenait aussitôt le point de mire de toute pièce où il entrait. Tous les regards, féminins et masculins, étaient attirés vers lui.

— Thierry, dis-je d'une voix soudain maladroite. Je… je te cherchais.

— Je sais. (Son front se barra de plis et il s'approcha de moi suffisamment pour que je sente son eau de toilette épicée et très virile.) Je suis content que tu sois là. Comment vas-tu ?

Je poussai un long soupir tremblant. Quoi qu'il arrive, je n'aimais pas paraître trop éprouvée. Je suppose que cela me donnait l'impression d'être faible, ou de chercher à attirer l'attention. Je finissais ainsi par sembler cassante aux yeux de certains, parce que je dissimulais ma peur sous des remarques sarcastiques. En général, cela fonctionnait. Mais les événements du jour n'étaient pas faciles à oublier.

— J'ai connu mieux.

Il combla la distance entre nous et me fit lever la tête d'un doigt sous le menton, m'invitant à croiser son regard d'argent.

— Raconte-moi.

J'obéis. Je lui dis tout au sujet de Chad le chasseur, de mon nouveau surnom de « Tueuse de Tueurs » et du chauffeur de taxi qui m'avait déposée un peu plus tôt et qui avait paniqué quand il s'était rendu compte que je n'apparaissais pas dans son rétroviseur. Il fallait vraiment que je me souvienne de toujours faire appel à des compagnies appartenant à des vampires. Elles se faisaient souvent attendre, mais au final, cela m'évitait d'entendre des cris.

Je dis tout à Thierry, sauf à propos des doutes que Véronique avait réussi à insinuer dans mon esprit. Ils me donnaient à la fois l'envie de me battre comme une folle pour lui, et de courir me cacher. Il écouta ma tirade d'un bout à l'autre sans piper mot.

Puis il hocha la tête.

— C'est ce que je craignais.

— Ah oui ?

— Oui. Sarah, j'aimerais pouvoir te dire de ne pas t'inquiéter, mais c'est très sérieux. J'ai passé les deux dernières heures au téléphone pour régler le problème. (Une ombre passa sur son visage.) J'avais peur que ce qui s'est passé à l'*Éclipse de Minuit* ne passe pas inaperçu… que les chasseurs finissent par te prendre pour une plus grande menace que tu l'es.

Je n'aimais pas son expression grave.

— J'ai donc une réputation. (J'essayais de prendre un ton léger.) Comme au lycée. Et à ce propos, celle-là aussi était mensongère.

Il fronça les sourcils, soutenant toujours mon regard, et fit courir ses doigts dans mes cheveux bruns mi-longs. Je pris sa main dans la mienne.

— Écoute, dis-je. Tout ira bien. J'ai échappé à Chad sans problème. Je vais éviter les endroits que fréquentent les chasseurs. Et bientôt, plus personne ne pensera à cette histoire.

— J'oublie parfois combien tu es jeune.

— Véronique semblait croire que j'avais plus de trente ans. C'est mal de dire que je suis contente qu'elle soit partie ?

Un petit sourire retroussa les coins de ses lèvres.

— Tu es une vampire depuis très peu de temps. Tu as encore bien des choses à apprendre.

— C'est pour ça que je t'ai !

— Alors j'ai échoué dans mon rôle. Car les chasseurs ne sont pas les seules choses en ce monde que tu doives craindre. Il y a tant de menaces. Même parmi les nôtres.

— « Les nôtres » ? (Je clignai des yeux, déconcertée.) Les autres vampires ?

Il acquiesça.

— Oui.

— Mais les vampires sont comme les gens normaux. Je viens juste de dire à Chad qu'ils étaient comme des petits lapins à grandes dents : mignons et inoffensifs.

Il haussa un sourcil.

— Tu lui as vraiment dit cela ?

Je haussai les épaules.

— Je me raccrochais au moindre espoir, je l'admets.

— J'ai parlé à plusieurs de mes informateurs qui m'ont dit que les rumeurs au sujet de tes prétendus exploits ont retenu l'attention des chasseurs et des vampires. Des deux côtés, il y a ceux qui les verront comme une menace, et ceux aussi qui voudront utiliser tes dons et ta réputation à d'autres fins.

Je hochai la tête avec lenteur.

— En d'autres termes, je suis mal.

Ses yeux revinrent brièvement croiser les miens.

— En un mot, oui.

Je sentis des gouttes de transpiration descendre le long de ma colonne vertébrale.

— Faisons courir le bruit que tout ça n'était qu'un mensonge. Et nous n'aurons plus de problème.

Thierry secoua la tête.

— Il est trop tard pour cela, j'en ai peur. Trop de chasseurs sont déjà au courant. Et… (il marqua une pause) il y a d'autres vampires… des anciens, qui eux aussi voudront en savoir davantage sur toi. L'un d'eux, me suis-je laissé dire, est déjà en route pour Toronto alors que nous parlons. S'ils découvrent que les rumeurs étaient fausses et que tu n'es pas plus dangereuse que tu ne l'es en réalité, ils…

Il laissa sa phrase en suspens.

— « Ils »… quoi ?

Il prit une profonde inspiration et expira avec lenteur.

— Il est possible qu'ils te tuent avant que cela se sache, pour que ta réputation reste intacte et que tu deviennes une martyre pour les vampires dans le monde entier.

— Tu te fous de moi ! (Je battis vivement des cils.) Pourquoi ne m'as-tu rien dit ?

— Parce que j'ignorais l'étendue du problème jusqu'à aujourd'hui.

— Qu'est-ce que je suis censée faire ?

Il regarda autour de lui. Pour l'instant, nous étions seuls.

— Tu m'as dit que tu as été actrice, n'est-ce pas ?

— *Aspirante.* Puis je me suis rendu compte que je devais manger tous les jours, alors je me suis trouvé un vrai boulot.

— Tu ne devras dire à personne que ces rumeurs sont fausses. Tu devras agir comme si tu étais une dangereuse vampire qui ne supporte pas qu'on l'ennuie. Si nous pouvons maintenir cette façade quelques jours, tout ira bien. Les anciens seront satisfaits, et la majorité des chasseurs te craindront assez pour te laisser tranquille.

J'assimilai tout cela.

— C'est ça, ton plan ?

Il hocha gravement la tête.

— Il craint, sans vouloir t'offenser.

Thierry haussa un sourcil sombre.

— J'en suis conscient, répondit-il. Mais je n'en ai pas d'autre.

— Alors je dois faire comme si de rien n'était. Et quand un chasseur arrive pour me planter son pieu dans le cœur, je suis censée ne pas prêter attention au gros morceau de bois qui dépasse de ma poitrine ?

Ma voix tremblait un peu plus à chaque mot. La ligne de sueur qui coulait dans mon dos s'était transformée en cascade.

Il hésita, puis son regard inquiet rencontra le mien.

— Je viens d'engager des gardes du corps qui te suivront partout pendant les jours qui viennent. Il ne s'agit pas de ceux que j'avais demandés, mais ils m'ont été chaudement recommandés. Ils arriveront demain et ils assureront ta sécurité.

— « Des gardes du corps », répétai-je. Super. Oui, super. Je crois que je vais être malade.

— Me fais-tu confiance ? demanda-t-il.

— Oui, bien sûr. Que dois-je faire ce soir ?

Il coula un regard vers le bar.

— J'ai besoin d'une barmaid. Le barman que j'avais engagé a semblé penser qu'il était trop dangereux de travailler ici. Il a démissionné cet après-midi.

— Tu veux que je remplisse des verres toute la soirée ?

— Tu seras près de moi. Et en sécurité. Et oui, c'est bien ce que je veux.

Je regardai le long bar brillant, réplique exacte de celui de l'*Éclipse de Minuit*.

— D'accord. Si tu dis que tout se passera bien, je te crois. Je vais suivre ton plan, et laisser tes gardes du corps protéger ma personne. (Je le laissai digérer ma réponse, puis j'ajoutai :) Mais je veux que ma bonne volonté soit récompensée.

— Comment ?

— Demain soir, nous passerons du temps ensemble. Juste toi et moi.

Une lueur amusée envahit son regard.

— Tu me proposes un rendez-vous ?

— J'ai envie d'un truc normal au milieu de toute cette folie. Et tu as été occupé, alors ça fait des semaines que nous n'avons pas été rien que tous les deux. Qu'en dis-tu ? Un peu de vin, de musique… et d'*intimité* ?

Je lui adressai un sourire tremblant, mais néanmoins aguicheur.

J'avais grand besoin d'un tête-à-tête avec l'homme dont j'étais raide dingue. De lui prouver que j'étais bien plus qu'une ex-actrice avec un coup de soleil ou une barmaid remplaçante. Que j'étais la femme avec qui il désirait être maintenant et dans l'avenir.

Ce serait aussi le moyen idéal pour moi de découvrir si la prédiction de Véronique était juste. Et pour être honnête, je ne savais pas grand-chose de cet homme incroyablement beau qui me faisait face. Il était maître dans l'art d'éluder les questions. Quand je lui en posais une sur lui, sur son passé, il me la renvoyait et je me retrouvais à parler de ma vie. Tout ce que je savais de lui, à part ce qui sautait aux yeux, je le tenais d'autres gens. Et je voulais que cela change. Je voulais tout connaître de lui.

Je m'attendais qu'il dise non. Que la situation était trop sérieuse pour nous amuser. Il était comme ça.

Il m'étudia un instant, puis il hocha imperceptiblement la tête.

— Demain, parfait.

— Vraiment ? Je veux dire : génial ! C'est génial. Demain. (J'essayai de ne pas sourire trop béatement à l'idée d'avoir Thierry pour moi toute seule, sans aucune autre distraction.) Bon, eh bien, je vais servir des boissons. Tu as gagné. Et si quelqu'un veut en savoir plus sur la Tueuse de Tueurs, je mentirai comme une arracheuse de dents.

— Contente-toi de jouer les barmaids et de ne pas trop attirer l'attention.

— Mais, tu as dit…

— Tes gardes du corps n'arrivent que demain.

Je hochai la tête.

— Bien pensé. Très bien, je serai aussi discrète qu'une souris chargée de verser la boisson. Avec des petites dents pointues.

Il sourit.

— Parfait. Je serai dans mon bureau.

Je lui rendis son sourire et fermai les yeux, attendant un baiser. Quand je n'en reçus aucun, je rouvris les yeux.

Thierry était parti, comme s'il n'avait jamais été là, me laissant debout toute seule.

— Ce n'est pas bon, tu sais.

Je clignai des yeux et essayai de focaliser mes pensées vagabondes.

— Qu'est-ce que tu as dit ?

George m'adressa un regard agacé par-dessus le bar.

— Ces boissons. Tu t'es trompée.

Je baissai les yeux sur le plateau, fronçant les sourcils.

— Vraiment ?

— Oui. Sarah, trésor, concentre-toi, veux-tu ?

Je le foudroyai du regard. Cela faisait trois heures que j'étais sur mes jambes, à préparer des verres. Un coup d'œil à la petite pendule coincée entre le mixeur à margaritas et le fût d'O négatif m'apprit qu'il était presque minuit. Je commençais à éprouver un sentiment de gratitude envers mes chaussures confortables.

— D'accord, lâche-moi un peu. Je suis novice. Quelle était la commande ?

Il baissa les yeux sur le carnet dans sa main.

— Eh bien, voyons. Trois vodkas, cinq A positif glace et un bol de chips de maïs.

Je regardai le plateau, sur lequel j'avais posé deux margaritas et une bière light.

— Je n'étais pas loin.

Une autre serveuse arriva, et je préparai sa commande pendant que George attendait. Il ne semblait pas si pressé de retourner travailler. Heureusement, c'était une soirée plutôt calme. Seules quelques tables étaient occupées par des vampires assoiffés de sang. La sono jouait de la musique d'ambiance. Je pouvais entendre Michael Bublé susurrer *Kissing a Fool*.

Quand nous fûmes de nouveau seuls, je préparai les boissons pour George, et quand il fut sur le point de repartir, je l'attrapai par le bras.

— George, à propos de ce que je t'ai dit sur la Tueuse de Tueurs ?

— Personnellement, j'aime bien. C'est super sexy.

— Hum, merci. Écoute, ne dis à personne que c'est faux, d'accord ?

Il eut l'air surpris.

— Pourquoi ?

— Fais-moi confiance, OK?

Il haussa les épaules.

— Trésor, j'ai des tonnes de problèmes et je n'ai pas besoin des tiens. Sans vouloir t'offenser.

— Contente-toi de ne dire à personne que c'est pas vrai. Tu comprends ?

— Bien sûr. Je vois que puisque Barry n'est pas ici ce soir, tu t'es accaparé le titre de Miss Casse-pieds.

— Et je le porte fièrement !

Il m'abandonna, et je passai une éponge humide sur le bar d'un geste absent. Je réfléchissais trop. Depuis que j'avais été virée de mon boulot pour avoir sucé le doigt blessé de ma patronne (je frissonnais encore à la pensée de ce moment aussi embarrassant que dégoûtant), j'avais été « entre deux emplois », autrement dit *sans* emploi. J'aidais au club chaque fois que nécessaire, mais à part cela, j'avais bien trop de temps libre, que je passais à m'inquiéter, à ruminer et à laisser les choses empirer jusqu'à ce qu'elles prennent des proportions énormes.

Mes maigres économies fondaient lentement. Je n'avais pas très envie de m'occuper du bar au *Refuge* jusqu'à la fin de ma vie immortelle. C'est vrai, George m'avait récemment dit qu'il était serveur depuis plus de vingt-cinq ans ! Il fallait que je décide de ce que je voulais faire pour joindre les deux bouts. Je ne pouvais pas vivre à crédit éternellement.

Mais peut-être encore deux mois.

Du coin de l'œil, je vis un blond approcher du bar.

— Tu peux t'occuper du bar pour moi, George ? demandai-je sans le regarder. J'ai besoin d'aller aux toilettes.

— Qui est George ?

J'écarquillai les yeux et les levai en entendant le léger accent étranger. Était-il russe ?

Un vampire terriblement séduisant, grand, blond et musclé, m'observait du haut de son tabouret de l'autre côté de la surface brillante. Il me sourit.

— Puis-je avoir un whiskey glace avant que vous vous absentiez ?

Gênée, j'acquiesçai et tendis le bras pour attraper la bouteille et lui verser un verre. Puis je le glissai jusqu'à lui.

Il avait les yeux verts. Très verts. Comme de petits rayons laser rivés sur moi, accroissant mon embarras.

— C'est un endroit sympa. Vous venez d'ouvrir ?

— La semaine dernière.

— J'ai eu quelques difficultés à le trouver.

— C'est voulu. Nous n'avons pas envie de voir débouler n'importe qui.

— J'en suis sûr.

George apparut à côté de l'inconnu.

— Salut mon mignon. Bienvenue au *Refuge*.

— Merci.

— Vous devriez venir vous asseoir dans ma section. (Il me coula un regard.) Tu n'y vois pas d'inconvénient, hein, Miss Tueuse de Tueurs ?

— Euh. (Je clignai des yeux.) Non, bien sûr.

L'homme regarda George, puis de nouveau moi.

— « Tueuse de Tueurs » ?

— Oui, confirma George en m'adressant un clin d'œil entendu. Notre petite Sarah ici présente a envoyé plusieurs chasseurs six pieds sous terre. Elle est mon héroïne !

L'attention de l'homme était maintenant entièrement focalisée sur moi.

— Vous êtes Sarah Dearly ?

Je me raidis.

— Peut-être. Qui êtes-vous ?

Il m'étudia assez longtemps pour que j'aie l'envie soudaine de ramper dans un trou. Je sentis que j'avais la chair de poule.

Au bout d'un moment, il me sourit et dit :

— Vous n'êtes pas telle que je m'y attendais.

— Parce que vous vous attendiez à quelque chose ?

— Oui, évidemment. D'après ce que j'avais entendu dire, vous étiez plus grande et plus musclée, plus âgée… et bien *moins* attirante.

Hum, peut-être n'est-il pas si mal après tout.

— Oh, vous savez ce qu'on dit au sujet des rumeurs, dis-je.

— La Tueuse de Tueurs. C'est parfait. Oui, parfait.

Il se leva et s'avança jusqu'à ce que nos visages ne soient plus qu'à quelques centimètres l'un de l'autre. Je me figeai, ne sachant pas si je devais reculer ou pas.

Une main se referma sur son épaule et l'obligea à se rasseoir sur le tabouret avec fermeté.

Thierry se tenait près de lui.

— Nicolaï, dit-il d'une voix inexpressive.

Nicolaï arracha son regard de ma personne pour le tourner vers l'autre vampire. Pendant une seconde, il eut l'air étonné.

— Thierry.

Je les regardai tandis qu'ils s'observaient, sentant la tension monter.

Thierry rompit enfin le silence.

— Que fais-tu ici ?

Le regard de Nicolaï resta rivé sur lui encore un instant. Son expression était loin d'être plaisante.

— C'est ainsi que tu accueilles un vieil ami ? Tu me déçois beaucoup.

— Tu n'as pas répondu à ma question.

Nicolaï m'adressa un coup d'œil.

— Thierry, même après toutes ces années, tu me surprends encore. J'ignorais que ce club était à toi. Et cacher un tel ange dans l'obscurité ? Quel gâchis !

Thierry me coula un bref regard.

— Sarah est ma barmaid.

Et il n'en dit pas plus.

— Oui, répondit Nicolaï. Ça, je le vois bien. Et les pièces du puzzle commencent à s'assembler. C'est dans un autre de tes établissements que la confrontation avec les chasseurs a eu lieu en décembre, n'est-ce pas ?

Thierry croisa les bras sur sa poitrine.

— Un événement que je préfère enterrer pour notre sécurité à tous. C'est pour cela que nous avons déménagé ici.

— J'en ai entendu parler. (Nicolaï se tourna de nouveau vers moi.) Un si grand pouvoir dans un corps si menu. Je suis impressionné.

— Merci, dis-je. Au fait, ça fait cinq dollars.

Avec un grand sourire, il sortit un porte-monnaie de la poche intérieure de sa veste. Il plaça un billet de cent sur le comptoir.

— Gardez la monnaie.

— Je crois que je vous aime bien, dis-je.

— Le sentiment est réciproque.

— Qui êtes-vous ?

— Nicolaï est l'un des anciens, répondit Thierry. Et j'espère qu'il ne fait que passer en ville.

Cela me surprit. Je m'attendais que les anciens vampires aient une barbe blanche et une canne. Pas qu'ils ressemblent au boxeur russe qui bottait les fesses de Stallone dans *Rocky IV*. On en apprend tous les jours.

— En effet, je ne compte pas m'attarder. Je suis arrivé pour régler une affaire, et j'en profite pour vérifier les rumeurs que j'ai entendues, avant de repartir. Au sujet de la Tueuse de Tueurs. (Son regard descendit le long de mon visage, puis de ma gorge, pour s'arrêter sur ma poitrine.) Est-ce vrai que vous avez tué huit chasseurs cette nuit-là, sans avoir une seule égratignure ?

— Neuf, mentis-je. Et je me suis cassé un ongle. Vous voyez ? On ne peut pas se fier aux on-dit.

La vérité ? Un chasseur nommé Peter, qui voulait me tuer. Lui et moi. Une arme à feu. Et depuis, des cauchemars qui me réveillaient en larmes presque toutes les nuits.

Oui, c'était génial d'être la Tueuse de Tueurs. C'est fou ce que je m'amusais.

Je regardai Thierry, mon petit ami, qui avait pourtant prétendu que je n'étais que son employée. Je n'aimais pas beaucoup ça. Mais peut-être se disait-il que notre vie privée ne regardait pas Nicolaï. De plus, il avait dit que certains vampires étaient dangereux, et je savais que celui-là en faisait partie. Je le sentais. Son âge, son pouvoir, me donnaient la chair de poule, comme des fourmis grimpant sur mes bras.

Nicolaï hocha la tête.

— Vous gâchez votre talent en restant ici. J'aimerais que vous songiez à rejoindre le Cercle.

— Oublie ça, dit vivement Thierry.

— C'est quoi, le Cercle ? demandai-je. Ça a un rapport avec ce film horrible, avec la petite fille terrifiante dans un puits ? Parce qu'il m'a fait complètement flipper !

Nicolaï rit.

— Le Cercle est un groupe d'anciens qui agissent comme conseillers auprès de la communauté des vampires.

— Une organisation inutile d'opportunistes avides de pouvoir qui aiment s'écouter parler, gronda Thierry.

Le sourire de Nicolaï devint glacial.

— Nous faisons ce qu'il faut pour survivre. Et pour aider les nôtres à survivre. Mais nous préférons le faire ouvertement, plutôt que bien à l'abri dans l'ombre. (Il regarda autour de lui.) Intéressant de voir combien il est difficile de trouver ce club. Cherches-tu toujours à te cacher du passé, mon ami ?

George approcha avec une autre commande, mais le regard que lui jeta Thierry suffit à le faire décamper.

— Comme tu viens de le dire, nous faisons tous ce qu'il faut pour survivre, répondit-il simplement, son visage et sa voix dénués d'émotion.

Mais je pus sentir que la température venait de chuter d'au moins dix degrés.

J'écarquillai les yeux devant cet échange.

— Un autre verre ?

Nicolaï m'adressa un sourire crispé.

— Avec joie.

Je versai une autre dose de Jack Daniel's. Nicolaï sortit un autre billet de cent dollars et me le tendit. Je voulus le prendre, mais il le mit hors de ma portée.

— Comme je le disais, le Cercle voudrait vous rencontrer pour parler de votre avenir au sein de l'organisation. Votre implication, et votre admirable réputation, insuffleraient une nouvelle énergie au sein du Cercle dans notre lutte contre les chasseurs. Le fait que vous soyez jeune, belle et pleine de charisme nous serait d'une aide précieuse.

Belle, hein ?

— Elle n'a pas besoin d'y réfléchir, dit Thierry.

— Je crois que ce choix appartient à Sarah, pas à toi. (Nicolaï me regarda.) Je serai en ville pendant trois jours encore. Pensez-y. Je vous recontacterai.

— Non.

Nicolaï fronça les sourcils, puis il sourit.

— Ah, je crois comprendre ce qui se passe ici. Vous êtes ensemble, n'est-ce pas ? Je crois avoir entendu dire que Sarah était avec un maître vampire.

J'ouvris la bouche pour répondre, mais avant que j'aie pu dire un mot, Thierry le fit à ma place.

— Non, nous ne sommes pas ensemble. Je suis juste inquiet pour la sécurité future de Sarah.

Je clignai des yeux et mon souffle me resta en travers de la gorge. Et voilà. Véronique semblait avoir raison.

Je voulus croiser le regard de Thierry, mais il évita le mien.

Nicolaï éclata de rire.

— Je crois que Sarah a prouvé qu'elle n'avait pas besoin d'un défenseur.

— Je ne suis pas d'accord.

— Évidemment ! (Nicolaï regarda longuement Thierry avant de reprendre.) Tu me dois bien ça, Thierry. Ne te mets pas en travers de mon chemin. À moins que tu aies une autre raison de vouloir la protéger ?

Il lui devait bien cela ? Qu'avait-il voulu dire ?

J'observai Thierry pour voir sa réaction. Son visage était si tendu qu'il aurait pu se briser. Il déglutit. Il fut le premier à baisser les yeux, perdant son duel avec Nicolaï.

— Sarah peut faire comme bon lui semble, bien sûr, répondit-il.

Je laissai tout cela me submerger et j'en eus le vertige. Tout arrivait trop vite pour que j'assimile ce qui se passait.

Nicolaï voulait que je me joigne aux anciens parce qu'il croyait aux rumeurs me concernant. Et je ne devais révéler la vérité à personne, ou je serais tuée pour que ma réputation reste intacte. Je comprenais tout cela. Je m'étais fourrée dans de sales draps, c'était le moins qu'on puisse dire, et je devais en accepter les conséquences. Il fallait bien que je sois d'accord avec les mesures prises pour assurer ma sécurité.

Mais que Thierry ne me présente pas comme sa petite amie ou implique que je n'étais davantage qu'une barmaid alors que nous avions de la compagnie…

Je n'étais pas d'accord avec cela. Mais il y avait des choses plus urgentes pour le moment.

Je me raclai la gorge.

— Vous voulez ma réponse avant de quitter la ville, c'est ça ?

— En effet, répondit Nicolaï. Cette proposition est un honneur. Pour être honnête, je croyais que vous accepteriez tout de suite.

Il pensait que j'allais prendre le train en marche pour rallier les troupes, rejoindre une organisation dont je n'avais jamais entendu parler auparavant ? Pour qui me prenait-il ?

Tout était si compliqué.

Depuis que j'avais été transformée en vampire, tout ce que je voulais, c'était mon ancienne vie. Durant un court laps de temps, j'avais même cru qu'il existait un remède contre le vampirisme, et j'avais essayé de me le procurer. Cela s'était terminé par une déception et une trahison. J'en avais assez d'être déçue et trahie.

Cela laissait des rides.

Je ne voulais pas de cette réputation. Ni être sans cesse pourchassée comme un monstre dans un jeu. Je n'avais pas demandé à être une vampire. Et jusqu'ici, je n'étais pas impressionnée par cette vie.

Je ne désirais qu'une vie normale avec mon petit ami de six cents ans. Était-ce trop demander ? Et que devais-je faire pour avoir ce que je désirais ?

Même si les rumeurs s'étaient révélées vraies, il n'y avait rien que Nicolaï aurait pu dire pour me convaincre de rejoindre ce Cercle. Rien du tout.

— Si vous acceptez, nous sommes prêts à vous verser un salaire d'un million de dollars par an, plus vos frais.

— Un million cinq cent mille.

— Marché conclu. (Il hocha la tête et sourit, puis il avala le reste de son verre, laissant le billet de cent sur le comptoir.) Je vous contacterai pour connaître votre réponse définitive.

Sur ces paroles, Nicolaï, ancien du peuple des vampires et bienfaiteur potentiel, quitta le *Refuge* comme s'il n'y avait cherché qu'un peu de boisson.

Chapitre 3

— Eh bien, dis-je au bout d'un moment. C'était intéressant.

Thierry me foudroya du regard.

Je me raclai la gorge.

— Vous êtes donc de vieux amis ?

— Notre histoire n'a rien à voir avec ce qui vient de se passer.

— Qu'a-t-il voulu dire par : « Tu me dois bien ça » ?

Il ne tint pas compte de ma question.

— Pourquoi as-tu accepté son offre ?

— Je ne l'ai pas acceptée. J'y réfléchis. Quoi ? Je croyais que tu voulais que je prétende être une vraie tueuse ?

— J'ignorais que de tous les anciens, ce serait lui qui viendrait. Et si vite. (Il secoua la tête.) Ce n'est pas bon. J'ai peur pour ta sécurité.

— Tu as dit que j'allais avoir des gardes du corps pour me protéger des chasseurs. Et Nicolaï semble plutôt gentil. Il comprendrait sans doute si je lui disais la vérité.

Thierry m'attrapa par le bras et plongea son regard dans le mien, son beau visage empreint d'inquiétude.

— Nicolaï ne doit pas savoir la vérité. Jamais. C'est un homme très dangereux, ne te laisse pas abuser par son charme. (Il fronça les sourcils de plus belle.) Tu devrais quitter la ville. Dès ce soir.

Je me dégageai.

— Ne nous laissons pas emporter. Je n'irai nulle part. Du moins pas tout de suite. (Je lui souris.) Cependant, c'est très gentil de ta part de t'inquiéter autant pour le bien-être de tes employés. Nous apprécions beaucoup, *patron*.

Il me regarda longuement, bouche bée, puis, en dépit de tout ce qui venait de se passer, il sourit.

— Je vois.

— Tant mieux, ça fait au moins l'un de nous deux. Enfin, je vais suivre ton plan, et je continuerai à mentir, et quand Nicolaï me recontactera, je lui dirai que je ne veux rien avoir à faire avec son Cercle. Maintenant, si tu veux bien m'excuser, j'ai des boissons à servir. George semble sur le point de devenir timbré. Et cela fait plus de dix minutes que je veux aller aux toilettes. Ma vessie est prête à exploser. Alors si tu n'y vois pas d'inconvénient, il faut que j'y aille, *patron*.

Le petit sourire ne bougea pas.

— Cette situation est incroyablement sérieuse et périlleuse, et tu choisis de te focaliser sur un détail de ce que j'ai dit.

— Aucune importance.

Je haussai les épaules et m'attaquai à une tache rebelle avec un chiffon.

Il soupira.

— Sarah, si Nicolaï savait que nous sommes amants, cela aurait de dangereuses répercussions.

— S'il a entendu les rumeurs, il sait déjà que nous sommes ensemble. Chad le savait. Mais peu importe. Moi. Toilettes. Maintenant.

Thierry soupira encore.

— Bien. J'ai encore quelques coups de téléphone à passer.

— Fais donc ça.

Il ouvrit la bouche pour ajouter quelque chose, puis il la referma, hocha la tête et tourna les talons pour disparaître dans son bureau.

Je déglutis. J'avais envie de pleurer, là, au beau milieu du club. Mais au lieu de cela, j'inspirai profondément plusieurs fois.

Reprends-toi, Sarah ! m'exhortai-je. *Il essayait juste de te protéger. Ça ne voulait rien dire.*

J'attrapai un glaçon et le passai sur mon front.

Là, c'est beaucoup mieux.

Enfin, pas vraiment, mais je pouvais faire semblant, n'est-ce pas ?

George et la serveuse s'avancèrent. L'air furibard d'avoir dû attendre, ils placèrent leurs commandes. Je les préparai avant d'aller aux toilettes des dames, où je fis ce que je devais faire et me lavai les mains. Puis je retournai derrière le bar, terriblement tendue.

Peut-être aurais-je dû rester à la maison.

Peut-être aurais-je dû rester à l'université et avoir mon diplôme.

Peut-être n'aurais-je pas dû abandonner le métier d'actrice après seulement quelques auditions ratées et une pub pour des serviettes hygiéniques dont j'aurais honte jusqu'à la fin de mes jours.

Peut-être n'aurais-je pas dû aller à ce foutu rendez-vous arrangé qui était à l'origine de cette situation.

Avec le recul, tout semblait toujours si clair.

Ce même recul qui semblait toujours là et rire de vos erreurs pendant que vous plongiez derrière le bar pour avaler une tequila, arrosée d'un B positif.

J'avais pris un tas de décisions stupides. Je n'avais jamais prétendu être un prix Nobel de science. Mais il était impossible de revenir en arrière et de souhaiter que tout soit différent, n'est-ce pas ?

Je me redressai.

— Qu'est-ce qu'une gentille fille comme vous fait dans un endroit pareil ? demanda une voix dans mon dos.

Je me retournai lentement.

Michael Quinn était accoudé au bar. Il m'adressa un grand sourire.

Et le même s'installa sur mes lèvres.

— Qu'est-ce qui vous fait croire que je suis gentille ?

— Vous ne l'êtes pas ? rétorqua-t-il.

— Avec les bonnes personnes.

Il inclina sa tête blonde, un peu ébouriffée, sur le côté.

— Pourquoi est-ce que cette conversation me semble étrangement familière ?

Je contournai le comptoir pour le serrer dans mes bras. J'étais surprise de constater à quel point j'étais heureuse de sa présence.

— Ça fait un bien fou de te voir !

— Vraiment ?

— Ça oui, alors ! Quand es-tu rentré ?

— Il y a deux heures.

— Où étais-tu ?

— Dans le Sud. J'avais des trucs à régler. (Il sourit de nouveau.) Mais je suis là maintenant.

— Je vois ça. (Je lui rendis son sourire.) Tu sais, tu viens juste de manquer Véronique. Elle a pris un avion pour la France il y a quelques heures.

Il ne parut pas vraiment déçu de cette nouvelle. Quinn et Véronique avaient eu une brève aventure le mois précédent. Brève, dans le sens où elle n'avait duré que six jours, après quoi, Quinn avait quitté la ville.

— J'espère qu'elle enverra une carte postale, dit-il. Mais je ne suis pas revenu pour elle, tu sais.

Je me figeai.

— Quinn…

Il sourit de plus belle.

— Relax, Sarah. Je suis de retour à Toronto pour d'autres raisons. Je ne vais pas te poursuivre de mes assiduités. Du moins, pas encore. Je sais que toi et Machin-truc vous êtes ensemble. Tu as fait ton choix et je le respecte.

Je haussai les sourcils.

— Vraiment ?

— Pas du tout. Si j'avais mon mot à dire, nous serions en train de nous embrasser et de nous caresser. (Il jeta un coup d'œil vers un box inoccupé, dans le coin.) Là-bas. Mais je ne vais pas insister.

— Tu ne vas pas insister. Le contraire serait mal. Mais je suis contente que tu sois là.

— Nous sommes deux.

J'avais rencontré Quinn juste après être devenue une vampire. Puisque à l'époque, il était un chasseur, il avait tenté de me tuer. Puis il avait été transformé à son tour. C'était une expérience plutôt traumatisante pour tous ceux concernés. Je l'avais aidé… et il faisait une sorte de fixation sur moi. Il fallait s'y attendre. Mais croyez-moi, cette attirance aurait été mutuelle, parce que Quinn était sexy et merveilleux, si je n'avais pas eu d'yeux que pour Thierry.

Oui, *Thierry*.

Celui qui refusait de dire que j'étais sa petite amie ou qui ne me donnait pas de marque d'affection en public. L'homme sur qui je ne savais presque rien tant il était secret. *Ce* Thierry.

J'étreignis de nouveau Quinn. Cela faisait du bien d'être dans ses bras. Lui au moins, il avait envie de me toucher. Et même quand il y avait du monde !

Dans un lieu très public.

Je sentis qu'on nous observait et je m'écartai de lui. Oui, quelqu'un nous regardait. Le club tout entier. Y compris Thierry, qui venait de sortir de son bureau. Il approcha lentement, sans quitter Quinn du regard.

— Vous êtes revenu.

Il glissa un bras autour de ma taille et m'attira vers lui pour m'éloigner de l'autre homme. Je le regardai avec étonnement.

— En effet, répondit Quinn.

Ils s'observèrent en silence. Je pouvais sentir tous les regards braqués sur nous. Puis j'entendis le brouhaha des conversations reprendre, alors que la version CD de *The Look of Love* chanté par Diana Krall se faisait entendre.

Je me raclai la gorge.

— Je suppose que je ferais mieux de retourner travailler.

Thierry et Quinn continuaient à se mesurer.

— J'avais cru que vous aviez quitté la ville pour de bon, dit Thierry.

Quinn hocha la tête.

— J'y ai pensé.

— Vraiment ?

— Brièvement. (Il prit une profonde inspiration et tourna les yeux vers moi.) Mais j'aime bien Toronto. Je ne peux pas me passer des hivers canadiens.

— Que comptez-vous faire ?

— Que voulez-vous dire ?

— Maintenant que vous êtes de retour. Vous n'êtes plus un chasseur, dit Thierry, prononçant le dernier mot avec un dégoût presque palpable. Vous n'avez pas d'emploi, n'est-ce pas ?

— M'offrez-vous un job, Thierry ?

Quinn eut un sourire qui n'atteignit pas ses yeux.

Thierry imita son expression.

— J'ai toujours besoin de personnel pour faire le ménage.

— Je pense que je vais décliner l'offre. Ne vous inquiétez pas pour moi, mon pote. Je sais prendre soin de moi.

— J'en suis certain. Eh bien, c'est un grand plaisir de vous revoir. Et vous avez trouvé le nouveau club facilement. Je suis surpris.

Quinn acquiesça.

— Sarah m'a dit où vous alliez vous installer.

J'étais très intéressée par une nouvelle peinture sur le mur, elle était vraiment fascinante, mais cela ne m'empêcha pas de sentir une brûlure sur le côté de mon visage : Thierry me regardait. Je haussai les sourcils.

— Hein ? Pardon ? Je n'écoutais pas.

— C'est gentil de ta part d'avoir fait savoir à Quinn où nous trouver.

Je hochai ma tête.

— Bien sûr. Je fais ce que je peux. Il… euh… m'a appelée la semaine dernière. Je ne te l'avais pas dit ? Et je… lui ai donné l'adresse du *Refuge*.

Thierry opina du chef.

— Tu es une excellente amie pour lui.

— J'essaie d'en être une pour tout le monde. (Je coulai un regard vers le bar.) Bon, George a besoin de moi là-bas. Je dois y aller.

Les doigts de Thierry s'enfoncèrent dans mon flanc. Pas assez pour me faire mal, mais assez pour me retenir. J'étais encore sous le choc qu'il me touche en public.

Devais-je me sentir spéciale ou irritée ? J'ignorais pourquoi, mais je penchais pour la deuxième option.

Je ne me rappelais pas que Quinn et lui étaient tellement à couteaux tirés, même s'ils n'avaient jamais été amis. En fait, alors que Quinn et Véronique sortaient ensemble, ils avaient envisagé de nous rejoindre au Mexique, Thierry et moi, pour deux jours.

Ce n'était jamais arrivé.

Sans doute était-ce mieux ainsi.

Thierry se tourna de nouveau vers Quinn.

— C'est gentil d'être passé ce soir.

Quinn croisa les bras sur sa poitrine.

— Eh bien, vous allez me voir souvent. Je m'installe dans le coin. Je veux faire ce que je peux pour aider les autres vampires. Sauver ceux qui sont dans le pétrin avec les chasseurs. Ce sera mon travail, désormais. Pour me racheter un peu d'avoir été du mauvais côté si longtemps.

— Vraiment ?

Quinn haussa les épaules.

— En fait, j'ai suivi la piste d'un vampire tueur en série jusqu'ici. Il s'attaque aussi bien aux humains, chasseurs ou non, qu'aux autres vampires. Certains jeunes ont été retrouvés intacts. Il ne semble pas avoir de préférence pour une espèce ou l'autre. C'est le genre d'individus qui ont donné leur réputation de monstres aux vampires. Il faut l'arrêter. Je voulais vous en parler, Thierry, puisque vous êtes celui vers qui tout le monde se tourne pour avoir des réponses, ici. Vous savez quelque chose à ce sujet ?

Ouah, parlez d'une exagération ! Ils avaient tous dû avoir un mémo au sujet de ma nouvelle réputation. J'étais censée tuer non seulement des humains, mais aussi des vampires, maintenant ? Merveilleux.

J'ouvris la bouche pour rétablir la vérité, mais Thierry me devança.

— J'en ai entendu parler, mais je n'ai vu aucune preuve. Quel est le rapport avec vous ?

Quinn haussa les épaules.

— Je veux juste donner un coup de main. Protéger les innocents, qu'ils soient vampires ou humains. Quand je connaîtrai l'identité de ce vampire, je mettrai un terme à ses méfaits.

— Un noble objectif.

— Je m'y efforce.

— Même si cela n'effacera en rien vos crimes passés. Tous ces innocents que vous et vos amis chasseurs avez massacrés pour le plaisir.

Quinn plissa les yeux.

— Je n'en ai jamais tiré aucun plaisir.

Thierry agita la main pour écarter cette remarque.

— Qu'importe, c'est de l'histoire ancienne.

— C'est vrai.

— Tu sais, ce vampire tueur ne pourrait être qu'une rumeur, dis-je. Rien dont il faille s'inquiéter.

Quinn me sourit.

— Peut-être, mais je vais quand même vérifier. Écoutez, je vais m'en aller. J'ai trouvé une chambre dans un motel tout près, et ils ont accepté de me la louer à la semaine en attendant que je trouve quelque chose de plus permanent. J'ai besoin de dormir un peu. La journée a été longue.

— C'est bon de te revoir, dis-je, sans prêter attention à la manière dont la main de Thierry se raidit contre ma taille.

Quinn hocha la tête et adressa un dernier regard très inamical à Thierry avant de sortir, passant devant Angel le videur.

Thierry me lâcha enfin. Et il ne dit rien.

Je le regardai.

— J'ai cru comprendre que tu ne veux pas qu'il sache que je suis la Tueuse de Tueurs.

Il pinça les lèvres.

— Tu aurais pu me dire que tu lui avais parlé au téléphone.

— Alors… (Je me raclai la gorge, me sentant rougir.) Nous avons toujours rendez-vous demain soir ?

Il haussa un sourcil.

— Il me tarde d'y être.

— Super !

Trois longues et épuisantes heures plus tard, j'étais de retour chez moi, ma porte était fermée à double tour, et j'essayais de trouver le sommeil. Même si j'étais épuisée, il me semblait impossible de faire le vide dans mon esprit.

George m'avait raccompagnée pour m'éviter une autre course ruineuse en taxi. Il avait proposé de rester dormir sur mon canapé, mais je lui avais assuré que j'allais bien. Je l'avais regretté dès qu'il était parti.

Je n'étais même pas sûre que Thierry sache que j'avais quitté le club. Il était bien trop occupé à passer des coups de fil derrière la porte close de son bureau.

Ma tête était prête à exploser. De ma toute nouvelle réputation à l'offre de Nicolaï, en passant par… Je n'avais pas vraiment envie de penser à Quinn. Mais peut-être le devrais-je. La réaction que l'ancien chasseur avait suscité chez Thierry était intéressante. Quinn le rendait-il jaloux ? Ou bien ne l'aimait-il tout simplement pas ?

J'entendis des pas feutrés devant ma chambre. La porte, qui était déjà entrouverte, s'ouvrit un peu plus en grinçant. Les bruits se rapprochèrent. Je ne voyais aucune silhouette dans l'obscurité, mais je n'avais pas peur qu'il s'agisse d'un chasseur. Je savais qui c'était.

Je sentis une langue mouillée sur mon bras nu, qui pendait hors du lit.

— Dégoûtant. (Je me tournai vers le sol.) Combien de fois t'ai-je dit de ne pas faire ça ? Méchant chien.

Barkley remua innocemment la queue.

— Ne te fatigue pas. Je sais que tu me comprends.

Barkley griffa le côté du lit en gémissant.

Je soupirai.

— C'est le milieu de la nuit. Il faut que tu sortes *maintenant*?

Je gardais Barkley, puisque son « maître » habituel faisait un séjour bien mérité dans un hôpital spécialisé près des chutes du Niagara. Certains l'auraient appelé un asile de fous, mais moi je préférais le voir comme un « hôpital spécial ». Le docteur Kalisan avait été accusé du meurtre de Roger Quinn, qui était le père chasseur de vampires très zélé de Quinn. Quand la police était arrivée, le docteur Kalisan (qui prétendait autrefois avoir mis au point et vendre un remède contre le vampirisme) n'avait pas cessé de lui parler de vampires, et la cour avait décidé qu'un petit séjour dans un établissement spécialisé lui ferait le plus grand bien.

Enfin, il avait eu besoin que quelqu'un s'occupe de son loup-garou pendant son absence. C'était texto ce qu'il avait dit devant les médecins, ce qui n'avait rien fait pour le rendre plus sain d'esprit à leurs yeux.

Le fait que Barkley soit vraiment un loup-garou ne faisait pas la moindre différence. Je ne l'avais jamais vu sous sa forme humaine. Il semblait qu'il soit coincé dans ce corps : celui d'un gros chien noir hirsute, qui malgré son apparence méchante était très amical.

Et il devait donc sortir faire ses petites affaires plusieurs fois par jour.

— Tu ne peux pas te retenir ? demandai-je. Je n'ai besoin que de quelques heures de sommeil. J'ai eu une journée d'enfer. Pourquoi ne sais-tu pas utiliser les toilettes ?

Barkley gémit et gratta mon lit.

Je regardai le plafond noir un instant. Puis je soupirai. Bon, on ne peut pas dire que je dormais, de toute manière.

— Très bien, je t'emmène. (Je m'assis au bord du lit, et cherchai à tâtons mes chaussons et ma robe de chambre en éponge bleue.) Mais tu as intérêt à faire vite.

J'attrapai mes clés sur le comptoir de la cuisine. Mon téléphone portable était juste à côté, alors je le pris aussi et le glissai dans l'une des poches profondes de ma robe de chambre, plus par habitude que par nécessité.

Barkley grattait à la porte quand je l'atteignis.

Je nouai ma robe de chambre et jetai un coup d'œil à la pendule. 5 h 35.

Puis j'ouvris la porte, me faufilai dans le couloir et appelai l'ascenseur. Barkley gémissait toujours, griffant maintenant les portes de ce dernier.

— Nous y sommes presque, dis-je. Détends-toi, OK ?

Dehors, il gelait. Personne n'aurait dû mettre le nez dehors en janvier avant 6 heures du matin. Même si le froid ne m'embêtait plus autant qu'avant, cela ne me semblait pas normal. Surtout quand on portait des chaussons roses pelucheux et qu'on savait être devenue une cible mouvante potentielle.

Je trouvai l'endroit où j'emmenais généralement Barkley, un carré de neige de trois mètres de côté, avec un arbre qu'il semblait adorer. Et je levai machinalement la tête vers mon balcon, au dixième étage.

Je fronçai les sourcils.

— Merde ! dis-je tout haut.

Une silhouette sombre escaladait la façade de l'immeuble. Elle s'arrêta brièvement à mon étage, s'accrochant à la rambarde du balcon, et jeta quelque chose à l'intérieur. J'entendis un bruit de verre brisé.

— Hé ! criai-je. Qu'est-ce que vous croyez faire ?

La silhouette se hissa plus haut, puis continua à monter, et je la perdis de vue.

Barkley n'avait pas fait ses besoins. Il me regarda en gémissant.

Et mon appartement explosa.

CHAPITRE 4

Mon appartement.
Explosa.

Dans une grosse boule de feu.

Je n'en crus pas mes yeux.

Barkley se mit à aboyer. Des portes claquèrent. J'entendis des voix autour de moi dans le matin glacial, et au bout d'un moment, on me posa une couverture sur les épaules. Je sentis la fumée, âcre et puante, et mes yeux se remplirent de larmes. Des sirènes si assourdissantes que j'allais sans doute avoir la migraine retentirent à mes oreilles. Ma bouche était sèche. On commença à me poser des questions, touchant mon épaule et me regardant avec sollicitude.

— Vous avez de la chance d'être sortie, dit une voix.

J'ignorais à qui elle appartenait. Ou même si je répondis.

L'immeuble fut évacué, et les gens tournèrent autour de moi, perdus et apeurés.

Je continuai à regarder ce qui avait été mon appartement et qui n'était plus qu'un trou noir et fumant dans la façade de l'immeuble, au dixième étage. Et soudain, j'éclatai en sanglots.

— Personne n'a été blessé, Dieu merci ! dit une autre voix.

Puis, plus bas :

— Elle devait avoir une fuite de gaz, pauvre fille.

« Pauvre fille »... Ils parlaient de moi.

La fille pâle qui se tenait debout dehors en robe de chambre et pleurait comme un bébé, une couverture rouge pendant de ses épaules. Sous le choc, incapable de bouger, de penser. Le regard rivé sur tout ce qu'elle possédait au monde, et qui venait de partir en fumée.

Barkley me poussa la main de son museau. Je baissai les yeux sur lui.

— Ouaf, offrit-il d'un ton inquiet.

— Les chasseurs, dis-je à moi-même, à Barkley ou juste tout haut. (Ma voix sonnait étrangement. Un peu rauque. Cassée.) Les chasseurs ont fait ça, n'est-ce pas ?

Les chasseurs de vampires avaient fait sauter mon appartement.

Et ils n'étaient arrivés que deux minutes en retard pour m'avoir en même temps.

— Merde, murmurai-je. J'ai de sérieux ennuis, hein, Barkley ?

Derrière moi, j'entendis une portière de voiture claquer. Je ne savais pas depuis combien de temps je me tenais là, mais le soleil commençait à se lever, jetant une lueur orangée sur le côté endommagé de l'immeuble.

Joli, pensai-je de manière absente, alors qu'un frisson me parcourait.

— Sarah.

Une main toucha mon bras et me fit pivoter. Le front de Thierry était barré de plis inquiets, ses traits et ses épaules étaient tendus. Il fronça les sourcils de plus belle quand il vit mon visage.

Je me tournai de nouveau vers le bâtiment. Malgré la couverture chaude, je tremblais.

— Tu vas bien ? demanda-t-il.

— Bien.

Je sentis le mot sur ma langue, mais je n'ajoutai rien.

Son regard descendit le long de mon corps, puis remonta.

— Réponds-moi, Sarah. (Sa voix était durcie par l'inquiétude.) Es-tu blessée ?

Je baissai les yeux sur Barkley et reniflai ma peine. Ce maudit chien m'avait sauvé la vie. Je me sentis coupable de ne pas lui avoir acheté de biscuits au goût de steak parce qu'ils n'étaient pas en promo cette semaine.

Il méritait des biscuits spéciaux et hors de prix. C'était le moins que je puisse faire.

Thierry me secoua alors, assez fort pour que je le remarque.

— Es-tu blessée ? répéta-t-il d'un ton plus tranchant.

Je secouai la tête.

— Non. Non, pas blessée.

Il m'attira contre lui et je passai mes bras autour de lui, sa chaleur faisant refluer le froid installé en moi. Pour le moment. Il ne dit rien de plus.

— Barkley devait faire ses besoins, murmurai-je contre sa poitrine. J'ai de la chance, je suppose.

Je ris soudain, lâchant un rire haut perché, presque hystérique. Puis je pris une grosse goulée d'air glacé et je le regardai.

L'expression de Thierry se détendit un peu, même si ses mâchoires restèrent crispées.

— Je n'aurais pas dû te laisser quitter le club sans moi.

Je perdis le contrôle. Je sanglotai contre lui pendant cinq bonnes minutes pendant qu'il me serrait dans ses bras. Il continua à parler, mais je n'entendis pas un traître mot. Au temps pour rester forte et sarcastique !

Tout était parti. Tout. Toutes mes possessions terrestres, mes chaussures et mes vêtements, mon maquillage, mon shampooing, mon lit et ma télé. Ma vie tout entière venait d'être détruite sous mes yeux.

À part ma vieille robe de chambre et mes chaussons roses tout pelucheux. Et ma nouvelle couverture rouge, qu'ils voulurent arracher à mes doigts morts et glacés. *Ma* couverture. Ma nouvelle possession préférée.

Quand je réussis à rassembler suffisamment mes esprits pour cesser de gémir, Thierry écarta d'une caresse mes cheveux de mon visage et m'étudia.

— Il faut que je t'emmène loin d'ici. Il est possible qu'il y ait encore des chasseurs aux alentours.

Je me penchai un peu en arrière pour bien le voir.

— Alors tu crois que c'étaient eux ?

— Bien sûr, acquiesça-t-il sombrement. Ils seront déçus d'apprendre que tu n'étais pas chez toi.

— Je suppose que je leur ai montré ma puissance, hein ?

— En effet.

Il passa gentiment le pouce sur ma joue pour essuyer mes larmes.

— Si j'avais su que tu viendrais, j'aurais mis une robe de chambre plus jolie. Mais puisque c'est maintenant toute ma garde-robe...

Je soupirai, contente de n'avoir plus de reflet pour me montrer combien j'avais une tête à faire peur.

Soudain, une pensée me frappa.

De toutes les choses que j'avais perdues, tellement que je ne savais pas par où commencer, il en était une que je ne pourrais pas remplacer. La grosse boule qui m'étouffait devint une douleur sourde au creux de mon estomac.

— Mon tesson, dis-je à mi-voix. Il est parti.

C'était un cadeau de Thierry. Il me l'avait offert quand j'avais perdu mon reflet. D'ordinaire, il s'écoulait des années avant qu'un jeune vampire ne puisse plus se voir dans un miroir. Mais parce que Thierry avait utilisé son super sang de maître vampire pour m'aider à ne pas mourir quand mon créateur avait mordu la poussière, ce processus s'était beaucoup accéléré pour moi.

Un tesson était un miroir spécial dans lequel un vampire pouvait se regarder. C'était aussi un objet extrêmement cher, et le mien avait eu une très grande valeur à mes yeux, à la fois pratique et sentimentale. Je l'emmenais partout avec moi… sauf quand Barkley avait besoin de sortir, bien sûr.

Et il n'existait plus, désormais.

— Sarah, dit Thierry alors que je recommençais à pleurer. (Il me tint serrée contre lui, caressant mes cheveux en désordre et mon visage barbouillé.) Tout ira bien. Je te le promets.

Je continuai à sangloter. Ce puits ne s'était pas encore tari. Cela allait rendre mon visage rouge et gonflé, autrement dit très peu attirant, pour aller avec mon nouvel unique vêtement de nuit, mais au moins je ne pourrais pas le voir. Plus jamais.

— Comment ça ? réussis-je à demander au bout d'un temps.

Il tint mon visage dans ses mains et plongea son regard argenté et fascinant dans le mien.

— Je connais un endroit où tu pourras rester. Un endroit où tu seras protégée par quelqu'un qui tient énormément à toi.

Mon souffle resta un peu coincé dans ma poitrine à ces mots. Je déglutis et levai les yeux vers lui tout en passant le dos de ma main sur mon visage pour l'essuyer.

— Ça ne posera pas de problèmes ?

Était-ce le catalyseur ? L'événement qui faisait comprendre à Thierry qu'il voulait être avec moi ? Qu'il était profondément amoureux de moi ? Parce que dans ce cas, cela en valait la peine.

D'une manière complètement tordue.

— Aucun, répondit Thierry en se penchant pour m'embrasser sur les lèvres. George a une chambre d'amis et il veut bien partager son appartement aussi longtemps que nécessaire. Je lui en ai déjà parlé.

Retour à l'état de choc.

Mes larmes reprirent où elles s'étaient arrêtées.

— Tout ira bien, m'assura Thierry, alors qu'il fouillait les poches de sa veste à la recherche d'un mouchoir. (Il me tapota le dos alors que je me mouchais.) Dans quelques jours, tout sera fini.

Mince, pensai-je.

Un gentil petit mot de cinq lettres, commençant par M.

Mais pensons plutôt à un autre mot, d'accord ?

— Sarah ! s'écria George en m'ouvrant la porte de la petite maison qu'il louait. Ma petite vampire carbonisée ! Entre, entre !

George vivait à trois pâtés de maisons du *Refuge*. Sans doute était-ce pour cela que Thierry avait jugé que c'était l'endroit idéal pour moi. Vous savez, à défaut d'être avec lui.

Nécessité faisait loi. Et la nécessiteuse que j'étais décida d'entrer en titubant chez George sans dire un mot.

Barkley me suivit.

— Je ne me rappelle pas avoir dit quoi que ce soit au sujet d'un chien. (George posa un regard méprisant sur Barkley.) Je n'aime pas les chiens. Ni les chats. Je suis une personne anti-animaux-sus-mentionnés.

Je me laissai tomber sur le premier siège libre, dans ce cas un sofa en cuir rouge plutôt raide. Cela ressemblait à mon cher appartement, avec une ou deux pièces en plus. George avait emménagé là après s'être fait mettre à la porte de son ancien logement. J'ignorais pourquoi. Il ne me l'avait pas dit. Je n'avais pas posé de question. La maison était encore encombrée de cartons et de papier à bulles, mais elle prenait peu à peu des allures de lieu d'habitation.

— Ce n'est pas un chien, mais un loup-garou.

— Et c'est mieux ?

Barkley tourna trois fois sur lui-même et se coucha sur un gros tas de papiers dans un coin, près d'une montagne de haricots en polystyrène.

— Ce ne sera pas pour longtemps, dit Thierry en fermant derrière lui. Nous apprécierions que vous fassiez une exception.

George soupira.

— J'ai des allergies. Ça ne marchera pas.

J'éclatai en sanglots. Presque tout me transformait aussitôt en fontaine.

George eut l'air embêté par ma réaction.

— D'accord, le chien peut rester. Mais je viens de faire nettoyer les tapis !

Je hochai la tête.

— Il est gentil. Il n'a jamais fait ses besoins chez moi.

Barkley gémit.

— N'importe quoi pour toi, Sarah, acquiesça George. Maudits chasseurs. Tu as vraiment tout perdu ? Même ces fabuleuses Jimmy Choo ?

J'avais possédé une paire de Jimmy. D'occasion. Très confortable. Ces chaussures étaient super avec n'importe quelle tenue.

Je pleurai plus fort.

George se laissa tomber près de moi et me tapota le bras.

— Mais tu vas bien, et c'est tout ce qui compte. *Mi casa es su casa.* Pour aussi longtemps que tu le voudras. (Il regarda Thierry.) Mais je me demande pourquoi tu ne vas pas loger chez lui.

Je levai les yeux vers Thierry, surprise. Ce bon vieux George. Il avait le don de mettre des mots sur mes pensées. Nous étions des âmes sœurs. Sauf que… *non*.

Thierry pinça les lèvres et évita de me regarder.

— C'est mieux ainsi.

Et c'est tout ce qu'il dit.

« C'est mieux ainsi. »

Et comment étais-je censée interpréter cela ? Ou bien n'étais-je pas supposée le faire ?

J'ignorais pourquoi.

Et pour être franche, en cet instant, j'étais trop épuisée pour m'en soucier.

George m'emmena jusqu'à la chambre d'amis. Elle était petite, et uniquement meublée d'un matelas par terre. Pas grand-chose de plus. Tout bien considéré, elle semblait assez confortable pour que j'y dorme durant le prochain millier d'années.

Réveillez-moi quand la vie redeviendra simple.

En d'autres termes : jamais.

Je l'étreignis brièvement.

— Merci, George. Merci de me laisser habiter chez toi.

— Pour toi, ma belle ? Tout ce que tu voudras !

Sur ces mots, il nous laissa seuls, Thierry et moi.

Thierry était debout près de la porte. Il semblait si calme et silencieux qu'il aurait pu être en pierre. Je serrai mes bras autour de mon buste, étreignant ma nouvelle couverture (ils avaient essayé de la reprendre, mais j'avais fini par gagner). J'aurais voulu lui demander de développer ce qu'il venait de dire. Pourquoi ne voulait-il pas que je loge chez lui ? Sa maison était bien assez grande, d'après ce que j'avais pu en voir les quelques fois où je lui avais rendu visite. Je ne lui aurais causé aucun problème. J'aurais été aussi silencieuse qu'une souris. Avec de petits crocs.

N'était-ce pas ce que les gens normaux étaient censés faire ? Quand l'appartement de l'un sautait, l'autre l'accueillait chez lui.

Mais les gens normaux ne sont pas des vampires, dont l'un est âgé de plus de six cent cinquante ans.

Oui, ça, c'était un couple qui ne rencontrait que des obstacles dès le premier instant.

Je soupirai. J'étais si fatiguée que je titubais sur place.

— Je prendrai des dispositions pour que tu puisses visiter plusieurs boutiques dès demain, commença Thierry, brisant le silence. Tu auras besoin de nouveaux vêtements. Il faut aussi que tu apparaisses en public dès le jour suivant cette… mésaventure. (Sa pomme d'Adam remua alors qu'il déglutissait.) Cela montrera aux chasseurs qu'ils ne sont pas une menace pour toi. Et comme je l'ai dit plus tôt, tu auras des gardes du corps pour assurer ta sécurité.

— Même si j'aimerais bien mettre sous le nez de ces salauds leur échec dans leur tentative pour m'expédier en orbite autour de la planète… (je resserrai la couverture autour de mes épaules) jusqu'à ce que je récupère l'argent de l'assurance, je vais entièrement dépendre de la gentillesse des gens. Je suis fauchée. Tu connais quelqu'un qui fait ma taille ?

Il secoua la tête.

— Je paierai pour tout ce qu'il te faudra.

Je montrai ma surprise.

— Tu vas m'acheter une nouvelle garde-robe ?

— Si ce n'est pas déplacé.

— J'apprécie que tu y aies pensé, mais tu n'es pas obligé de faire ça. Amy et moi faisons presque la même taille. Je peux lui emprunter…

— J'en ai envie, interrompit-il. Laisse-moi faire et cesse d'argumenter, Sarah.

Je ne savais pas quoi dire. Thierry était généreux. Je ne lui aurais jamais demandé de faire cela, mais puisqu'il le proposait si gentiment… que pouvais-je dire, si ce n'était : « Oh, oui, bon sang ! Merci ! » ?

— Y a-t-il autre chose que je puisse faire pour toi, Sarah ?

« Autre chose » ? Je secouai la tête, puis je le regardai.

— En fait, oui. Notre rendez-vous de demain… je le maintiens, si tu es d'accord. Je ne veux pas que ce genre de choses se mette en travers de notre chemin.

— En es-tu sûre ?

Je hochai la tête.

— Comme tu voudras. (Thierry se pencha pour m'embrasser sur le front.) Nous allons attendre que Nicolaï quitte la ville, et quand il sera parti, je connais un endroit sûr où tu pourras te réfugier jusqu'à ce que toute cette folie retombe.

— « Un endroit sûr » ?

— Un couvent, en France.

Je faillis éclater de rire. Ce dernier aurait sonné complètement hystérique, mais quand même : j'aurais ri.

— Tu plaisantes !

Il n'avait pas l'air de vouloir être drôle.

— Les chasseurs s'intéressent beaucoup à toi pour le moment. Leur curiosité finira par retomber, et ils passeront à autre chose. Mais jusque-là, nous devons être extra-prudents.

— « Un couvent » ?

— Si tu préfères partir tout de suite, je peux tout arranger et me charger de Nicolaï. Ta sécurité est la chose la plus importante pour moi.

Le silence tomba pendant un moment. Quand je l'avais rencontré, je m'étais dit qu'il avait le visage le plus inexpressif que j'aie jamais vu. Mais je savais maintenant qu'il suffisait d'y regarder d'un peu plus près. Ce n'était pas seulement mon imagination qui me faisait lire de l'inquiétude dans ses yeux argentés. Et cette même inquiétude barrait son front de fins sillons.

Ou peut-être étais-je seulement très, très fatiguée.

Sans compter que j'avais inhalé beaucoup de fumée.

Finalement, je répondis :

— Je ne veux pas aller dans un couvent.

Il soupira.

— Pourquoi pas ?

— Parce que tu me manquerais. (Je marquai une pause et levai les yeux vers son beau visage.) Mais si j'accepte, tu viendras me rendre visite ?

Il haussa un sourcil.

— Te rendre visite ?

Je haussai les épaules et je me surpris, en dépit de la nuit horrible que je venais de passer, à lui sourire pour la suggestion qu'il venait de faire pour me garder en sécurité, à la fois si saugrenue et adorable.

— Je m'ennuierais beaucoup, tu sais. Avec toutes ces nonnes barbantes. J'aurais besoin de compagnie.

— Vraiment ?

J'opinai du chef.

— Je devrais partir, dit-il, et il jeta un coup d'œil vers la porte. J'ai des choses à faire, et tu as eu une nuit traumatisante.

J'attrapai les pans de sa veste et l'attirai vers moi. J'agis sans réfléchir, spontanément. C'était moi autrefois. Toujours spontanée. Je ne réfléchissais pas sans cesse à tout, pour être sûre de faire ce qu'il fallait. Ce que je faisais désormais, mais ce n'était pas nécessairement la vraie *moi*.

Thierry ne résista pas. Il s'avança, se penchant pour me regarder dans les yeux. Je pris son manteau noir à pleine main, et je sentis la chaleur de son corps délicieux.

— J'ai eu très peur pour toi, murmura-t-il contre ma bouche, ses lèvres à un souffle des miennes.

— Je sais.

Et je l'embrassai. Un baiser brûlant, bouche ouverte. Il entortilla ses doigts dans mes cheveux, et je l'attrapai par la taille pour le plaquer contre moi.

Au bout d'un temps, nous atterrîmes sur le matelas, et, *oh oui !* Être avec lui comme cela, nous toucher librement, désespérément, comme nous ne l'avions pas fait depuis le Mexique… Non, c'était encore meilleur qu'au Mexique ! C'était comme un verre d'eau glacée après avoir erré dans le désert durant des semaines.

Très rafraîchissant.

Et quel goût !

C'était suffisant pour qu'une fille oublie tous ses problèmes.

Je sentis ses mains sur ma peau nue, caressant toujours plus bas. Il m'embrassa le cou, puis le creux de ma gorge, ouvrant ma robe de chambre.

Je fis glisser mes mains le long de son dos, sous sa veste, pour les remonter sous sa chemise, essayant de l'attirer encore plus près. J'avais un besoin presque douloureux de lui, besoin que je lui cachais d'ordinaire, pour ne pas le faire fuir. Mais il n'avait pas l'air effrayé. Il me voulait autant que je le voulais. Je m'arquai contre lui alors que je laissais mes mains se balader plus bas, lui arrachant un halètement rauque tandis qu'il descendait le long de mon corps, embrassant ma poitrine, mon ventre, mon…

Et soudain, il s'arrêta. Il s'écarta pour lever les yeux vers moi, et je grognai de frustration.

— Que se passe-t-il ?

Il fronça les sourcils et coula un regard sur le côté.

— Ton loup-garou nous observe.

— Mon…

Je me tournai sur la droite. Barkley était assis à moins de deux mètres, haletant et remuant la queue.

— Oust, Barkley !

Barkley ne bougea pas. Sa queue se mit à produire des « bang-bang » sonores en battant le plancher.

Thierry changea de position.

— Dois-je le faire sortir de la pièce… (il tourna son visage vers moi et nos yeux se croisèrent) et revenir ensuite ?

Je ne pus m'empêcher de lui sourire. Dire que j'avais pensé qu'il se servirait de cela comme excuse pour m'abandonner encore.

— Il a peut-être besoin d'être conduit dehors… Tu vois ce que je veux dire.

Il effleura ma joue de ses lèvres, ce qui eut pour effet de me couper les jambes, et il murmura à mon oreille :

— Je reviens tout de suite.

Il se leva avec lenteur, et avec un dernier regard à ma silhouette allongée sur le matelas, il emmena Barkley hors de la chambre.

Oh, c'est très, très bon tout ça !

Celui qui avait fait sauter mon appartement travaillait peut-être sous les ordres directs de Cupidon en personne. Tout était possible. Les doutes que j'avais entretenus au sujet de Thierry commençaient à s'effacer et j'avais beaucoup de peine à m'en souvenir. Il était merveilleux, aimant, fabuleux, parfait. Et incroyablement sexy. J'étais une fille vraiment chanceuse.

Et j'étais sur le point de l'être encore plus.

Véronique pouvait se coller ses sages paroles où je pensais !

Je souris et m'étirai avec langueur sur le matelas, levant les bras au-dessus de ma tête.

Quand Thierry reviendrait, j'allais faire trembler son petit monde.

Mais après avoir attendu plusieurs minutes, je me mis à bâiller. La journée avait été si longue et épuisante.

Très, très, très longue.

Terriblement épuisante.

J'étais fatiguée.

Si fatiguée.

Non…, pensai-je, mais ma voix intérieure sembla venir de si loin. *Tu n'as pas intérêt à fermer les yeux, ou bien… !*

…

Zzz…

— Et je me suis endormie, expliquai-je à ma meilleure amie Amy le lendemain. Comme Rip Van-stupide-Winkle [1]. Et j'ai gâché ce qui aurait pu être la nuit la plus incroyable de toute ma vie. Fin.

Amy secoua sa tête blonde.

— C'est qui Rip Van Winkle ?

Je clignai des yeux, puis regardai à droite et à gauche pour traverser une intersection après notre quatrième boutique de vêtements de la journée.

— Un vieil homme à la barbe blanche qui s'est endormi pendant vingt ans et a raté des câlins super torrides entre vampires.

— Quel est le rapport avec ce qui est arrivé à ton appartement ?

— Aucun, dis-je.

— C'est pas plus important que ton Rip Van Winkle ?

Je me raclai la gorge.

— Tu as peut-être raison.

J'étais sans domicile. Je tremblais encore d'avoir vu la somme de mes vingt-huit ans d'existence partir en fumée. Il était possible qu'une partie des tremblements soit causée par le fait que j'avais dû téléphoner à mes parents pour leur dire que j'allais bien. Juste une petite fuite de gaz, c'était tout. Ils l'avaient pris comme tous bons parents, et ils avaient paniqué… à distance. Ils avaient proposé de venir me chercher pour me ramener dans ma ville natale pour une durée indéterminée. Quand j'avais décliné l'offre, ma mère

1. *Rip Van Winkle* est une nouvelle de Washington Irving qui raconte l'histoire d'un colon américain d'origine hollandaise qui part faire une promenade pour échapper à son épouse acariâtre, rencontre des fantômes, s'endort sous un arbre et se réveille vingt ans plus tard. Quand il rentre chez lui, la révolution américaine est passée. (*NdT*)

m'avait fait un sermon de quinze minutes pour m'enjoindre à être plus prudente.

J'imaginais celui qu'ils me feraient si je leur disais un jour que j'étais une vampire.

J'étais donc dans les rues de Toronto par un froid jour de janvier, avec la carte American Express Platinum de Thierry en poche. La dernière chose que j'avais envie de faire, c'était du shopping, ce qui en disait long sur mon état, mais j'avais décidé de suivre le « plan » du mieux que je le pouvais.

Et quel plan.

Imbéciles de chasseurs.

Amy avait flippé aussi quand je l'avais appelée pour lui raconter ce qui s'était passé. Elle m'avait apporté quelques vêtements pour que je n'aie pas à aller faire les boutiques en robe de chambre et chaussons. Je lui parlai des gardes du corps. Elle décida qu'il valait le coup de mettre nos vies en danger pour acquérir quelques nouveaux bouts de tissus. Tout n'était qu'une question de priorités.

Je me demandais si les chasseurs savaient à quoi je ressemblais. Me connaissaient-ils uniquement de nom ? Chad ignorait qui j'étais, avant que je me présente.

C'était étrange de penser qu'on voulait me tuer. Dire que j'étais à cran ne suffisait même pas à décrire ce que je ressentais. Bien sûr, Peter avait voulu m'assassiner. Sauf que c'était moi qui l'avais eu. Il avait réellement désiré me tuer. Et si je n'avais pas eu un bol fou, alors je ne serais pas sortie de cette pièce en un seul morceau, surnom ou pas.

Mais je l'avais fait.

Et voilà où j'en étais.

J'étais escortée par des gardes du corps.

J'avais repéré un grand costaud dix pas derrière nous. J'aurais pensé que c'était une coïncidence, mais il nous avait suivies jusqu'au rayon lingerie, chez *Sears*, voilà une demi-heure.

Soit c'était mon tout nouveau garde du corps, qui nous filait sur un trottoir encombré près de l'Eaton Centre, soit c'était un monsieur muscles qui aimait sentir la soie sur sa peau.

Peut-être les deux. Qui étais-je pour le juger ?

En plus, je l'avais vu tomber sur un homme qui m'avait demandé l'heure alors que je passais près d'un arrêt de bus, un pâté de maisons plus tôt.

— Pourquoi il ne t'a pas réveillée ? s'enquit Amy.

— Thierry ? (Je jetai un coup d'œil par-dessus mon épaule, nerveuse, puis regardai Amy.) Je pense qu'il savait que j'étais épuisée. Il a voulu être un vrai gentleman. Je me suis réveillée avec sa carte de crédit sur l'oreiller à côté de moi. Ça faisait très *Pretty Woman*. (Je me figeai quand un gros bonhomme en train d'engloutir un hot dog noyé sous la moutarde me rentra dedans.) Nous devrions aller autre part. Il y a trop de monde ici.

— En parlant de Richard Gere, j'admets que Thierry est très beau.

Je la regardai du coin de l'œil.

— Ce qui veut dire ?

Elle haussa juste une épaule couverte de fausse fourrure rose.

— Rien. Juste…

— Oh mon Dieu, qu'est-ce que c'est ? Tu me fais le coup du demi-haussement d'épaules. C'est jamais bon.

Elle recommença, avec l'autre épaule cette fois.

— C'est juste… À part le fait qu'il est agréable à regarder, qu'est-ce que tu lui trouves, exactement ?

Je m'arrêtai net, et d'un rapide coup d'œil, remarquai que le costaud faisait de même. Je fis face à ma meilleure amie aux haussements d'épaules évocateurs.

— Pardon ?

— Ne sois pas sur la défensive. Et ne me fais pas dire ce que je n'ai pas dit. Thierry est génial. Il est généreux et… euh… grand… et… euh… Attends, je suis sûre qu'il y a autre chose…

— Pas toi aussi !

Je secouai la tête, submergée par une vague d'anxiété.

— Comment ça, pas moi aussi ?

— Tu es la personne la moins bien placée pour me dire que Thierry et moi, ça ne marchera pas.

— Je n'ai pas dit ça !

— Si, c'est évident. Et puis, c'est toi qui vas avoir trente ans dans deux jours. Tu devrais t'inquiéter pour toi. Tu sais, *devenir vieille*, c'est presque pire que de perdre toutes tes possessions terrestres.

Dans le doute, change de sujet !

C'était toujours une excellente stratégie.

— Vas-y, enfonce le clou. (Amy fit la moue.) Mais je suis une vampire. Je n'aurai jamais l'air plus âgée qu'aujourd'hui.

— Mais tu vas quand même avoir trente ans. Ha !

Elle réfléchit un instant.

— Sais-tu avec qui tu faisais un super couple ?

Oh, mon Dieu. Il faut qu'elle s'arrête. Ne sait-elle pas qu'aujourd'hui je suis mentalement fragile ?

— Quinn, poursuivit-elle, sous mon regard noir. Il était sexy et il t'aimait vraiment, non ? Où est-il parti, hein ?

Ma tête. Élancements.

— Il est revenu. Hier soir.

Elle battit des mains et m'adressa un sourire radieux.

— Parfait !

Je secouai la tête avec vigueur.

— Quelle partie de « je suis avec Thierry » tu ne comprends pas ?

Elle eut l'air pensive.

— Tu sais, je parie que Quinn aurait pu te protéger, la nuit dernière. Il ne se serait pas contenté de t'abandonner avec ce crétin de chien.

— Amy, tu ne sais pas de quoi tu parles. Et Barkley est un loup-garou.

Elle soupira.

— Je veux juste que tu sois aussi heureuse que moi avec Barry.

Elle baissa les yeux sur son anneau avec des diamants.

— Alors, tout va bien entre vous deux ? Je sais que la semaine dernière tu étais… Comment disais-tu déjà ?

Elle prit une profonde inspiration et exhala lentement.

— Maladivement jalouse et paranoïaque. Oui, j'étais un peu inquiète. Je pensais qu'il allait devenir un autre homme et qu'il allait me traiter comme de la crotte. Mais jusqu'ici, tout va bien. Il faut que j'aie davantage confiance en moi. (Elle sourit.) Être mariée à un homme aussi merveilleux que Barry est tout ce dont j'ai toujours rêvé.

— Alors tu rêvais que ton mariage serait le premier signe de l'apocalypse du court sur pattes ? (Je marquai une pause.) Attends, je peux faire mieux. Donne-moi une minute. Mon cerveau est embrouillé.

— Sarah ! Barry t'aime bien, maintenant, tu sais. Je croyais que vous étiez amis ?

Je regardai autour de moi, dans la rue noire de monde. Mon protecteur gardait ses distances. Il essayait de rester incognito alors qu'il était évident que je l'avais repéré.

— Il ne m'aime pas. Ton mari me prend à rebrousse-poil. C'est quelque chose chez lui. Il est tellement…

— Merveilleux, charismatique et merveilleux ?

Son visage s'illumina.

— Tu as dit « merveilleux » deux fois. Et, non, je songeais plutôt à quelque chose comme : ennuyeux et bâti comme un troll.

Elle fronça les sourcils.

Je levai les mains.

— Mais c'est toi qui dois partager son lit, pas moi.

Cette fois elle haussa les sourcils.

— Et laisse-moi te dire que Barry est un dieu du sexe.

— Je vais vomir.

— Je sais que tu n'aimes pas parler de ce genre de chose, mais je suis sérieuse. (Elle sembla frissonner.) Parfois, il me mord le cou quand nous sommes en plein milieu de… tu sais… et c'est si incroyable. Cet homme sait m'emmener au septième ciel. J'ignore comment je pourrais jamais douter de son amour.

— Où est mon sac pour vomir ? (Je grimaçai.) Attends une seconde, je dois faire un truc.

Je fis demi-tour et marchai calmement vers le costaud, qui se cachait derrière les pages spectacle du *Toronto Star*. Il baissa un peu son journal, juste à temps pour me voir arriver, et il écarquilla un peu les yeux de surprise. Il avait des cheveux bruns coupés en brosse, et il portait un jean et une veste en cuir noir qu'il avait dû acheter chez *Grand & Costaud*.

— Salut, dis-je. C'est quoi, votre nom ?

— Quoi ?

— Votre nom. Vous en avez bien un, non ?

— Je… (Il semblait sous le choc.) Mon nom… euh…

— Écoutez, mon pote. J'ai eu une semaine difficile. J'ai cru comprendre que vous aviez été engagé pour garder un œil sur moi, pour que je ne sois pas assassinée ou pulvérisée. Et j'apprécie ça. Vraiment. Mais je veux que vous sachiez que je sais que vous êtes là. Et je veux connaître votre nom.

Il fit passer son poids sur son autre chaussure extra-large.

— Euh… c'est Lenny, madame.

— Lenny, répétai-je. (Mon garde du corps s'appelait *Lenny*.) Très bien, Lenny. Merci. Jusqu'ici, vous avez fait du bon boulot. Je suis toujours en vie. Hourra ! Continuez comme ça. Mon amie et moi allons prendre un café chez *Starbucks*. Je peux vous offrir quelque chose ?

Il plia le journal et le coinça sous son bras.

— Hum. Non merci, madame. Je vous attends ici.

Je me tournai vers Amy, qui avait haussé ses sourcils dessinés au crayon.

— Ouah, tu donnes des ordres, maintenant. Très impressionnant.

— Merci. Et désormais, je te demande de ne plus parler de Thierry, de ta vie sexuelle, ou de quoi que ce soit d'autre qui me donnerait envie de me jeter sous un bus. J'ai besoin de caféine.

— Hum, et moi j'ai envie d'un brownie.

Elle courut presque vers la *coffee house*.

Certains vampires pouvaient manger de la nourriture solide. Comme Amy. Elle avait été bénie par la faculté de pouvoir avaler tout ce qu'elle voulait. Moi ? Depuis ma transformation, un seul pop-corn réussissait à me faire vomir. Du café, c'était là ma limite.

Je suppose que c'était parce qu'Amy n'avait pas eu la chance de bénéficier du sang d'un maître vampire, contrairement à moi. Comme le vin, plus le sang d'un vampire était vieux, plus il devenait rare et précieux.

Et Thierry était très vieux.

Si je laissais mon esprit errer un peu, je pouvais le sentir contre ma bouche, ma langue laisser une ligne mouillée sur son sillage, mes dents érafler sa peau.

Je sentais le goût de son sang alors que je buvais.

Emplissant ma bouche de son goût délicieux et sombre.

Je clignai des yeux et secouai la tête pour m'éclaircir les idées.

— Café ! criai-je d'une voix soudain aiguë. Tout de suite ! Ou plutôt un expresso !

Chapitre 5

— Tu as vu cette queue ? dit Amy alors que nous entrions chez *Starbucks*.

— Tu t'attendais à quoi, un samedi après-midi ?

Je regardai autour de moi, et je me sentis aussitôt claustrophobe et pas qu'un peu paranoïaque. Nous étions entourées d'un tas de gens que je ne connaissais pas. Et ils étaient tous drogués à la caféine et aux donuts. Pourquoi étais-je sortie aujourd'hui ?

Tendance suicidaire, une table pour deux.

— Oh, je vois une table.

Amy fonça près de la fenêtre la plus proche vers la table qui venait de se libérer deux secondes plus tôt. La chaise était encore tiède. Et étrangement collante.

— Écoute, dis-je en changeant de siège et en me tortillant pour trouver une position confortable. Je ne veux pas m'éterniser. J'ai des choses à faire. Éviter les tentatives d'assassinat. Et puis, j'ai un rendez-vous avec Thierry, alors j'ai besoin de temps pour me préparer.

— Comment tu te prépares pour un rendez-vous avec Thierry ?

Puisque je n'en avais jamais eu d'officiel avec lui, je n'en étais pas très sûre.

— Euh, un peu de rouge à lèvres et un CD de méditation ?

Elle lorgna la queue.

— Ce ne sera pas très long.

— Célèbres dernières paroles. (Je me raclai la gorge et songeai aux ruines fumantes de mon appartement.) Attends, je retire ce que j'ai dit. C'est une expression que je ne veux plus jamais employer au cas où ça se réaliserait.

Une femme aux larges hanches me percuta l'épaule, et je levai les yeux pour m'assurer qu'elle ne portait pas d'armes dissimulées en plus de son caramel macchiato.

Soudain, un son se fit entendre par-dessus les bribes de conversations que je captais grâce à mon ouïe de vampire, qui se développait en même temps que mon odorat. Je n'avais pas vraiment envie d'en surprendre certaines, comme celle d'une femme d'âge moyen et de son petit ami beaucoup plus jeune, qui parlaient de piercings.

Le bruit venait d'Amy. Ou pour être plus précise, de son sac. Elle fouilla à l'intérieur et en sortit un fin portable rose qui émettait ce que je reconnus comme une version stridente de *I'm Too Sexy*, de Right Said Fred.

— Allô, ici Amy, dit-elle dans l'appareil. Hein-hein… ?

Il y eut un long silence, et je vis son visage d'ordinaire radieux se décomposer.

— Je vois. Très bien. Merci de m'avoir appelée. Non, j'apprécie que vous me l'ayez dit. Vraiment. (Elle ferma le clapet et regarda le téléphone.) Quelle vieille pie haineuse !

— Qui est une « vieille pie haineuse » ? m'enquis-je.

Amy était rarement assez en colère pour traiter qui que ce soit d'un nom méchant, une qualité que nous ne partagions pas. J'aurais même cru qu'elle ne connaissait pas le mot « haineuse ». Apparemment, j'avais eu tort.

— Ma voisine. (Elle regardait l'objet dernier cri et hors de prix, issu de la plus haute technologie, qu'elle tenait dans sa main comme s'il était responsable de tous ses problèmes depuis la naissance.) Ma vieille fouineuse de voisine.

— Et ? Qu'a-t-elle dit ?

Je jetai un coup d'œil dehors où Lenny s'était mis à pourchasser deux gamins « armés » de skateboards à l'apparence mortelle.

Des skateboards en janvier ? Cela devrait être interdit pas la loi !

Amy se tassa sur sa chaise en face de moi.

— Elle a vu Barry.

— Oh, j'ai de la peine pour elle.

Amy m'adressa un regard noir.

— Je n'ai pas fini. Elle l'a vu avec une autre femme.

— Ton Barry ?

Elle hocha la tête avec raideur.

Je fronçai les sourcils, essayant de concentrer mon esprit vagabond pour comprendre ce qui se passait.

— Je suis navrée. Elle a vu Barry faire quoi avec une autre femme ?

— Parler. De très près. Et la toucher.

Je frémis à cette idée.

— Je suis sûre que c'est rien.

— Oui, bien sûr. Ce n'est rien. (Elle opina du chef, puis des plis ridèrent son front.) Qu'est-ce qui te fait aussitôt croire que c'est rien ?

— Eh bien, nous parlons de Barry.

— Je sais que tu ne l'aimes pas, mais ça ne veut pas dire qu'il n'est pas un homme incroyablement désirable, tu sais. Il a eu de nombreuses petites amies au cours des ans. (Elle soupira.) Les femmes sont irrésistiblement attirées vers lui. Ce n'est pas sa faute. Il possède un charisme inconscient !

Je clignai des yeux.

— Si tu le dis. Mais vous venez juste de vous marier, alors si tu crois qu'il se passe un truc bizarre…

Elle acquiesça, l'air triste.

— J'avais raison d'être inquiète. Il me trompe.

— Amy ! Comment peux-tu dire ça ? (Je secouai la tête.) N'étais-tu pas en train de me faire l'article de combien il était sexy ?

Elle se ratatina un peu plus.

— J'essaie de faire croire à tout le monde que tout va bien. Que mon mariage est merveilleux. Mais je n'en peux plus. Tout n'est qu'une façade, Sarah. (Elle lâcha un long soupir.) J'avais peur que ça arrive. Mais je ne suis pas surprise.

Je tendis le bras par-dessus la table pour lui prendre la main et la serrer. Je n'avais jamais vu Amy si abattue, si prête à accepter sa défaite sans essayer de se battre pour l'homme qu'elle avait épousé.

— Tu réagis sans doute trop violemment. Ce n'est sûrement rien du tout.

Une larme roula sur sa joue.

— Je ne suis pas assez femme pour lui. Je t'ai dit que c'est un homme très sensuel. Il a des besoins que je ne peux pas satisfaire.

J'essayai de dissimuler mon frisson de dégoût en lui serrant la main plus fort.

— Ne dis pas ça.

— J'ai cru qu'il était le bon, poursuivit-elle. Qu'après toutes ces années j'avais trouvé mon chevalier en armure blanche. Mais… (elle renifla et sa voix se fit tremblante) je vais juste encore avoir le c-c-cœur b-b-brisé !

Je me penchai par-dessus la table pour l'étreindre, puis je partis en quête d'une serviette en papier, que je lui tendis.

— Écoute-moi, Amy. Barry est sans doute bien des mauvaises choses. Du moins pour moi. Mais sérieusement, je ne crois pas qu'il te trompe. Je veux que tu sois heureuse.

Alors, si tu es tellement bouleversée par cette histoire, je vais faire ma petite enquête. Je serai discrète, promis.

Elle cligna des yeux, et une larme atterrit sur sa joue.

— Tu ferais ça pour moi ?

— Bien sûr. Je serais ravie d'espionner ton mari pour toi. À quoi servent les amies ?

— J'apprécie vraiment.

— Tout ce qui peut me distraire de l'abîme brûlant de ma propre existence est une bonne chose. Et quand j'aurai fini, je pourrai t'assurer qu'il n'a aucune envie d'être avec une autre femme. Même si je lui planterais bien un pieu dans le cœur pour t'avoir transformée en vampire dès votre premier rendez-vous.

Elle fit la moue.

— Je sais pas.

Je secouai la tête.

— Vous avez sans doute vos problèmes, mais je crois que Barry s'est engagé pour longtemps.

Elle s'essuya le visage avec la serviette et acquiesça.

— J'espère que tu as raison.

Pour être franche, moi aussi.

Amy me laissa garder la table et faire peur à tous ceux qui voudraient nous la voler et elle alla prendre place au bout de la longue file d'attente. Je restai assise toute seule et regardai par la fenêtre. Dehors, Lenny était revenu après sa poursuite des gamins sur leur skateboard. Il essayait de passer inaperçu… en vain.

C'était bon de savoir qu'il était là. Il semblait tout en muscles, sans beaucoup de cervelle. Mais il était là pour veiller sur moi.

Au bout de cinq minutes, je regardai vers la queue et vis qu'Amy attendait toujours. Elle était de nouveau au téléphone et parlait avec je ne sais qui. Peut-être Monsieur Charisme. Barry en personne.

L'attente allait être longue. Je posai ma tête sur mes bras avec l'intention de reposer mes pauvres yeux fatigués et oublier mes problèmes un instant, mais je sombrai aussitôt dans un sommeil peuplé de rêves.

*J'étais seule à l'*Éclipse de Minuit. *Les chaises avaient été retournées sur les tables pour pouvoir nettoyer le sol plus facilement pendant les heures de fermeture. Le long bar noir et laqué longeait le mur. La scène était à droite, petite et pourtant tout à fait adéquate pour y donner de bons spectacles.*

Je sentis une main se poser sur mon épaule, puis glisser dans mon dos et s'arrêter sur ma taille pour me faire pivoter.

— Sarah, dit Quinn, me regardant de la tête aux pieds avant de plonger ses yeux dans les miens.

Il sourit, et je vis la chiche lumière du club se refléter sur ses crocs. Ses cheveux blonds étaient bien peignés. Ses yeux bleus luisaient. Il portait un costume sombre avec une chemise bleu pâle.

— Tu dois savoir que tout ça n'est pas réel, dis-je. Je suis en train de rêver.

— Oui, je sais. (Il eut un large sourire et haussa un sourcil.) Il est intéressant que tu rêves de moi, tu ne trouves pas ?

Puis il écrasa ses lèvres contre les miennes et fit glisser ses mains puissantes le long de mon corps pour me plaquer contre lui. Je ne résistai pas. J'enfonçai mes doigts dans ses cheveux et ouvris la bouche pour l'inviter à un baiser encore plus torride.

Au bout d'un moment, je m'écartai de lui, un peu interdite, et je me tournai comme au ralenti vers la scène. Les lumières étaient allumées, plongeant l'estrade dans un halo éblouissant, presque trop pour deviner qui se tenait là.

Puis je le vis.

C'était Peter, bandeau sur l'œil et tout. Le chasseur de vampires qui avait tenté de me tuer. Celui sur qui j'avais tiré en état de légitime défense. Mais ce n'était pas moi qui étais avec lui sur la scène, contrairement à cette terrible nuit. C'était Thierry.

Son visage était rigide et sans aucune émotion. Mais pas ses yeux. Son regard argenté insondable nous observait, Quinn et moi, avec peine.

Peter s'approcha du micro.

— Hé, salope. Tu te souviens de moi ? Je ne t'ai pas oubliée. Pas une seconde.

Un frisson glacé descendit le long de ma colonne vertébrale, et j'eus la chair de poule.

— Tu es mort.

Il sourit avec malice.

— Oui. Certaines choses changent, d'autres jamais. Tu croyais pouvoir t'en tirer comme ça après ce que tu as fait ? Tu vas souffrir, chérie. Souffrir et encore souffrir. Ce n'est que le début.

— Tu l'as mérité, dis-je sentant la culpabilité et la colère se livrer bataille au fond de moi. Tu as essayé de me tuer. C'est tout ce que tu as jamais fait : tuer des vampires. Pour le plaisir. N'essaie pas de me faire croire que tu pensais que nous étions tous des monstres !

— Personne n'est parfait ! (Il haussa les épaules.) Nous sommes tous des monstres au plus profond de nous, chérie. Chacun d'entre nous. Tu dois admettre ce que tu es. Moi je l'ai fait. Si tu crois le contraire, tu te fais des illusions.

— Laisse Thierry partir.

Peter éclata de rire.

— Tu crois contrôler quoi que ce soit ? Tu es stupide ! Et toi… (Il regarda Thierry.) Tu aurais dû te suicider quand tu en as eu la chance.

— Peter. (Je fis un pas vers la scène.) C'est moi que tu veux. Pourquoi ne le laisses-tu pas tranquille et ne viens-tu pas m'attraper ?

Il baissa les yeux sur moi.

— Oh, j'aurai ma revanche, chérie. Ne crois pas que je ne l'aurai pas. Et tu ne verras rien venir. Mais en attendant, je ne veux pas que tu m'oublies. (Il étudia Thierry, puis Quinn.) Deux hommes, hein ? Tu es vraiment une veinarde !

Je serrai les poings.

— Va au diable !

Il rit de nouveau.

— Et pourquoi ne te rendrais-je pas la vie plus facile ?

Il se retourna et plongea un pieu en bois dans la poitrine de Thierry.

Thierry haleta, écarquilla ses yeux argent, et il tomba à genoux. Je courus sur l'estrade.

— Thierry !

Je touchai son visage.

— Je suis navré, Sarah… (Ses mots douloureux me tailladaient comme des poignards.) Je suis désolé de n'avoir pas pu te protéger.

Puis il se désintégra sous mes yeux. Son beau visage disparut dans le néant, son corps s'effondra sur lui-même jusqu'à ce qu'il n'en reste qu'une tache noirâtre sur le sol. J'entendis rire Peter. Quinn essaya de me prendre dans ses bras, mais je le repoussai.

Je secouai la tête, sentant des larmes brûlantes rouler sur mes joues. Puis je hurlai…

— *NOOOON!*

Je me réveillai et me levai de ma chaise d'un bond, agitant les bras. Je frappai quelque chose, et j'entendis un « oumph », puis quelque chose s'écrasa sur le sol, suivi d'un bruit d'éclaboussures.

Mon cœur battait follement et ma respiration était rapide et saccadée. Je regardai autour de moi, retrouvant mes repères. Je serrais toujours les poings. Prête à me battre.

J'étais toujours chez *Starbucks*. Ce n'était qu'un rêve.

Juste un rêve.

Je lâchai un gros soupir de soulagement.

— Pour info, c'était un double expresso moccaccino, dit une femme. Cinq dollars, et il n'en reste rien. Mon Dieu, regardez mes chaussures !

Je pivotai vers la voix. Une blonde me foudroyait du regard. Je baissai les yeux. Il y avait une flaque couleur café au lait près de ses Manolo tachées.

— Je suis terriblement navrée. (Ma voix était tremblante et un peu rauque. Mon cœur cognait si fort que je le sentais dans mes orbites.) Je vais vous en racheter. Un café, je veux dire. Un peu de soda… devrait faire l'affaire pour vos chaussures. C'est du daim ?

Elle me montra du doigt.

— Vous avez quelque chose collé sur la figure.

— Ah bon ?

Je levai la main et touchai du papier. Je le décollai de mon front et découvris que c'était un Post-it avec l'écriture d'Amy.

Ai dû partir. T'ai pas réveillée, tu semblais faire un joli rêve. À plus… Amy

Elle m'avait collé la feuille sur le front pendant que je dormais.

J'aurais voulu pouvoir dire que c'était la première fois qu'elle faisait cela.

Je regardai la fille. Elle était jolie. Environ vingt-cinq ans, les cheveux longs, méchés blond foncé et platine, dont elle avait fait deux nattes qui lui descendaient bien plus bas que les épaules. Elle portait un manteau trois-quarts en cuir rouge. L'une de ses chaussures à talons tachées tapait sur le carrelage avec colère.

C'étaient de bien belles chaussures.

Dommage qu'elles soient fichues.

Je balayai la table du regard. Amy avait laissé mon café. Hélas, ce n'était pas un moccaccino. C'était un simple grand café qui semblait avoir rencontré des noisettes entre ici et la Colombie.

Je le pris et regardai la blonde furibarde, me sentant un peu penaude et encore secouée par la visite de la fée des cauchemars.

— Bon, dis-je. Ravie de vous avoir rencontrée.

— Nous ne nous sommes pas rencontrées.

Je souris et hochai la tête. C'était généralement la meilleure façon d'affronter une situation délicate avant de prendre la fuite.

Puis j'attrapai mon sac et partis. Je poussai la porte du *Starbucks* et sentis l'air frais me frapper le visage.

Lenny essaya de se montrer subtil dans sa filature. Il réussit à me laisser assez d'avance pour que j'oublie sa présence au bout de une minute à marcher aussi vite que je le pouvais dans les rues.

— Hé ! cria une voix derrière moi. Arrêtez-vous !

Je regardai par-dessus mon épaule. C'était la blonde.

Oh, génial.

Elle voulait sans doute que je lui rembourse ses chaussures. Eh bien, ce n'était pas comme si je l'avais bousculée volontairement. J'accélérai le pas. Tout ce que je voulais, c'était rentrer chez George. Ce rêve m'avait flanqué la frousse. J'avais besoin d'un peu de temps pour m'en remettre, loin des chasseurs et des fashionistas surcaféinées en pétard.

Ses talons cliquetèrent sur le trottoir glacé alors qu'elle se lançait à ma poursuite.

Je tournai à l'intersection suivante et me frayai un chemin dans une foule de badauds chaudement vêtus. Puis je regardai derrière moi tout en jetant mon café dans une poubelle sans en avoir bu. C'était trop difficile de jongler avec lui et mes autres sacs. Même si le soleil était aveuglant, ce qui était stupide en cette saison, ma rapidité de vampire et mes chaussures confortables me permettaient de ne pas traîner.

Mais la fille au moccaccino ne se laissait pas distancer.

Au bout de une minute, voyant que je ne la sèmerais pas, je m'arrêtai et me tournai vers elle.

— Écoutez, j'ignore pourquoi vous me suivez, mais…

Elle s'arrêta, haletant un peu, et me tendit un sac de vêtements.

— Vous avez laissé ça chez *Starbucks*. Bon sang, vous marchez vite !

Et voilà, j'étais penaude.

— Oh. (Je pris le sac.) Merci. Navrée, je n'avais pas compris ce que vous vouliez.

Elle secoua la tête.

— Aucun problème. À propos, c'est un chouette magasin.

Elle leva un autre sac, identique.

Je souris, sans ouvrir la bouche pour ne pas lui montrer mes « terreurs blanches ».

— Les grands esprits se rencontrent. Désolée pour vos chaussures. Je le pense vraiment.

— Pour être honnête, elles sont vieilles. (Elle baissa les yeux sur ses pieds et soupira.) Je suppose que j'ai maintenant une bonne excuse pour en acheter d'autres. C'était quoi, le problème, à la *coffee house* ? Vous perdez le contrôle de vos fonctions motrices comme ça, tout le temps, ou j'ai été votre seule victime aujourd'hui ?

Je passai le sac sur mon autre bras.

— Je me suis endormie en attendant que mon amie revienne après avoir fait la queue. J'ai fait un mauvais rêve et je me suis réveillée en m'agitant comme une pieuvre. Si les pieuvres s'agitent.

— Vous avez de la chance de pouvoir vous endormir si facilement.

— Je n'ai pas beaucoup fermé l'œil la nuit dernière.

Je ne me sentais pas à l'aise debout, là, sur le trottoir, en plein soleil. Ce n'était pas sûr. Un chasseur pouvait m'observer tout en essayant de trouver un moyen d'éliminer la Tueuse de Tueurs d'une manière assez spectaculaire pour impressionner ses copains. J'eus soudain la vision d'un millier de petits missiles en bois arrivant sur moi par la voie des airs. Ou juste un gros. D'une manière ou d'une autre, ce n'était pas le genre d'endroit où je devais rester très longtemps.

— Je vais prendre un taxi, dis-je.

— Vous voyez un inconvénient à partager ? (Elle leva les yeux sur les gratte-ciel alentour, l'air perdu.) C'est si dur de se repérer dans cette ville.

— Vous n'êtes pas d'ici ?

— Non. En fait, je viens de Floride.

—Si vous êtes de là-bas, que venez-vous faire à Toronto en janvier ? demandai-je. Si j'avais le choix, je préférerais être assise sur une plage, en cette saison.

—On peut se fatiguer des plages.

—Je ne vous crois pas !

—Tant pis. À propos, je m'appelle Janelle. Janelle Parker. (Elle changea ses sacs de main pour me la tendre.) Vous pouvez m'appeler Janie.

—Sarah, répondis-je en lui serrant la main.

Je ne lui dis pas mon nom de famille. Cela pouvait m'attirer des ennuis, peu importe à qui je parlais. Non, désormais, j'étais juste « Sarah ». Comme Madonna. Ou Cher. Ou Mary-Kate et Ashley.

—Bienvenue à Toronto, Janie. C'est un mot cherokee qui signifie « nous bousillerons vos chaussures de créateur dès votre arrivée ». Vous logez où ?

—Au *Royal Rock*.

Je sifflai.

—Huppé. Combien de temps restez-vous ?

Elle haussa les épaules.

—Je suis là pour mon boulot, alors ça pourrait n'être qu'un jour ou deux. Peut-être plus. J'ai aussi des affaires personnelles à régler.

—Vous avez de la famille ici ?

Comme elle ne répondait pas tout de suite, je lui coulai un regard et la vis s'humecter les lèvres et battre vivement des cils.

—Je n'ai plus à me soucier de ma famille, maintenant, dit-elle sombrement, ce qui sembla la libérer de sa mélancolie.(Elle tourna son sourire vers moi.) On ne sait jamais ce qu'il y a au prochain tournant, n'est-ce pas ?

Je hochai la tête.

— À qui le dites-v…

Alors que nous dépassions le coin de la rue, ironiquement, une main se tendit pour m'attraper par mon manteau et me tirer dans la ruelle transversale. Je m'étalai sur le sol, surprise, le souffle coupé, et le contenu de mes sacs se déversa sur le trottoir.

Quelque chose cachait le soleil. Était-ce une éclipse ? Je plissai les yeux, un peu sonnée. Non, pas d'éclipse. Juste un homme très grand et très large. Il me cachait le soleil, et me bloquait la route.

— Vous êtes Sarah Dearly, hein ? demanda-t-il.

L'image du millier de petits missiles en bois disparut pour faire place à celle d'un géant qui venait de me tirer dans une ruelle, loin de la foule qui jusque-là m'avait apparemment servi de bouclier.

Ouais.

Mort spectaculaire. Ici. Maintenant.

Oh, merde.

Chapitre 6

Le géant avait un couteau dans une main.

— Tueuse de Tueurs. Je vous ai suivie toute la journée, attendant ce moment. Je suis un homme patient.

J'écarquillai les yeux, et mon regard darda ici et là, sondant la ruelle. Où était Janie ? Et où diable était Lenny ?

— Euh, je crois que vous m'avez confondue avec une autre. Aucun problème. Ça arrive tout le temps. Il n'y a pas de mal.

— Je ne pense pas.

— Vous voulez mon sac ? (Je le serrai contre ma poitrine.) Tenez. Prenez-le.

Il m'étudia en plissant les yeux.

— Je ne veux pas votre sac, vampire. (Puis il vit qu'il était tout neuf.) Attendez, peut-être que je le prendrai, après tout. Comme ça, j'aurai la preuve de vous avoir tuée.

— Hé, c'est quoi votre nom ? demandai-je entre deux claquements de dents.

Peut-être aurait-il envie de faire un peu la conversation, comme Chad. Il fallait que je gagne du temps.

— Fermez-la, salope.

Peut-être pas.

Je regardai autour de moi, dans la rue étroite. Pas de porte. Pas d'autre issue. Où était Lenny ? N'aurait-il pas dû arriver sur une liane comme un bon Tarzan poilu, pour me sauver ?

Le chasseur se rapprocha, ainsi que son couteau. Lequel était aussi dangereux qu'un pieu en bois pour un vampire normal.

— Hé, Sarah ! Tout va bien ? demanda Janie.

L'homme montra ses dents jaunâtres et se tourna vers la blonde, puis il la tira par son manteau en cuir et la poussa vers moi. J'entendis un bruit de déchirure.

Janie baissa les yeux. Il avait déchiré sa manche droite, sous le bras.

Elle releva la tête, le regard noir.

— Vous n'avez pas fait ce que je crois que vous avez fait. D'abord mes chaussures, puis mon manteau !

Elle avança d'un pas.

— Janie, il est dangereux…

Je voulus l'attraper par le bras, mais elle était déjà hors de portée.

Janie eut l'air étonnée.

— Il a un couteau.

Il baissa les yeux sur sa lame et y fit réfléchir la lumière.

— Eh oui, salope. Et je sais m'en servir.

— C'est bon à savoir.

Elle pivota sur un pied tout en lançant l'autre jambe, le frappant à la poitrine. Il recula de deux pas en titubant et en toussant, une expression choquée se peignant sur ses traits.

Janie combla la distance entre eux, et il frappa vers le haut, accrochant le bas de sa veste avant qu'elle puisse se dégager. Elle pivota vivement et lui flanqua un coup de poing dans l'estomac. Il lâcha un râle, l'air quittant ses poumons. Elle attrapa le bras qui tenait le couteau et le tordit dans son dos, ramenant le genou contre son coude.

J'entendis un craquement sinistre, suivi d'un cri étonnamment haut perché sortant de la gorge d'un homme si large et si effrayant. Le couteau tomba sur le sol.

Il regarda Janie quelques secondes en silence, serrant son bras cassé contre sa poitrine. Puis il tourna les talons et s'enfuit en courant.

Je crois qu'il pleurait.

Durant toute la scène d'action inattendue, j'étais restée contre le mur de brique, la bouche ouverte assez grande et assez longtemps pour que mes crocs soient secs.

Janie se pencha en avant et ramassa le couteau. Elle souffla sur la lame et l'essuya sur son manteau déchiré. Puis elle se tourna vers moi avec une expression farouche dans le regard, qui redevint rapidement bleu et froid.

Elle haussa les épaules.

— Je déteste les chasseurs de vampires.

— Mince, réussis-je à articuler. C'était la chose la plus impressionnante que j'aie jamais vue ! Qui êtes-vous, *Nikita* ?

Elle haussa de nouveau les épaules et glissa le couteau dans son sac.

— Ce n'était rien.

Je secouai lentement la tête.

— Non, ce n'était pas rien. Ai-je déjà dit « mince » ? Attendez… vous avez dit que vous haïssez les chasseurs de vampires ?

— Ils n'ont pas le moindre discernement, vous savez ? Du moins, la plupart d'entre eux. Vous allez bien ?

Je fronçai les sourcils.

— Vous êtes mon autre garde du corps, n'est-ce pas ?

— Je plaide coupable.

— Alors vous savez que je suis un… un…

— Un monstre buveur de sang ? Oui.

Je plissai les yeux.

— Pourquoi n'avez-vous rien dit ?

— Pour rater le meilleur ?

— Parce que vous trouvez ça drôle ?

Elle haussa les épaules.

— En quelque sorte. Mes chaussures sont foutues, mais je les mettrai dans ma note de frais. À propos, c'est le troisième chasseur que nous avons éliminé aujourd'hui. Il s'est approché d'un peu trop près à mon goût, mais tout est bien qui fini bien.

— « Le troisième » ? (J'assimilai l'information.) Alors vous n'êtes pas une garde du corps à distance, comme Lenny ? Vous préférez la garde rapprochée ?

— C'était une simple erreur. J'avais besoin de caféine. Et vous avez initié le contact.

Je supposai qu'elle avait raison.

— Qui vous a appris à vous battre ?

Elle ramassa son sac.

— Mon frère. Il était dingue de cette merde de *Kung Fu*. Il avait besoin d'un partenaire, alors il m'a appris quelques mouvements. Il m'appelait Petit Scarabée, comme dans la série télé. C'était un crétin. (Elle avait pris un air distant, mais elle se secoua très vite et elle me sourit.) Écoutez, nous devrions vous ramener. Même si j'aime bien faire un peu d'exercice, nous en avons eu assez pour aujourd'hui. Je dois m'occuper d'un truc, mais Lenny va vous raccompagner à la maison saine et sauve.

Elle quitta l'allée et retourna sur le trottoir comme si rien d'extraordinaire ne venait de se produire.

— Attendez.

Je dus accélérer le pas pour la rattraper. Elle marchait très vite, elle aussi. Je suppose que lorsque l'on était capable de botter les fesses d'un homme sans verser une goutte de sueur, on avait une bonne dose d'adrénaline dans le sang.

Si je savais me protéger moi-même comme cela, je n'aurais pas besoin de m'en remettre à des gardes du corps. Les cours que je prenais avec Amy n'avaient rien à voir avec ce dont je venais d'être témoin. Extraordinaire. Ce type devait faire au moins deux fois la taille de Janie. Et il ne portait pas de chaussures à talons. Un sérieux désavantage… pour lui, dans ce cas.

— Vous savez, dis-je, échafaudant un plan dans ma tête alors que je marchais et jonglais avec mes sacs pour ne rien perdre. Puisque vous êtes payée pour rester près de moi, vous pourriez peut-être m'enseigner des rudiments d'autodéfense.

Elle m'étudia un instant, faisant passer son sac dans son autre main.

— Vous devez bien savoir comment vous défendre, non ?

— Ouais, c'est pour ça que j'étais là, avec mon tee-shirt « je suis une victime » pendant que vous vous occupiez de ce type.

Elle fronça les sourcils.

— Je sais pas. Je ne suis pas un professeur. Mais comme vous l'avez dit, je vais rester là… alors je suppose que je pourrais, si vous en avez envie.

— Très envie.

Je souris, songeant que c'était la meilleure idée que j'avais eue de la journée… ou de la décennie.

— Sarah ! entendis-je crier.

Je me retournai et eus la surprise de voir Quinn, sur le trottoir d'en face, qui me faisait signe.

Il portait des lunettes de soleil, une veste en cuir noir et un jean délavé. Son sourire était si large que je pouvais voir ses crocs malgré la distance. J'agitai la main pour lui répondre, et il traversa.

— Que fait-il ici ? dis-je, pour moi-même. Janie, il va falloir que je vous présente à Quinn.

Je me retournai pour la regarder et m'aperçus qu'elle n'était plus là. Partie. Disparue.

Je fronçai les sourcils. Où était-elle allée ?

— Un problème ? demanda Quinn quand il me rejoignit. Tu as l'air bizarre.

Pendant une seconde, je pensai à mon rêve. Il avait été si réel. À la fois le baiser de Quinn et la mort par le pieu de Thierry. Mais cela n'avait été qu'un rêve.

Et seulement un rêve.

Je secouai la tête et essayai de sourire.

— Et j'aurais sans doute cet air-là très souvent à l'avenir. « Bizarre » est mon nouveau deuxième prénom. Que fais-tu ici ?

— Je te cherchais.

Je hochai la tête.

— L'expression « aiguille dans une botte de foin » t'évoque-t-elle quelque chose ? Comment m'as-tu trouvée ? Cette ville est immense.

— Quand je veux quelque chose, je peux accomplir des miracles. (Il eut un large sourire.) Et j'ai vu Amy il y a une minute. Après-demain c'est son anniversaire, tu sais.

— Oui, je sais.

— Le motel où je loge n'est pas très loin d'ici. Ce n'est pas si mal, vraiment. Je peux acheter des sodas au bout du couloir. C'est le grand luxe.

Je détestais l'admettre, mais Quinn m'avait terriblement manqué. Son absence n'avait pas duré plus de deux semaines, mais même si je ne le connaissais pas depuis longtemps, il faisait bel et bien partie de ma vie. La sienne n'avait pas été facile. Encore pire que la mienne, pour être honnête. Il avait passé des années sous la coupe de son père, voyageant de ville en ville avec les autres chasseurs, tuant des vampires.

Puis il avait été transformé en l'un des nôtres sans avoir été consulté au préalable.

Et juste avant de mourir, son père lui avait révélé qu'il avait tué sa mère, alors que Quinn avait été amené à croire, quand il était encore un petit garçon, qu'elle avait été massacrée par un vampire.

Oui, la vie de Quinn avait été mensonge sur mensonge. Et il se trimbalait maintenant avec une belle culpabilité pour ses actes passés.

Malgré son histoire et sa peine, tout ce à quoi je pensais, alors que nous nous faisions face sur ce trottoir, c'était combien il avait été bon de l'embrasser dans mon rêve.

Je n'aurais jamais dû rêver que j'embrassais Quinn. Pas avec tout ce qui se passait.

Non, jamais.

Je secouai la tête pour chasser l'image mentale et me tournai, cherchant une dernière fois Janie du regard.

— C'est bizarre. Je parlais à cette fille, et elle a disparu.

— Disparu comme par magie ?

— Non. (Je fronçai les sourcils.) Comme si elle avait attendu que je lui tourne le dos pour me fausser compagnie. Mais puisqu'elle est l'une de mes gardes du corps, je suppose que ce ne serait pas très professionnel. Je ne suis pas agaçante, hein ?

— Tu veux la vérité ? (Son sourire s'élargit encore, puis fut remplacé par un froncement de sourcils.) Des gardes du corps ? Pourquoi ?

Je me raclai la gorge.

— Principalement pour que je ne me fasse pas tuer.

— Non, sérieusement.

— Eh bien, je suis sérieuse.

Je posai mon sac sur le bitume et sondai les alentours du regard, cherchant Janie et Lenny. Mais ni l'un ni l'autre n'étaient en vue.

Je dis tout à Quinn. Absolument tout, des rumeurs à l'offre de Nicolaï, en passant par la destruction de mon appartement et mes gardes du corps invisibles. Je lâchai tout sous forme d'une longue tirade qui me laissa épuisée de l'avoir récitée, en plus de la vivre.

Mais pour tout dire, une fois que ce fut fait, j'en éprouvai du soulagement. C'était comme de la thérapie verbale.

Je regardai Quinn pour juger de sa réaction. Son visage était rouge et ses traits tendus.

— Pourquoi te balades-tu dans les rues ? Tu devrais être quelque part en sécurité, au lieu de… (Il lorgna mon sac.) Tu fais du *shopping* ? Pourquoi fais-tu ça à un moment pareil ?

Je me mordis la lèvre inférieure.

— Thierry m'a prêté sa carte de crédit pour acheter de nouveaux vêtements, puisque les miens sont partis en fumée.

Son expression s'assombrit et il jura tout haut.

— Le fils de pute ! À quoi pense-t-il ? Te laisser t'exposer ainsi !

Je me raidis.

— Pour ta gouverne, personne ne me laisse faire quoi que ce soit. Je prends mes propres décisions

— Vraiment ? (Il me foudroya du regard et il exhala en sifflant entre ses dents.) Sarah, ne le prends pas mal, mais tu te conduis comme une idiote.

Je haussai les sourcils.

— Et pourquoi prendrais-je ça mal ? Je me le demande !

— Bon sang, Sarah. Je suis très inquiet pour toi. Thierry ne l'est apparemment pas assez. (Il regarda autour de lui.) C'est lui l'idiot. Et peut-être bien davantage, si tu veux mon avis.

— C'est supposé vouloir dire quoi ?

— Si je te cherchais… (Il se tut et regarda de nouveau autour de nous, mais les passants étaient des gens on ne peut plus normaux. Il repoussa ses lunettes de soleil.) Il y a eu cinq morts très suspectes rien qu'à Toronto cette semaine. Des corps vidés de leur sang. Des marques d'objets pointus laissées au niveau de la gorge. Même scénario que dans les villes que j'ai visitées ces derniers temps. Deux des corps appartenaient à des chasseurs. Je les ai reconnus quand je me suis glissé en douce à la morgue. Deux autres étaient également humains. Le dernier était un vampire. Un vieux. Il n'en est pas resté grand-chose après que le salopard a fini son repas.

Je fronçai les sourcils.

— Pourquoi n'ai-je jamais entendu parler de tout ça ? Attends, tu t'es glissé en douce à la morgue ?

— La police évitera de faire un rapport avant d'avoir une piste. Pour le moment, elle n'a rien. Et elle n'aura jamais rien. Ce tueur est bon. Il se promène, prenant ce qu'il veut quand il veut. Il doit faire ça depuis des siècles.

Je passai d'un pied sur l'autre, me sentant mal à l'aise de parler de choses si horribles.

— Et tu me cherchais pour quelle raison ?

Il s'humecta les lèvres avant de reprendre. Je ne pouvais pas voir ses yeux.

— Où était Thierry avant-hier soir ?

J'éclatai de rire.

— Tu ne crois pas honnêtement qu'il ait quelque chose à voir avec ça !

Quinn haussa les épaules.

— Je comptais lui parler pour qu'il me mette en contact avec certains de ses informateurs. Puis j'ai réfléchi. J'ai lu des choses intéressantes sur la longue vie de ton petit ami. Il n'a pas toujours été un propriétaire de club qui ne boit que du jus de canneberge, tu sais. Je ne veux négliger aucun suspect.

— Eh bien, Columbo, tu ferais bien de te renseigner sur ce Nicolaï qui vient d'arriver en ville. Thierry a dit que c'était un dangereux vampire. Et il ne me semble pas très clair.

— Oh, Thierry a dit ça, hein ? Ça doit être vrai.

Je lui jetai un regard noir.

— Je refuse d'avoir cette conversation avec toi.

— Alors, il était avec toi il y a deux nuits ?

— Ça ne te regarde pas. Écoute, Quinn, je sais que tu veux te rendre utile. Mais Thierry est quelqu'un de bien. Presque trop, si tu veux mon avis. Il a engagé des gardes du corps pour assurer ma sécurité jusqu'à ce que tout ça se tasse. L'une d'eux a dit qu'elle m'apprendrait à me défendre.

Il écarta mes paroles d'un geste de la main.

— Oublie-les. Considère-moi comme ton nouveau garde du corps free-lance.

— Tu ferais ça ?

— Évidemment ! (Il regarda autour de lui, puis ses yeux croisèrent les miens. Ou plutôt nos lunettes de soleil se croisèrent.) Si tu as vraiment confiance en Thierry, alors je lui accorderai le bénéfice du doute. Je chercherai ailleurs. Pour voir ce que je peux trouver. Et si tu veux apprendre à te défendre, je serai ton professeur. C'est ce que je fais, tu sais.

— Eh bien…

— En fait, je pense que c'est une excellente idée. Si tu insistes pour te fourrer dans des situations débiles…

Je me rembrunis.

— « Débiles » ?

— Laisse-moi reformuler. (Un sourire joua aux coins de ses lèvres.) Stupides, des situations stupides.

Mon expression s'intensifia.

— Hé !

— Alors tu devrais au moins savoir te défendre toute seule. (Son sourire s'élargit.) Et je suis un excellent prof.

— Tu veux m'apprendre l'autodéfense ?

Il combla la distance entre nous et leva la main pour caresser mon visage.

— Oui. Et nous pouvons commencer quand tu…

Lenny jaillit de nulle part et plaqua Quinn au sol. Il tenait un couteau, pressé sous la gorge de Quinn.

— Non, Lenny ! (J'attrapai son bras aussi épais qu'un python.) C'est un ami !

Lenny écarta légèrement la lame, laissant une fine ligne sanglante. Quinn montra les crocs et gronda, poussant son assaillant pour se relever.

Nous avions attiré l'attention des passants. Ils décrivaient un large cercle pour nous contourner, choqués et bouches bées. Les voitures ralentissaient en arrivant près de nous.

— Il vous a empoignée, dit Lenny.

Je le fusillai du regard.

— C'est faux. Et puis, où étiez-vous, il n'y a pas si longtemps, quand on m'a entraînée dans une ruelle ?

— Je… euh… j'ai dû… répondre à un appel de la nature. (Il toucha son oreille droite et je vis qu'il portait une oreillette minuscule.) Janie a dit qu'il n'y avait pas de problème.

Je sentis la frustration monter.

— Tu vas bien, Quinn ?

Il toucha son cou.

— Jamais été mieux.

Je secouai la tête.

— Tu dois regretter d'être revenu à Toronto, non ?

Il arracha son regard du garde du corps pour le poser sur moi. Son expression s'adoucit.

— Pas du tout. C'est le genre de chose qui rend la vie plus intéressante. (Il se tourna de nouveau vers Lenny.) Touchez-moi encore, trouduc, et ce sera la dernière chose que vous ferez. Et si vous êtes payé pour veiller sur Sarah, je vous conseille de sortir la tête de votre cul. S'il lui arrive quoi que ce soit, vous aurez affaire à moi.

Lenny ricana.

— Oh oui, et pour qui vous vous prenez ?

— Pour bien des choses, ça dépend de mon humeur. Et pour le moment, je crois que je pourrais devenir votre pire cauchemar.

Lenny plissa les yeux.

— C'est drôle, parce qu'à mon avis, vous n'êtes personne. (Il me regarda.) Je crois qu'il vaut mieux que je vous ramène à la maison, madame. J'ai appelé un taxi.

Il n'attendit pas ma réponse et s'éloigna pour nous donner un peu d'intimité.

Je levai les yeux sur Quinn.

— Je suppose que je dois rentrer chez George. C'est là que je vis en ce moment. Tout ira bien.

Il ne dit rien. Il se contenta de hocher la tête avec raideur, les bras croisés sur sa poitrine.

— Écoute, ajoutai-je. Ne fais pas attention à Lenny. Il s'est comporté comme un con.

Quinn ricana.

— Lenny ? C'est son nom ? (Il secoua la tête et soupira lentement, une longue expiration qui gela l'air en face de lui.) Il a raison, tu sais.

— À quel sujet ?

— Je ne suis personne.

— De quoi tu parles ?

Il garda le silence un instant.

— Je le mérite. Je… (Il passa une main sur sa bouche d'un geste absent.) J'ai cru que retourner à Toronto enquêter sur les meurtres me donnerait un but, mais je… je ne sais plus ce que je fais.

Je lui touchai l'épaule.

— Tout va bien ?

— Qu'est-ce qui va bien ? Le fait que j'ai les dents plus longues ? (Il prit une inspiration saccadée.) Je m'en sors.

— Il n'y a pas de remède pour ce qui nous ronge, tu sais.

Quinn était avec moi quand j'avais essayé de trouver le remède contre le vampirisme. Malheureusement, cela nous avait conduits dans une impasse. Et cela avait été la fin du rêve.

— Non, en effet. Alors je suppose que nous n'avons pas vraiment le choix, n'est-ce pas ?

— Non, nous n'avons pas le choix.

Il repoussa ses lunettes et réussit à me sourire.

— C'est pour ça que les gens comme nous doivent se serrer les coudes. Nous avons beaucoup de choses en commun, toi et moi.

— Oui, je suppose.

Il m'adressa un regard farouche.

— C'est pour ça que je ne veux pas que tu fasses un truc stupide et que tu te fasses tuer. Tu m'entends ?

Le taxi s'arrêta devant nous. Lenny approcha et se tint, bras croisés, près de moi.

Quinn m'aida à mettre tous les sacs sur le siège arrière. Alors que j'allais monter dans la voiture, il me prit la main.

— Sarah…

Sa voix mourut, et il posa sur moi un regard d'une telle intensité que je crus qu'il allait me mordre.

— Oui ?

— Quand je suis avec toi, je ne me sens pas comme un moins que rien. Je promets de t'apprendre quelques trucs qui mettront n'importe quel homme à genoux. (Il eut un grand sourire.) Ça ne sonnait pas tout à fait comme ça dans ma tête. Je voulais dire que j'allais t'*enseigner des mouvements d'autodéfense*, bien sûr.

Je hochai la tête un peu trop vite et, malgré l'air froid, je sentis mes joues devenir toutes chaudes.

— Bien sûr. Autodéfense. Kung-fu et tout. Je comprends.

— Bien.

J'opinai de nouveau du chef.

— Bon, je suppose qu'on se reverra bientôt, Quinn.

Il porta ma main à ses lèvres et l'embrassa, et mon corps fut parcouru de délicieux frissons.

— Tu peux compter là-dessus, répondit-il.

Puis il se retourna et partit.

Je m'assis lourdement à l'arrière du taxi pensant que j'avais un grave problème.

Chapitre 7

— Thierry a appelé, annonça George quand je rentrai. Tu avais oublié ton portable ici.

— Quoi ? répondis-je, trop distraite et bouleversée d'avoir vu Quinn et par le reste de mes mésaventures.

George était affalé sur le canapé. Barkley était couché à côté de lui. Ils regardaient une télé-réalité sur la mode.

— Il te demande de le retrouver au club à 18 h 30. Oh, et ton agent d'assurances a appelé. J'ai noté son numéro quelque part.

— « Au club » ?

Je fronçai les sourcils. C'était là que Thierry voulait que nous nous retrouvions pour notre rendez-vous ? J'avais espéré un endroit un peu moins familier…

George lorgna mes sacs de shopping.

— Tu m'as acheté quelque chose ?

Je les posai près de la porte d'entrée.

— Non. Désolée. Mais j'ai acheté une robe noire extra pour mon rendez-vous avec Thierry.

— C'est pour ça que tu le retrouves au club ? Pour un rendez-vous ?

George affichait une curiosité neutre.

— Et alors ? demandai-je.

Il regarda l'écran de télé une seconde. La candidate pleurait sur ses cheveux coupés comme si c'était la fin du monde.

— Navré, mais tu n'as pas des choses plus importantes à faire en ce moment ?

Je clignai des yeux.

— Peux-tu être plus précis ? J'ai tellement de soucis en ce moment que j'en oublie de me faire du souci.

Il me rendit mon regard.

— Je voulais dire, t'occuper de moi. Passer du temps avec moi. Je suis mortellement déprimé au sujet de ma vie amoureuse inexistante, tu te rappelles ?

Je ris presque. Pas tout à fait, mais presque.

— Bien sûr. Je suis tellement désolée. Je suppose que j'ai été distraite par le fait que mon appart est parti en fumée, plongeant ma vie dans la confusion et l'incertitude, et du coup j'ai oublié que tu allais passer ton samedi soir tout seul.

— Je te pardonne. Mais je suis libre demain soir si tu veux faire un truc. (Il changea de position sur le canapé pour mieux me voir.) Alors, Quinn est libre ?

— Pardon ?

— Je sortirai avec lui un de ces soirs, s'il est libre.

— Quinn n'est pas gay.

George m'adressa un sourire entendu.

— Laisse-moi un peu de temps.

J'acquiesçai.

— Je ne veux pas en savoir davantage.

— Bien sûr, je ne m'immiscerai pas entre vous deux. Sérieusement, chérie, ce n'est pas juste pour le reste d'entre nous que tu monopolises deux hommes incroyablement sexy.

— Excuse-moi ?

— La façon dont tu t'es jetée sur le pauvre garçon la nuit dernière, pour rendre Thierry jaloux. N'as-tu pas honte ? (Il secoua la tête.) J'approuve totalement.

Je me sentis rougir.

— Je n'essayais pas de le rendre jaloux.

— Ouais, c'est ça. Eh bien, quand tu auras brisé le cœur du pauvre Quinn, pour la deuxième fois, je serai là pour prendre soin de quelque partie de lui qu'il voudra bien me confier.

Je fronçai les sourcils. Je n'avais pas essayé de rendre Thierry jaloux. Certainement pas. N'est-ce pas ?

Peut-être… ?

Il est temps de changer de sujet.

— Amy m'a dit aujourd'hui qu'elle pense que Barry la trompe.

George se redressa et il se contorsionna pour me regarder.

— Tu plaisantes !

— Pas du tout. Mais je suis sûre que c'est faux. Et peut-être que si j'arrive à le prouver à Amy, Barry ne me haïra plus autant. Dès demain, je mène l'enquête. Tu peux croire ça ?

George hocha la tête avec lenteur.

— Bien sûr. Barry est indéniablement charismatique.

Je fronçai le nez.

— Tu es sérieux ?

— Pas autant que Thierry, mais tu le sais déjà. Même si j'ai été surpris de ne pas le trouver ici à mon réveil.

Je me dandinai un peu.

— Il a dû partir.

— C'est évident.

— Je le connais depuis deux mois et j'ai le sentiment de ne rien savoir de lui. D'où le rendez-vous de ce soir. Je veux entendre toute son histoire.

George ramassa le guide TV et le feuilleta.

— Il est très secret au sujet de son passé, tu sais.

— Je sais, mais…

— Parfois, il faut accepter une personne pour ce qu'elle semble être. Creuse trop profond, et tu pourrais ne pas aimer ce que tu trouveras. Ça peut sembler superficiel, mais je suis comme ça. Je veux dire, regarde Barkley et moi. J'ai décidé de le tolérer parce que je sais que tu l'aimes bien.

Je leur souris.

— Vous avez l'air très bien ensemble.

George se pencha pour gratter la tête du loup-garou.

— Je n'aime pas les chiens.

— Oui, continue à te dire ça. Amoureux des toutous.

Il me jeta un regard noir.

— Oh, à propos, quelqu'un a essayé de livrer un paquet pour toi, mais il n'y avait personne à la maison. Il a laissé un mot disant qu'il repasserait demain. Un dimanche ? Qui livre le dimanche ?

Je me figeai.

— Qui était-ce ? Qu'est-ce qu'il livrait ? Est-ce que ça faisait « tic-tac » ? Ce livreur, avait-il l'air d'un chasseur ?

George haussa les épaules.

— Je n'ai pas fait très attention. Tu sais, tu deviens paranoïaque, Sarah.

— « Paranoïaque », répétai-je. Parano n'est qu'un autre mot pour dire proactive, mon ami !

— Si tu le dis.

J'inspirai profondément et expirai de même.

— Très bien, je vais me préparer pour mon rendez-vous. Si tu n'y vois pas d'inconvénient.

Il agita une main.

— Va faire ce que tu as à faire. Mais rappelle-toi ce que je t'ai dit. Essaie de ne pas trop te mêler des affaires de Thierry. Même s'il n'en a pas l'air, il est très vieux et il a ses habitudes. Les vieux garçons sont un peu bizarres concernant leur vie privée.

— Je garderai ça à l'esprit.

Je tirai mes sacs jusqu'à ma chambre temporaire et passai mes achats du jour en revue. Tout bien considéré, je m'étais bien débrouillée. Tout cela ne remplacerait pas mon ancienne garde-robe, bien sûr. Dieu que j'allais la pleurer longtemps, ainsi que tout ce que j'avais perdu. Surtout mon tesson. Quelqu'un allait devoir payer, et je ne parlais pas d'argent !

J'avais acheté quelque chose de spécial pour porter le soir même. Toutefois, la pensée que nous allions rester au *Refuge*, qui ne serait pas ouvert avant une bonne heure et demie, était un peu décevante.

Je n'étais pas certaine d'avoir envie de mettre les pieds dans un club durant les quelques jours à venir après l'horrible rêve que j'avais fait. Même si je savais que ce n'était pas réel, voir Thierry se faire tuer sous mes yeux m'avait vraiment secouée. Et c'était sans compter tout le reste. J'aurais voulu oublier Peter une bonne fois pour toutes. Je n'aurais pas dû me sentir coupable pour ce qui était arrivé. Il l'avait mérité. Cela avait été de la légitime défense ; lui ou moi.

Je frissonnai à l'évocation de ce souvenir.

Thierry s'était chargé du corps. De tous les corps, en fait. Il avait des contacts un peu partout, alors quand il avait besoin d'un service, il n'avait qu'à ouvrir son portable argenté et appeler les personnes concernées pour résoudre un problème.

Il avait bien passé toute la soirée, la veille, à régler le dernier problème en date. Autrement connu sous le nom de… Sarah.

Je soupirai. Il devait penser que j'attirais vraiment trop d'ennuis.

Je sortis la robe noire que j'avais achetée pendant ma frénésie de shopping. C'était le genre de robe à la fois chic et sophistiquée, tout en restant assez courte et sexy pour que je n'aie pas envie de la porter en présence de ma mère.

Peut-être était-ce mal de poursuivre cette idée d'un rendez-vous avec Thierry après tout ce qui s'était passé. Je veux dire, cela faisait moins de vingt-quatre heures que mon appartement et mes affaires étaient partis en fumée. Je crois que si cela m'était arrivé quand je n'étais encore qu'une simple employée de bureau, les choses auraient été différentes pour moi. Au lieu d'aller faire des folies dans les magasins le lendemain, je serais restée dans une pièce noire, à me balancer d'avant en arrière. Ce qui aurait sans doute impliqué une bonne dose de bave.

Mais je ne bavais pas. C'était un miracle.

Ou peut-être étais-je toujours sous le choc. C'était une possibilité.

Mais je voulais voir Thierry. En fait, j'étais très impatiente. Je voulais passer du temps tête à tête avec lui, pour lui rappeler combien je le voulais dans ma vie.

Mais pas seulement. J'avais besoin de réponses. J'avais tant de questions… sur lui, sur nous, sur Nicolaï, sur les chasseurs, sur tout, vraiment. Et l'avoir rien qu'à moi, sans aucune autre distraction… c'était peut-être le remède pour obtenir ce que je voulais, et me garder heureuse et en vie.

Oui, problèmes relationnels et tentatives de meurtre. Que la soirée romantique commence !

Le soir venu, je supposai qu'il n'y avait qu'une personne qui doive se concentrer pour que je ne meure pas. Et c'était moi.

Enfin, et peut-être Lenny. Il avait un grand couteau.

Lenny me déposa au *Refuge* quelques minutes après 18 h 30. Il dit qu'il serait de retour pour garder la porte dès qu'il aurait pu acheter un hamburger pour son dîner. Je n'avais pas vu Janie depuis l'après-midi. J'avais la clé et m'en servis pour ouvrir la porte sans enseigne, dans la ruelle.

Je portais ma nouvelle robe noire – qui honnêtement me piquait un peu –, sous un nouveau trench de la même couleur, en cuir, et j'avais emprunté des chaussures à hauts talons à Amy. Noir. C'était mon thème pour la soirée. Mais je n'avais pas l'air d'être en deuil. Peu de gens auraient porté ce genre de robe décolletée à des funérailles, sauf peut-être la veuve de vingt ans d'un vieux milliardaire octogénaire qui venait juste de passer l'arme à gauche.

J'enlevai mon manteau et le drapai sur mon bras dès que j'entrai dans le club obscur. Un petit couloir donnait sur la salle. C'était là que d'ordinaire Angel le videur officiait. Il fallait longer le couloir, passer une double porte et… boum ! Bienvenue au *Refuge*.

Un *Refuge* sombre et désert.

Je fronçai les sourcils. George avait peut-être mal compris. Étais-je vraiment censée venir là ? Je savais que personne n'arrivait avant 20 heures pour préparer l'ouverture du club, à 23 heures.

Les lieux étaient silencieux.

Puis je vis quelque chose dans un coin. Des chandelles. Des tas, en fait. C'était la table où Thierry aimait s'asseoir quand il n'était pas dans son bureau. Elle était entourée par des bougies allumées qui donnaient une clarté chaude et mouvante alors que j'avançais.

Sur la table trônaient deux roses rouges. Une bouteille de champagne était au frais dans un seau en argent. Deux flûtes attendaient sur la nappe blanche.

— Sarah. Je suis heureux que tu aies eu mon message, dit la voix de Thierry, m'envahissant de la tête aux pieds.

Je me retournai, retenant mon souffle tant Thierry était grand, sombre et beau. Le souvenir de son baiser, tôt ce matin-là, me revint, dans tous ses détails vivants, en Technicolor et classé X.

Je souris.

— Salut.

Il avait l'air très sérieux.

— Je me suis inquiété pour toi, aujourd'hui. J'ai appelé sur ton portable plusieurs fois, et chaque fois je suis tombé sur George.

— Je sais. Navrée. Je vais bien.

Son regard me détailla de haut en bas, puis revint se poser sur mon visage.

— Nouvelle robe ?

Je haussai les épaules.

— Puisqu'elle n'est pas en cendres, je vais devoir dire « oui ». Tu aimes ?

— Je crois en avoir pour mon argent.

— En dépit du fait que tu ne saches pas combien elle a coûté, je prends cela pour un compliment.

— Un choix judicieux. Assieds-toi, s'il te plaît.

Je regardai la table et me glissai sur la banquette.

— C'est très beau.

Il secoua la tête.

— Je voulais t'emmener dans un endroit un peu plus extravagant, mais je me suis dit que c'était plus sûr ici.

Il s'assit en face de moi. La lumière des flammes se refléta dans ses yeux couleur d'argent.

— Nous avons donc une heure et demie avant que tout le monde arrive ?

Il me servit un verre de champagne. Je remarquai que le sien était rempli de ce qui semblait être sa boisson préférée : de jus de canneberge.

— Sera-ce assez de temps ?

— Ça dépend, souris-je. Tu aurais pu me réveiller, la nuit dernière.

Il haussa les épaules.

— Tu dormais paisiblement. Et après le choc de ce qui venait d'arriver, tu avais besoin de te reposer.

— J'aurais fait une exception. (Écartant mon incertitude, je tendis le bras pour lui prendre la main et entremêler mes doigts aux siens.) Fais-moi confiance.

Il haussa un sourcil.

— J'admets y avoir pensé. Mais après avoir écouté tes ronflements un moment, j'ai décidé de ne pas te déranger.

Je lui adressai un regard affligé.

— Mes… *quoi* ?

— Tes ronflements. (Il eut un petit sourire.) Un son doux. Davantage un nasillement qu'un ronflement.

— « Un nasillement » ?

Je sentis mes joues devenir brûlantes.

Il acquiesça.

— Il n'y a pas de quoi avoir honte. C'est adorable.

Je sentis les ondes de ma robe sexy glisser sur moi comme des œufs au plat dans une poêle antiadhésive.

— Je ne ronfle pas.

— Si. Crois-moi.

Ses yeux brillèrent d'un éclat amusé quand je lui adressai un regard noir, ce qui l'amusa un peu plus encore. Bien. Je suppose que j'étais le clown de la soirée. Eh bien, un homme qui semblait se réjouir des bruits inconscients du corps endormi de sa belle, c'était sans doute une très bonne chose, à condition qu'elle survive à l'embarras que cela lui causait. Je ne ronflais pas. J'en étais presque certaine.

Son amusement fut de courte durée.

— Peut-être ce rendez-vous aurait-il pu attendre un meilleur moment. Si tu voulais partir, je comprendrais.

— Les choses sont un peu folles en ce moment, acquiesçai-je.

Je pris mon verre de champagne. Je n'avais jamais vraiment pu me faire à ce breuvage. Tout comme au caviar, d'ailleurs. Mais je pouvais faire semblant avec les meilleurs.

— Mais c'était mon idée de faire ça, et j'ai eu envie de m'y tenir. Porterons-nous un toast ?

Il leva son verre de jus de canneberge.

— À ce que tu voudras.

— D'accord. (J'y réfléchis un instant.) À l'avenir. Puisse-t-il être rempli de vampires de six siècles faisant une exception et me réveillant, sachant que je leur en donnerai pour leur peine.

— Tu connais beaucoup de vampires de six cents ans ?

— Une dame a droit à ses secrets.

Il sourit et toucha mon verre avec le sien.

— Ce toast est sûr de devenir réalité.

Je souris intérieurement. Ce rendez-vous semblait une bonne idée, après tout. Je bus une longue rasade de champagne. Ce n'était pas si mauvais, après réflexion. Je jetai un coup d'œil à la bouteille. Roederer Cristal. Des centaines de dollars la bouteille. Plus, selon les années. Eh bien, je n'en avais encore jamais bu de semblable. C'était le genre d'alcool qui méritait qu'on se batte pour l'avoir.

Ce qui me fit penser à quelque chose, et j'amenai aussitôt le sujet.

Je posai ma flûte sur la table.

— Thierry, connais-tu des mouvements d'autodéfense ? Karaté, kung-fu, n'importe quoi ?

Il m'étudia un long moment.

— Pourquoi me demandes-tu ça ?

— J'ai envie d'apprendre à me protéger moi-même. J'y avais déjà réfléchi, et dernièrement… je crois que c'est le seul moyen pour moi de me sentir en sécurité, avec tout ce qui se passe.

Il secoua la tête.

— Le meilleur moyen est de rester dans un endroit sûr. Pour le moment, tu as des gardes du corps. Je ne vois qu'une seule raison pour que tu apprennes à te défendre, c'est de persister à te fourrer dans des situations dangereuses.

Je haussai les épaules.

— Les choses arrivent d'elles-mêmes, parfois. On ne contrôle rien. Quinn a dit qu'il pouvait m'apprendre, mais… (Je me tus et me raclai la gorge.) Puis-je avoir un peu plus de ce délicieux champagne ?

— Oh, il veut t'apprendre, hein ? (Thierry me versa un peu plus de champagne, mais son regard ne quitta pas mon visage.) Tu aurais dû me dire que tu étais restée en contact avec lui quand il a quitté la ville. Que tu lui avais indiqué où se situait le club.

Je découvris que je ne pouvais pas soutenir son regard. Pourquoi me sentais-je coupable ?

— Quelle importance ?

— Il a des liens avec la communauté des chasseurs. Même s'il n'est plus avec eux, ça ne veut pas dire qu'ils ne suivent pas tous ses mouvements.

Je soupirai.

— Tu es un inquiet chronique.

Il haussa les sourcils.

— « Un inquiet chronique » ?

— Oui. Tu prends une situation simple et tu en fais une chose disproportionnée. Quinn n'a pas eu une vie facile, tu sais.

Il hocha la tête, mais son expression était glaciale.

— Oui, pauvre garçon. Il a eu une dure vie avec un père riche bien décidé à commettre un génocide, à passer tout son temps à tuer des vampires qui le suppliaient de les épargner. Et aujourd'hui, il t'a toi, son avocate numéro un. En effet, pauvre Quinn.

— Il regrette son passé.

Thierry but une gorgée de jus de fruits. Il serrait tellement le verre que ses articulations étaient blanches.

— Je suppose qu'un mois, ce n'est pas assez pour racheter ses mauvaises actions passées.

— Combien de temps faut-il, alors, à ton avis ? Une décennie ? Un siècle ?

— Parfois, une éternité n'y suffit pas.

J'étudiai son expression tendue.

— On dirait que tu parles d'expérience.

Il riva son regard au mien un long moment, mais il ne répondit pas. Les paroles de George me revinrent en mémoire : *« Creuse trop profond, et tu pourrais ne pas aimer ce que tu trouveras. »*

Ce rendez-vous était en chute libre. Il fallait que je redresse la barre tant que je le pouvais encore, pour le ramener à l'harmonie du début.

Concentre-toi, Sarah, me dis-je. *Et cesse de parler de Quinn.*

C'était un sujet dangereux.

— Que dirais-tu de changer de sujet ? annonçai-je, me forçant à sourire après un silence gêné.

— Excellente suggestion.

— Quelle est ta couleur préférée ?

Il me regarda un long moment, puis il rit.

— Ma couleur préférée ?

Je haussai les épaules.

— C'est un autre sujet, non ?

— Je ne sais pas si j'en ai une.

— J'aurais dit le noir. Tu en portes beaucoup.

Il baissa les yeux sur sa tenue : chemise, veste et pantalon noirs. Tous étaient faits sur mesure par de grands couturiers et mettaient en valeur son grand corps mince.

— Ça va ensemble.

J'acquiesçai.

— Donc tu achètes du noir pour ne pas avoir à te casser la tête en t'habillant ?

— Sinon, pourquoi ?

— Ça te va bien.

— Tu trouves ?

— Oui, ça te donne cet air un peu sinistre mais terriblement sexy.

Son regard descendit lentement le long de ma robe.

— Je vois que toi aussi tu portes du noir ce soir. Essaies-tu de paraître sinistre ?

Je baissai les yeux et me retrouvai face à mon décolleté.

— Pas vraiment.

Il haussa un sourcil.

— Alors, juste sexy.

Je me glissai hors de mon côté du box et allai rejoindre Thierry du sien.

— Nous allons bien ensemble, non ?

Il marqua une pause et croisa mon regard.

— Je suppose, oui.

Je glissai ma main sous sa veste, contre la chaleur de sa poitrine.

— Combien de temps avons-nous ?

Il regarda sa montre.

— Un peu plus de une heure.

— Ça devrait suffire.

— Pour quoi ? demanda-t-il avec une feinte innocence, alors qu'il glissait ses doigts dans mes cheveux et les coinçait derrières mes oreilles.

— Je crois que nous avons assez parlé pour ne rien dire, ce soir.

Souriant jusqu'aux oreilles, j'approchai son visage du mien pour l'embrasser. Après quelques secondes, je passai ma langue sur ses crocs, petits et pointus, juste comme les miens. Encore une chose qui faisait que nous allions bien ensemble.

Thierry savait embrasser. Ce baiser était merveilleux et plein de promesses, mais quand même… il manquait quelque chose. Ce n'était pas comme la nuit dernière. Je le sentais. Il ne me donnait qu'un certain pourcentage de lui-même. Cela aurait pu être 90 %, mais certainement pas 100.

90 % de Thierry valaient bien 1 000 % de n'importe quel autre homme que j'avais embrassé. Si j'avais été debout, mes genoux auraient cédé sous moi.

Je respirai son parfum. Boisé, musqué, incontestablement mâle. Pas comme ces senteurs fleuries et fruitées que portaient la plupart des hommes, clones des parfums féminins. Celui de Thierry était différent, et je l'associais à lui. Je glissai ma main vers sa taille tout en enfouissant mon nez dans son cou.

Il se raidit.

— Que fais-tu ?

— Je te sens.

Je lui caressai la cuisse.

— Pourquoi ?

— Parce que tu sens tellement bon. Et ce n'est pas seulement à cause de mon nouvel odorat de vampire.

— Tes sens se développent ? demanda-t-il.

Je hochai la tête.

— Mon odorat et mon ouïe, d'après ce que j'ai remarqué. (Je l'embrassai encore.) Mon goût aussi. Je suis quand même déçue de ne pas pouvoir me transformer en chauve-souris, mais je m'en remets peu à peu.

— Tout cela plus vite que la normale, souffla Thierry en se rembrunissant. C'est ma faute, j'en ai bien peur. Je n'aurais pas dû te donner mon sang.

— Si tu ne l'avais pas fait, je serais morte. Alors, j'apprécie le cadeau.

— Il y avait d'autres options. Je n'ai pas réfléchi.

Je me rapprochai encore de lui.

— Tu penses trop.

Nous nous embrassâmes encore et je permis à mes mains de se promener librement sur son corps délicieux. J'avais tellement envie de lui que c'en était douloureux. Deux longues semaines avaient passé depuis le Mexique. Et c'était parfait. Pourquoi avais-je douté de nous ?

Il prit ma main avant que je commence à faire des manœuvres indignes d'une dame et la porta à ses lèvres.

— As-tu d'autres questions à me poser ou bien te demandais-tu seulement quelle était ma couleur préférée ?

Je lui souris.

— Très bien, j'en ai une autre : où te procures-tu ce merveilleux parfum ?

Il plaça ma main sur la table et me resservit du champagne.

— Véronique me l'offre. Elle le fait faire spécialement chaque année.

Douche froide. Juste là. Sans même avoir besoin de me mouiller.

Je m'écartai assez pour que nous ne nous touchions plus.

— Véronique.

— Oui.

Eh oui, même s'ils n'étaient plus ensemble, cette femme serait toujours ce gros nuage noir au-dessus de notre relation.

— Pourquoi ne divorces-tu pas d'elle ?

J'écarquillai les yeux. Zut. Avais-je dit cela tout haut ?

Oui. Et alors ? Il est temps que quelqu'un le fasse !

Oh, mon Dieu ! Pouvais-je recommencer depuis le début ?

Thierry sembla surpris par ma question.

— Divorcer ?

Je déglutis avec peine.

— Euh, eh bien, ce n'est pas comme si vous deux, vous viviez toujours ensemble. Votre mariage n'est plus qu'un mot. N'est-ce pas ce que tu m'as dit ?

— Bien sûr, mais divorcer ?

Je secouai la tête.

— Non, oublie ce que j'ai dit. Votre histoire remonte à si longtemps, je suppose que ça n'aurait pas de sens de divorcer. Je veux dire, c'est pas comme si tu voulais te remarier un jour.

Pourquoi fallait-il encore que je discute ? Tout était tellement bien, il y a quelques secondes, et il fallait que je gâche tout en mettant sur le tapis quelque chose qui n'avait pas d'importance.

Si, ça en a.

Non, aucune.

Il allait croire que je n'étais qu'une idiote possessive.

— Puis-je finir ? demanda-t-il. (J'acquiesçai, penaude.) Un divorce serait extrêmement compliqué, étant donné les circonstances de nos deux vies. Nous nous sommes mariés il y a plus de six cents ans. Tout document officiel a été détruit. Il ne s'agit pas seulement d'engager un avocat et de remplir des papiers.

— Évidemment, opinai-je du chef, sans le regarder. C'est logique.

Il fallait que je me concentre. Oublier Véronique. Oublier Quinn. Il y avait des sujets de conversation plus importants. Comme ce champagne, dont j'aurais bien eu besoin d'un verre immédiatement.

J'essayai de sourire.

— Faisons comme si je n'avais rien dit, d'accord ?

Thierry secoua la tête.

— C'est vrai que je ne t'ai pas révélé grand-chose sur moi. Je l'admets. J'ai toujours été un homme secret. Mais… (Son expression se durcit, et il baissa les yeux sur la table, puis les releva sur moi.) Sarah, il y a… des choses que je souhaite que tu saches sur moi. Des choses que tu dois savoir.

Je levai une main et fis « non » de la tête. C'était le territoire dangereux que George m'avait conseillé d'éviter.

— Peut-être qu'on devrait parler de Nicolaï.

Cela l'arrêta. Il fronça les sourcils.

— Nicolaï…

— Oui. La raison pour laquelle je n'ai pas encore quitté la ville ? Tu as dit qu'il était dangereux. Pourquoi ? D'où le connais-tu, d'ailleurs ?

— Je te parlerai de Nicolaï dans un moment. (Il marqua une pause et but une gorgée de son jus de canneberge.) Mais avant cela, je veux que tu saches certaines choses sur moi que j'aurais dû te dire il y a longtemps. Ça ne semblait pas être le bon moment, c'est tout.

Son expression était grave. Je m'attendis au pire alors qu'il baissait les yeux sur la nappe et plongeait son regard dans son breuvage rouge sombre.

Puis il me regarda de nouveau et prit ma main avec une telle soudaineté que je la lui arrachai, réussissant à renverser ma flûte de champagne de la table. Elle se brisa sur le carrelage.

— Merde. Désolée.

Je me levai et m'accroupis pour ramasser les morceaux, mais je n'étais pas concentrée sur ce que je faisais. Je tressaillis quand je sentis une vive douleur. Je me rendis compte que j'avais réussi à me couper l'index avec un bout de verre.

— Oh, super, c'est bien ma veine. Je suis navrée, oui, tellement navrée.

Thierry se leva et attrapa une serviette. Il prit ma main et fronça les sourcils.

— J'ai cassé un verre la nuit dernière. Personne n'a rien remarqué, mais c'est la vérité. Alors nous sommes quittes.

Je lui souris.

— Tu veux seulement que je me sente mieux.

Il étudia ma blessure. Elle était profonde et le sang gouttait sur le sol. J'avais une relation d'amour et de haine avec ce truc rouge. Il me donnait toujours la nausée. Je n'avais jamais pu regarder aucune émission médicale à la télé, mais en même temps, chaque fois que je le voyais, désormais, mon estomac grognait, le reconnaissant apparemment comme ma principale nourriture. C'était dégoûtant. Bienvenue dans ma vie.

Oui, j'avais fait du beau boulot en me blessant. Je n'avais pas besoin d'ennemis. Je pouvais sans doute me tuer par accident. J'entendais déjà les chasseurs discuter autour d'une bière : « Ouais, elle est tombée sur un crayon bien taillé pendant qu'elle faisait des mots croisés. C'était spectaculaire. »

Thierry jeta la serviette sur la table sans l'utiliser.

— Ce sera bientôt refermé.

— C'est vrai. (J'étudiai mon doigt, plissant les yeux.) Guérison super rapide. Je peux ajouter ça à mon arsenal de pouvoirs de vampire. C'est bon à savoir.

Thierry fronça les sourcils.

— Sarah… il est très important que tu m'arrêtes tout de suite. (Sa voix était tendue et il resserra sa prise.) Je ne suis pas sûr de pouvoir le faire.

— De quoi tu parles ?

Il embrassa le dos de ma main, puis le doigt blessé, avant de le prendre dans sa bouche, avec lenteur.

Je restai bouche bée, figée. Une vague de chaleur m'envahit sous la sensation de sa langue dansant autour de mon index. Mes jambes se dérobèrent et mon cerveau cessa de fonctionner.

C'était un suçage de doigt dans toute sa perfection ! Oh mon Dieu, oui ! Oubliez tout au sujet du malheureux incident avec ma patronne et l'ouvre-lettres. C'était la manière de s'y prendre.

Il me regarda tout en se concentrant sur mon doigt. Il avait une expression que je ne lui avais jamais vue. Je ne savais même pas comment l'expliquer. Quelque chose de sauvage et d'imprévisible. De dangereux. Ses yeux se plissèrent un peu et semblèrent s'assombrir, jusqu'à ce que même le blanc soit complètement noir.

Je fronçai les sourcils.

— Thierry…

Je sentis ses crocs contre mon index – normalement petits, inoffensifs et à peine visibles, comme les miens – s'épaissir et s'allonger alors qu'il s'occupait de ma blessure. Au bout d'un moment, il lâcha mon doigt.

— Sarah…

Sa voix était rauque, grave et pleine d'une émotion inconnue. Il fit glisser ses mains le long de mon corps et il m'attira contre lui.

— Thierry, tes yeux…

— Sont-ils de ma couleur préférée, maintenant ?

Il me plaqua contre son corps sans ménagement et écrasa mes lèvres sous les siennes, me coupant le souffle.

À 100 %. Sans retenue. Je fondis contre lui.

Il finit par rompre notre baiser avec un grognement. Il baissa les yeux sur la table à laquelle nous nous appuyions, puis il balaya tout ce qu'il y avait dessus. La bouteille de champagne et les verres en cristal se brisèrent. Les bougies s'éteignirent en atterrissant sur le sol, plongeant la pièce dans l'obscurité. Puis il me pressa contre la surface dure.

Je passai mes bras autour de ses épaules, glissant mes doigts dans ses cheveux sombres, espérant que nous aurions le temps d'explorer ce Thierry-aux-yeux-noirs avant que quelqu'un arrive. Ce serait très embarrassant.

Mais, hé, je pensais que cela en valait la peine. Je commençais à aimer ce nouveau Thierry. Et il voulait que je l'arrête ? Ah, ça non, alors !

Il enfouit son visage dans le creux de mon cou.

— Toi aussi tu sens bon.

— Merci. C'est *Amarige*, de Givenchy. Je l'ai acheté aujourd'hui.

— Mmmm… Oui. Merveilleux. Assez bon pour être mangée.

— Qu'as-tu… ?

Et il plongea ses crocs dans mon cou. Je m'accrochai à son dos, surprise et choquée par la sensation intense. Mais il ne s'agissait pas de douleur. J'étais étonnée. Je ne me souvenais pas de ce que j'avais éprouvé quand mon rendez-vous d'un soir m'avait mordue. Je suppose que j'avais bloqué ce souvenir, parce qu'il était mauvais. Mais cela n'avait pas été comme ça, j'en étais certaine.

Cela, c'était… Ouah ! C'était aussi chaud et sensuel que dans les livres. Être mordue par un vampire, c'était une métaphore pour…

Je fronçai les sourcils.

Non… attends.

Non… ce n'était pas bon. Pas bon du tout. Il prenait trop de sang. Il buvait trop vite.

— Thierry… arrête !

Je le repoussai. Il répondit en glissant ses mains le long de mes bras pour m'attraper par les poignets et les maintenir contre la table. Il ne dit rien, il continua à se concentrer sur ma gorge.

Au bout d'un moment, ce qui avait commencé comme une expérience sensuelle finit par me faire mal. On aurait dit que quelqu'un venait de mordre dans mon cou avec de longues dents tranchantes. La douleur cuisante se transforma en agonie alors qu'il plongeait dans ma chair pour atteindre une veine. Et boire mon sang.

Ce n'était plus sensuel.

« Il est très important que tu m'arrêtes tout de suite », venait-il de me dire.

Peut-être aurais-je dû l'écouter.

Je me tortillai sous le poids de son corps.

— Thierry… lâche-moi !

Mais il n'en fit rien. Il me maintint et but encore jusqu'à ce que je me sente faible, jusqu'à ce que le froid m'envahisse. Je cessai de me débattre.

— Thierry…

Ma voix n'était plus qu'un souffle.

Jus de canneberge, pensai-je. Il buvait normalement du jus de fruits. Je ne l'avais jamais vu consommer du sang. Jamais.

Soudain, Thierry se détacha de moi, portant une main à sa bouche, mais pas avant que j'aie vu le sang sur ses lèvres. Il secoua la tête et me regarda fixement, les yeux fous.

— Non. Oh… Sarah, je suis navré. Je… Bon sang ! Bon sang ! Je ne voulais pas que ça arrive. Pas avec toi. Jamais avec toi.

Puis il tourna les talons et s'enfuit.

Je pouvais à peine remuer. Je m'assis faiblement et me glissai en bas de la table, rajustant machinalement ma robe. Je devais le suivre. Il avait l'air si bouleversé par ce qui venait d'arriver.

Je devais le rattraper…

Je fis deux pas et tombai sur le sol, inconsciente.

Chapitre 8

Quand je me réveillai, je remarquai aussitôt la présence d'un poignet dans ma bouche. Ce qui est une chose très étrange à constater, croyez-moi. Je l'attrapai et le repoussai, puis je me rendis compte que, un : il saignait, et deux : il appartenait à Nicolaï.

— Beurk ! (Je reculai loin de lui.) Que croyez-vous être en train de faire ?

— Vous sauver la vie.

Il baissa sa manche et prit sa veste, posée sur la table voisine.

— Comment saurais-je où a traîné votre poignet ? C'est dégoûtant.

Il me regarda.

— Je vous ai donné du sang.

— Oui, je sais. D'où mon commentaire : « beurk ! ».

Il fronça les sourcils.

— Vous êtes une étrange vampire.

— Où est Thierry ?

Pour la première fois depuis que j'avais recouvré mes esprits, je regardai autour de moi. Le club était toujours plongé dans l'obscurité. Il ne semblait y avoir personne, à part le Russe et moi.

— Je l'ignore.

— Comment êtes-vous entré ?

Il ne dit rien pendant un moment.

— J'ai les moyens d'aller où bon me semble. Et c'est une bonne chose. Vous aviez perdu beaucoup de sang. Trop. Vous n'aviez plus beaucoup de temps devant vous.

Je touchai mon cou et tressaillis. Que s'était-il passé, bon sang ? Ce n'était pas comme ça que j'avais imaginé cette soirée.

— Thierry vous a fait ça, dit Nicolaï, et comme ce n'était pas une question, je ne répondis pas. (Il secoua la tête.) Tant d'années, et rien n'a changé.

— Que voulez-vous dire ?

— Asseyez-vous, Sarah, s'il vous plaît. Vous ne devriez pas rester debout. Vous êtes encore faible. Je peux vous donner plus de sang, si vous voulez.

Je déclinai son offre.

— Non, merci. Si j'en veux encore, il y en a en libre-service.

Une vague de vertiges me balaya, et je chancelai sur mes talons hauts.

— Asseyez-vous. S'il vous plaît.

— Je crois qu'il vaut mieux que je parte. (Les creux de mes genoux trouvèrent l'assise d'une chaise, et je m'y laissai tomber lourdement. Je m'accordai un instant pour reprendre mes esprits, avant de regarder Nicolaï.) Vous avez voulu dire quoi par : « rien n'a changé » ?

Il prit place en face de moi.

— Qu'est-il arrivé ce soir ?

Je secouai la tête.

— Mais qui êtes-vous, à la fin ? Et ne me ressortez pas ces conneries au sujet des anciens du Cercle.

Il écarta les mains.

— Je suis juste quelqu'un qui souhaite redresser les torts du monde. M'assurer que les innocents ne paient pas pour les coupables.

— Je vois.

— Vous ne me croyez pas ?

Je me massai les tempes.

— Je ne sais plus que croire, pour l'instant. Quelle heure est-il ?

— Il est 19 h 20.

Je relevai vivement la tête pour le regarder, me sentant tendue et contusionnée.

— Vous nous espionniez ?

— J'étais inquiet.

Je grimaçai.

— Vous nous espionniez. Vous êtes un malade. Eh bien, j'espère que vous avez aimé le spectacle.

— Je vous ai sauvé la vie.

J'opinai du chef et me détendis un peu.

— Oui, je suppose. Merci.

Il haussa un sourcil blond.

— Je suis surpris que celle que l'on surnomme la Tueuse de Tueurs se soit laissé avoir ainsi.

Je sentis un frisson me parcourir le dos.

— Parfois, je dérape un peu. Mais ça n'arrivera plus. La prochaine fois, je lui botterai les fesses !

— Thierry m'a menti quand il a prétendu que vous n'étiez pas amants, n'est-ce pas ?

— Non pas que cela vous regarde, vraiment… mais notre relation est indéfinie.

— « Indéfinie ».

— C'est ça. Et maintenant, si vous êtes venu chercher ma réponse à votre offre de travail, je n'ai pas encore décidé. Inutile de rester en ville. Laissez-moi un numéro où je peux vous joindre, et je vous contacterai.

Il m'étudia longuement. Jusqu'à ce que je commence à me sentir très mal à l'aise. Si j'en avais eu l'énergie, je me serais levée pour quitter le club, mais mes jambes ne m'auraient sans doute pas portée bien loin avant que je reparte pour une petite sieste sur le sol mosaïqué.

Où était parti Thierry ? Allait-il bien ?

Et moi, est-ce que j'allais bien ?

— Que s'est-il réellement passé à l'*Éclipse de Minuit* ce soir-là ? demanda Nicolaï.

Je croisai les bras sur ma poitrine.

— J'ai tué huit chasseurs de vampires, et je le referais.

— J'ai cru que vous aviez dit neuf ?

Oups.

— Huit, neuf. Quelle différence ?

— Comment les avez-vous tués ? (Il plissa les yeux.) À mains nues ? Avec une arme ?

Comme je ne répondis pas tout de suite, il se leva brusquement.

— Je crois que votre relation n'est pas la seule chose sur laquelle Thierry a menti, n'est-ce pas ? (Il se tourna pour me regarder.) Je suppose qu'il vous a dit que je vous tuerais si j'apprenais que les rumeurs étaient fausses, n'est-ce pas ?

— Sans commentaire. (Ma bouche était sèche.) Disons seulement qu'il y a des caméras partout. Ne tentez rien ou vous ne serez plus qu'une tache sur le sol en moins de trente secondes.

Je mentais si mal.

Nicolaï n'eut pas l'air inquiet.

— C'est bien de lui. Eh bien, inutile de vous inquiéter, Sarah. Vous tuer ne fait pas partie de mes plans. Ma déception est immense, cependant. J'avais espéré que ce serait vrai. Que j'avais enfin trouvé quelqu'un d'autre qui puisse aider les vampires à trouver la force que nous semblons tous avoir perdue.

— Je suis désolée. Vraiment. (Je touchai mon cou blessé et tressaillis.) D'autant que le salaire que m'offrait le Cercle aurait été le bienvenu. Vous avez dû entendre parler de ce qui est arrivé à mon appart ?

Il hocha la tête.

— Les chasseurs vous prennent pour une menace. En fait, j'ai entendu dire que leur chef, Gideon Chase, s'intéressait beaucoup à vous. Mais j'ignore combien de temps il lui faudra pour apprendre la vérité… (Il détourna la tête, l'air sombre.) J'avais espéré utiliser votre réputation à notre avantage. Thierry trouvera sans doute cela ironique, quand il l'apprendra.

— Que voulez-vous dire ?

Il posa sur moi un regard calme.

— Vous ne savez pas qui est Gideon Chase ?

— Non. Pourquoi, je devrais ?

— Il est le chef des chasseurs de vampires, un milliardaire descendant d'une lignée de tueurs sans la moindre conscience.

— Et qu'a-t-il à voir avec Thierry ?

Il faillit sourire, puis il se ravisa.

— Gideon est l'une des raisons qui poussent Thierry à se cacher ainsi. C'est cet homme qui a mis un prix sur sa tête. Thierry a réussi à ne s'entourer que de personnes en qui il a confiance, il a évité d'être capturé ou tué. C'est un bel exploit. Mais il est toujours activement recherché. Je crois que la récompense actuelle est de trois millions de dollars.

— Rien que ça ?

— C'est le prix pour Thierry, livré vivant. Gideon souhaite l'éliminer lui-même. Il est si riche qu'il peut se permettre d'avoir pour hobby la chasse aux très vieux vampires. Il en a tué plusieurs, de manière violente, sadique et excessive, pour son propre divertissement. C'est un homme à craindre.

—Je le hais déjà.

Il semblait que ce type soit en bonne partie responsable de la façon dont Thierry agissait. Ses mesures de sécurité. Ses secrets. Ce Gideon paraissait être le genre d'homme sans qui le monde serait bien meilleur.

—Vous faites bien, dit Nicolaï, car il est en route pour Toronto, en ce moment même, pour tuer la Tueuse de Tueurs.

Je clignai des yeux.

—Pardon ?

—C'est la vérité. (Nicolaï gagna le bar, puis il se tourna de nouveau vers moi. Bizarrement, il souriait.) J'avais un plan grandiose. C'est presque drôle, maintenant. J'allais utiliser votre réputation pour attirer Gideon hors de son trou et le capturer. Profiter de l'occasion. La Tueuse de Tueurs aurait pu jouer un rôle dans l'inversement du rapport de forces entre les vampires et les chasseurs. Thierry aussi aurait été plus en sécurité, sans la somme promise pour sa capture. Pas complètement en sécurité, mais sans la récompense, il aurait été peu probable qu'un chasseur moyen ose affronter un maître vampire si vieux et puissant.

—Ce gars arrive *ici*…

Nicolaï acquiesça, et son sourire s'effaça.

—Même si cela n'a aucune importance. Restez cachée, loin du danger, et vous lui échapperez facilement. Il passera au prochain défi sur sa liste. Comme moi.

Mon cerveau travaillait à plein régime. Une partie de moi, un peu plus de la moitié, voulait suivre la suggestion de Nicolaï. Puisque je n'avais plus à prétendre être une super tueuse désormais, je n'avais plus à m'exposer au danger. Je pouvais quitter le pays. Aller vivre parmi les nonnes, comme Thierry l'avait proposé. Rester à l'étranger jusqu'à ce que les choses se tassent et que j'aie touché l'argent de l'assurance.

Ou… je pouvais faire autre chose.

— Nicolaï… croyez-vous que votre plan a encore des chances de réussir, même si les rumeurs à mon sujet ne sont que des mensonges ? Si je me montrais et que Gideon décidait de passer à l'acte… quels sont les risques que je sois tuée ?

Il secoua la tête.

— Vous seriez en sécurité. J'ai une équipe en place à compter de ce soir, prête à intervenir pour le capturer, s'il arrive. Je doute qu'il s'attende à un piège.

— Vous avez une équipe ? Vous êtes sérieux ?

— Bien sûr. Votre vie n'a jamais été en danger, qu'il s'agisse de moi ou de quiconque. Mais je ne m'attends pas que vous acceptiez de faire cela maintenant, malgré mes assurances. Vous ne me connaissez pas. La réception de Thierry n'a pas été très chaleureuse, comme vous avez dû le remarquer.

— Oui, j'ai remarqué. Mais il n'est pas amical avec beaucoup de gens, alors pour tout vous dire, je vous ai laissé le bénéfice du doute.

Il regarda en direction de la table, dans le coin. Deux bougies étaient encore allumées. Les autres avaient rejoint le champagne, le jus de canneberge et les verres cassés sur le sol.

— Et vous avez partagé votre sang avec lui ce soir.

Je grimaçai.

— C'était un accident.

— Ça n'était jamais arrivé ?

— Non. Pas comme ça, en tout cas. Et je pense que ça n'arrivera plus jamais.

Il marqua une pause pour m'étudier, le visage dur et inexpressif.

—Ainsi, vous ignoriez son… petit problème.

—Oh, le fait qu'il se transforme en Nosferatu assoiffé de sang quand il y goûte ? C'est le cas de tout le monde, non ?

Nicolaï pinça les lèvres.

—Le sarcasme est connu pour être la plus basse forme d'humour.

Je haussai les épaules, ce qui me demanda un gros effort.

—Mais je suis si bonne à cela.

Il me dévisagea encore.

—Vous a-t-il dit qu'autrefois, nous étions de bons amis ?

J'aurais bien eu besoin d'un autre verre de champagne. Dommage qu'il recouvre le carrelage.

—Nous n'avons pas abordé le sujet.

—Il y a cent ans et plus ou moins quelques années, Thierry était l'un des anciens du Cercle. En fait, il l'a fondé.

J'essayai de ne pas montrer que cela m'intéressait, mais toute information concernant Thierry me faisait dresser l'oreille comme celles de Barkley.

—Vraiment ? Le Cercle ? Non, il n'en a pas fait mention.

Il hocha la tête.

—Lui et Véronique s'étaient déjà séparés. Il voulait trouver un moyen d'arrêter les chasseurs, qui rendaient la vie des vampires si infernale presque partout en Europe qu'il avait émigré en Amérique du Nord. Il chercha ceux qui pourraient vouloir changer les choses. J'étais l'un de ceux qu'il recruta.

—Où était-ce ?

—Aux États-Unis. En Californie. Au bout d'un moment, il eut six vampires, formant le Cercle. Ainsi nommé parce qu'il y avait un ancien sur chaque continent, qui devait en chercher d'autres ayant les mêmes idéaux. Ce sont ces anciens que les membres de la famille de Gideon Chase ont massacrés pendant des décennies. (Son expression se durcit un instant.) À l'époque, je venais de me marier à la plus jolie femme que j'aie jamais vue. Une actrice. (Il tordit la chaîne en or à son cou entre ses doigts.) Je porte toujours son pendentif.

— Où est-elle ?

Il attrapa le pendentif et le serra dans son poing.

— Elle est morte. Elle est morte depuis près d'un siècle, et elle me manque aujourd'hui aussi cruellement que le jour où je l'ai perdue.

Son visage était plein de tristesse, et mon cœur se serra.

— Je suis navrée.

Il ouvrit le pendentif et me montra la minuscule photo en noir et blanc d'une femme blonde très élégante.

— Elle s'appelait Elizabeth.

— Elle était très belle.

Il baissa les yeux sur la photographie.

— Oui. Je n'aurais jamais dû la laisser seule cette semaine-là. Je sentais que quelque chose n'allait pas. Que quelque chose allait mal tourner. Et c'est arrivé. Et je le regretterai toute ma vie.

— Que… s'est-il passé ?

Il rangea le pendentif sous sa chemise et croisa mon regard.

— Thierry l'a tuée.

— Quoi ? haletai-je.

Son visage se crispa, et il sembla qu'il allait pleurer, mais il se reprit.

— Je sais qu'il regrette ce malheureux accident. Je le sais. Mais dans mon cœur je n'ai jamais pu lui pardonner.

Je ne l'avais jamais revu depuis que c'était arrivé. Je l'avais évité, et il avait fait de même. Jusqu'à hier soir.

Je secouai la tête.

— Non, je ne vous crois pas. Il ne ferait jamais une chose pareille. C'est impossible.

Il passa le dos de sa main sur sa bouche.

— C'est possible. Ma femme était très belle. Thierry était seul. Elle était gentille avec lui, et il est devenu obsédé par elle. Puis… (Il se tut un moment, et je vis son regard glisser jusqu'à mon cou blessé.) Une nuit, alors que j'étais loin, il l'a mordue comme il l'a fait avec vous. Les vieux vampires comme Thierry ne devraient plus boire de sang. N'importe quel vampire de plus de cinq cents ans n'en a plus aucun besoin. Leur corps a évolué jusqu'à un tel niveau qu'ils sont capables de s'en passer. Quand ils y goûtent, c'est comme une drogue, ils deviennent fous et enragés. Comme des animaux qui n'ont d'autre choix que se nourrir jusqu'à ce que leur proie soit morte.

Je touchai ma gorge, mais je ne dis rien.

Nicolaï poursuivit :

— Je ne pense pas que Thierry voulait vider Elizabeth de son sang. Si je l'avais cru capable d'un tel acte, je ne serais jamais parti. C'était un accident. Quand je suis rentré, elle était morte depuis une semaine. C'est le plus grand regret de toute ma vie.

Je n'aurais jamais cru ce que disait Nicolaï. Pas si je n'avais pas été victime de ce dont un Thierry rendu fou par le sang était capable. Si Nicolaï n'avait pas été là pour moi, serais-je morte ? Thierry aurait été responsable de m'avoir tuée. Cela me fit frissonner de la tête aux pieds.

— Que vous a-t-il dit quand vous êtes revenu ? demandai-je.

— Rien du tout. Il a démissionné du Cercle et il est parti. Ma haine a reflué avec les ans, mais le revoir m'a affecté plus que je l'aurais pensé. Et savoir qu'après tout ce temps, il a trouvé quelqu'un qui l'aime autant que mon Elizabeth m'aimait… (Son expression se durcit.) J'admets que cela m'ennuie qu'il puisse avoir ce luxe.

Était-ce l'une des raisons qui faisaient que Thierry était ainsi ? Si secret ? Si plein de retenue ? Incapable de partager celui qu'il était avec qui que ce soit ? À cause de la tonne de culpabilité qu'il trimbalait après avoir assassiné la femme d'un ami un siècle plus tôt ?

Pour ce qui lui arrivait quand il buvait du sang ?

Non. Je ne pouvais pas penser à cela maintenant.

— Nous parlions de Gideon et de votre plan, dis-je. (Je marquai une pause.) Je veux toujours vous aider, si je le peux.

Il secoua la tête, l'air grave.

— Je ne crois pas que ce soit une bonne idée.

— Vous avez dit qu'il y avait des gens prêts à l'attraper dès qu'il viendra pour me tuer, non ? Que ça ferait une grosse différence pour les vampires, qu'ils ne seraient plus autant pourchassés ? Si j'ai une chance de faire en sorte que ça arrive, alors je ne peux pas la refuser.

— Je ne sais pas, Sarah.

— Ma réputation ne durera plus très longtemps. La vérité finira par se savoir. Gideon et les autres chasseurs verront que je ne suis rien de spécial. Alors, c'est maintenant ou jamais. Et si ça enlève la récompense mise sur la tête de Thierry, je dois le faire.

— Vous êtes amoureuse de lui. (Ce n'était pas une question.) Même après ce qu'il vous a fait. Même après ce que je vous ai dit.

Je déglutis et ne répondis pas immédiatement.

— Il ne doit pas savoir que je fais ça. Il ne doit pas savoir, pour Gideon. Attrapez-le dès que vous en aurez la chance, et nous pourrons tous essayer de vivre heureux pour toujours.

— Vous êtes très brave.

— J'ai perdu beaucoup de sang, vous savez.

Un petit sourire joua sur ses lèvres, et il regarda de nouveau mon cou.

— Les vampires du monde entier vous remercieront.

Je soupirai.

— Dites-leur d'envoyer des fleurs aux funérailles. Et écoutez… (Je me levai de ma chaise et avançai pour lui toucher le bras.) Je suis vraiment navrée de ce qui est arrivé à votre femme.

Il avait toujours les yeux rivés sur ma gorge. Ils semblèrent s'assombrir, et il fit un pas vers moi.

La porte s'ouvrit sur ma gauche, et nous tournâmes la tête en même temps. C'était George.

— Salut, Sarah ! Comment s'est passé ce rendez-vous ?

J'échangeai un regard avec Nicolaï, qui s'écarta de moi et tourna la tête vers le bar.

— Je me suis tellement amusée que je pourrais finir à l'hosto.

George hocha la tête, approbateur.

— Content que tu aies eu du bon temps. Où est le patron ?

— Il a dû partir.

— Et je dois l'imiter, dit Nicolaï. Nous nous reverrons très bientôt.

— Absolument.

Après un dernier regard, il quitta la *Refuge*.

George remarqua la bouteille de champagne cassée sur le sol.

— Ai-je vraiment envie de savoir ce qui s'est passé ici ?

Le téléphone se mit à sonner.

— Probablement pas, répondis-je. (Je décrochai.) Le *Refuge*. Allô ?

— Bonjour, pourrais-je parler à mon mari ? dit une voix sexy, mélodieuse et au léger accent français. Il ne répond pas à son téléphone portable.

— Véronique ? C'est Sarah. Thierry est… sorti.

Je rajustai ma robe, remarquant que j'avais déchiré l'un de mes bas.

— Oh, Sarah, ma chère, vous êtes toujours là.

— Oui. Vous n'êtes partie que depuis un jour.

— Allez-vous bien ? Vous semblez désespérée.

— Vraiment ? (Je tendis le bras pour me verser un verre de B négatif et l'avalai cul sec.) C'est étrange, puisque tout se passe à merveille, ici. On s'amuse à longueur de temps.

— En êtes-vous sûre ?

— Absolument.

— Très bien, ma chère. Vous avez mon numéro si vous désirez parler.

— Oui, je l'ai.

— S'il vous plaît, dites à Thierry que j'ai appelé.

— D'accord. Hum, Vée ? Puis-je vous poser une question ?

— Tout ce que vous voudrez. Je suis un livre ouvert s'il s'agit d'aider autrui grâce à mes conseils.

— La tête de Thierry a été mise à prix ?

Elle hésita.

— C'est malheureusement vrai. C'est l'une des raisons qui le poussent à être si protecteur envers ses proches.

— J'ai entendu dire qu'un type du nom de Gideon Chase en était responsable. Est-ce vrai ? Et si cet homme disparaissait, la vie de Thierry serait-elle plus facile ?

— Gideon est un bel homme puissant qui assouvit ses plaisirs sadiques. Pendant des générations, sa famille a causé la perte de nombre d'anciens vampires, et Thierry est malheureusement en haut de la liste. Moi aussi, d'ailleurs.

Un simple « oui » aurait suffi, mais qu'importe.

— Véronique…

Elle m'interrompit.

— Ma chère, parler de Gideon me bouleverse énormément. Pourriez-vous dire à mon mari que j'ai appelé ? Je dois retourner à la soirée.

Il y eut un « clic » quand elle raccrocha.

C'était très impoli. Elle pouvait s'offrir les appels à longue distance.

— Très bien, si vous voulez bien vous écarter, mademoiselle, je dois me préparer.

Je levai les yeux sur un très grand vampire qui ne semblait pas content que je sois à sa place.

— Vous êtes le nouveau barman ?

Je me sentais tremblante à cause de la perte de sang et de l'overdose d'informations.

— Bougez de là, dit-il.

— OK, OK.

Je lui cédai la place alors que le reste des employés arrivait.

— Où est Barry ? demandai-je à George.

— Il a appelé pour dire qu'il ne venait pas. Encore. Tu le crois, toi ? Ça veut dire plus de boulot pour nous, Sarah. Note mon manque d'enthousiasme.

Barry avait pris congé ? Que manigançait-il ?

Il était incapable de tromper Amy. Je n'y croyais pas une minute. Mais je devais découvrir à quoi il jouait. Si je pouvais prouver son innocence et débarrasser Amy de ses doutes au sujet de son minuscule époux, ce dernier aurait une dette envers moi. Et peut-être commencerait-il à m'apprécier un peu. Puisqu'il était le conseiller numéro un de Thierry, il serait bon de l'avoir de mon côté. Plus que quiconque, Barry pouvait me dire tout ce que j'avais toujours eu envie de savoir au sujet de Thierry. Du moins, s'il était motivé.

Je le filerais dès le lendemain. J'allais découvrir la vérité.

— Sarah ? demanda le nouveau barman à l'air morose. Vous êtes Sarah Dearly ?

— Eh oui.

Un grand sourire lui fendit le visage. Il sortit de derrière le bar, et avant que j'aie pu dire « ouf », il me serrait la main avec fougue.

— Oh mon Dieu ! Vous êtes la Tueuse de Tueurs dont j'ai tellement entendu parler !

Je coulai un regard à George.

— Vraiment, ce n'était rien.

— Rien, qu'elle dit. Rien ? C'était beaucoup, oui ! Navré d'avoir été un peu grossier, je ne savais pas qui vous étiez. La Tueuse de Tueurs. C'est un plaisir d'être en votre présence. (Il n'avait pas lâché ma main.) Ooooh. Je les sens. Vos puissantes vibrations. Elles arrivent par vagues. Ça me fait frissonner. Dans le bon sens du terme.

— Euh…

Il fronça les sourcils.

— Qu'est-ce qui est arrivé à votre cou ?

George m'adressa un regard curieux.

J'arrachai ma main de celle du barman enthousiaste et couvris ma gorge.

— Oh, c'est rien. Un simple hématome. Vous savez, avec deux petits trous. Dans la jugulaire. Rien du tout.

George tira sur mon bras et inspecta la blessure. Il se rembrunit.

— Sarah, ma chérie, que s'est-il passé ?

Je me raclai la gorge.

— Je suis tombée sur une fourchette à barbecue.

Il avait l'air si inquiet que je commençai à me sentir mal à l'aise.

— Sarah, c'est sérieux, que s'est-il passé ?

— Rien du tout. Juste un petit incident.

Il balaya la salle du regard.

— Et où est Monsieur-Fourchette-à-Barbecue, hein ?

J'agitai la main, l'air absent.

— Parti. Je ne sais pas. Il reviendra. Je m'en vais aussi. Je suis fatiguée et sans doute un peu anémique. Demain, c'est une grosse journée. Et je ferais bien d'aller sortir Barkley.

Son expression ne changea pas.

— Nous en reparlerons plus tard.

J'acquiesçai, feignant l'enthousiasme, puis je fus prise de vertige.

— Sûr. C'est un plan. Et maintenant, je file !

Je quittai le *Refuge* et trouvai Lenny dehors, qui gribouillait furieusement dans un carnet. Je marchai vers lui, mes talons hauts m'emportant loin de la sécurité du club.

Ouais. L'endroit où j'avais presque été saignée par mon petit ami, qui était aussi un meurtrier confirmé, où je m'étais portée volontaire pour servir d'appât pour attraper le chef des chasseurs, et où je venais de rencontrer mon plus grand fan.

L'un dans l'autre, je dirais que la soirée avait été productive.

Chapitre 9

Je dormis plus de douze heures. Quand je me réveillai, il était presque midi. Je n'avais pas envie de me lever. J'aurais voulu tirer les couvertures sur ma tête comme quand j'étais petite, pour que le monde disparaisse.

Mais il ne semblait pas avoir l'intention d'aller où que ce soit.

George n'était pas à la maison, mais il avait laissé un peu de café presque imbuvable et la moitié d'une pâtisserie. Je dédaignai cette dernière et remplis une tasse du liquide noir et tiède, puis je le bus lentement, tout en faisant le point sur mes problèmes actuels.

Thierry ne devait pas découvrir ce que j'avais accepté de faire. S'il connaissait les plans de Nicolaï, je me retrouverais dans un couvent sous le nom de sœur Sarah.

J'ignorais où il était allé durant la nuit. J'attrapai le téléphone et composai le numéro de son portable, puis je raccrochai à la fin de la première sonnerie. Je lui parlerais plus tard.

Je touchai mon cou. Les marques de morsure étaient toujours là. Bizarre qu'elles ne soient pas encore guéries, puisque toutes mes égratignures et coupures le faisaient en quelques heures.

Ma garde-robe et toutes mes affaires entraient maintenant dans deux valises. Je choisis un jean noir, un tee-shirt blanc, ainsi que la veste en cuir que j'avais portée la veille pour mon rendez-vous.

J'étais prête à affronter le jour. Et tous ses défis, tête baissée. Sans peur et pleine d'assurance. C'était moi. *Allez, viens m'attraper, Gideon Chase!*

Je restai debout devant la porte pendant au moins vingt minutes avant de l'ouvrir et de sortir.

Lenny et Janie m'attendaient. Janie lorgna mon cou, mais ne fit aucun commentaire.

— Bonjour, dit-elle.

— J'ignore s'il est bon, mais c'est le jour, répondis-je. Écoutez, si vous voulez bien me donner une leçon d'autodéfense aujourd'hui, je vous en serai éternellement reconnaissante. Et étant une vampire, ce n'est pas une promesse en l'air.

Elle coula un regard à Lenny, puis revint le poser sur moi.

— Bien sûr. Aucun problème.

J'avais décidé qu'apprendre à me défendre était essentiel. Je devais me sentir plus sûre de moi. Abandonner ma vie entre les mains d'étrangers n'était pas une bonne chose. Et j'avais besoin de savoir comment me protéger moi-même aussi vite que possible. Du moins un peu. Et même si Quinn m'avait offert ses services avec enthousiasme, il faudrait que je décline. Être près de lui me rendait très distraite. Ce n'était bon ni pour lui ni pour moi. Et puis, après ce qu'avait dit George, qui pensait que j'avais essayé de rendre Thierry jaloux en me servant de l'ex-chasseur, il valait mieux que j'évite ce dernier. Parce que c'était faux. À moins que je l'aie fait inconsciemment. Mon subconscient était une chose tellement perverse.

Et cela n'avait rien à voir avec le rêve où je l'embrassais. Parce que ce n'était qu'un rêve, justement. Je ne m'intéressais pas à Quinn. Impossible.

Je ne pris pas la peine de me demander si être avec Quinn serait bien moins stressant et me causerait bien moins de peine émotionnelle qu'être avec Thierry. Ou si nous étions mieux assortis, du fait que nous étions tous deux de jeunes vampires, du même âge et partageant nos centres d'intérêt. Et s'il était fort possible que je fasse une erreur en choisissant d'être avec mon petit ami assoiffé de sang, qui m'avait fichu une trouille bleue la nuit précédente et avait plus de problèmes que je pouvais en compter.

Non. Je n'avais réfléchi à rien de tout cela. Pas une seconde.

— Quand voulez-vous commencer ? demanda Janie.

— Je dois régler quelque chose d'abord. Juste après serait parfait.

— Après nous être occupés de ce quelque chose, j'espère que vous ne verrez pas d'inconvénient à ce que j'achète à déjeuner ? demanda-t-elle. Ce n'est pas professionnel, je sais. Mais je travaille sur plusieurs choses, et je n'ai pas eu le temps de manger ce matin. Et si je dois vous enseigner à vous défendre, j'aimerais avoir un peu de protéines dans l'estomac.

Lenny rangea son carnet dans la poche de sa veste.

— J'aurais pu vous apporter quelque chose. Pourquoi n'avez-vous rien dit ?

Janie secoua la tête.

— Vous veilliez sur Sarah. C'est bon. Vraiment.

— Vous vous souvenez quand vous m'avez acheté un sandwich au bacon, à la tomate et à la laitue parce que vous trouviez que j'avais l'air affamé ? C'était très gentil. Je peux vous rendre la pareille.

Elle sourit.

— Et si vous alliez chercher la voiture, Lenny ?

— Sûr.

Il hocha la tête et partit au trot.

Je haussai un sourcil.

— Il a le béguin pour moi, expliqua Janie. Que puis-je dire ? Je suis irrésistible. Et terriblement affamée.

Je décidai que j'aimais bien Janie. Nous deviendrions peut-être amies, avec le temps. Et elle allait m'aider à apprendre à me battre. Le destin avait voulu qu'elle soit engagée pour me servir de garde du corps. Et c'était lui encore qui m'avait fait renverser son moccaccino sur ses chaussures en daim.

Et en parlant de destin, j'avais une promesse à tenir.

Quand Lenny arrêta la voiture noire le long du trottoir, je lui dis comment aller à l'immeuble très *Melrose Place* où vivait Amy. Elle m'avait laissé un message disant qu'elle passait la journée au spa avec sa mère, une sorte de cadeau d'anniversaire en avance. Sa mère avait récemment appris que sa fille était une vampire, et elle l'avait plutôt bien pris, parce que sa petite chérie s'était enfin mariée.

Cela semblait le moment idéal pour qu'un vampire minuscule et lèche-bottes, qui adorait porter un smoking, s'envoie en l'air.

Je plissai les yeux et regardai par la vitre de la voiture de Lenny, qui était garée contre le trottoir d'en face, vers la rangée d'appartements modestes.

Cible : Barry Jordan.

Taille : environ 1,25 m.

Charisme : zéro.

La porte de l'appartement que lui et Amy partageaient s'ouvrit, et une grande et belle rousse apparut et mit ses lunettes de soleil. Je vis la silhouette de Barry s'encadrer dans la porte, mettant une main en visière pour se protéger de la lumière aveuglante. La femme continua à lui parler pendant une minute. Elle avait une sacoche sous le bras.

Ils rirent. Puis elle se pencha pour le serrer dans ses bras et se retourna pour partir.

La porte se referma.

Honnêtement, je n'en croyais pas mes yeux. Les soupçons d'Amy étaient confirmés !

— Je reviens tout de suite, dis-je, puis je sortis du véhicule, gagnai la porte et frappai.

Elle s'ouvrit au bout d'un instant.

— Tu as oublié quelque chose, Doris… ?

Barry écarquilla les yeux quand il me vit.

— Doris, hein ?

— Oh, non.

Il voulut me fermer la porte au nez, mais je poussai de toutes mes forces et entrai dans l'appartement.

Je lui enfonçai l'index dans l'épaule.

— Tu es dans la merde, minus.

Il leva les mains.

— Ce n'est pas ce que ça semble être.

— Oh, et qu'est-ce que ça semble être, hein ?

Il fronça les sourcils.

— Que fais-tu ici, d'ailleurs ?

— J'enquête sur toi, voilà ce que je fais ! Et dire que j'étais de ton côté. Je voulais prouver ton innocence. Que crois-tu faire, hein, en trompant Amy comme ça ? Sais-tu seulement le bol que tu as de seulement exister, et encore plus d'avoir pu passer une bague en diamant au doigt d'une fille comme elle ?

Il plissa les yeux.

— Ça ne te regarde pas. Va-t'en.

— Nous ne sommes pas au club, alors tu ne peux pas me commander à ta guise. Je veux savoir ce que tu fabriques, et ce que cette bimbo faisait ici. Juste l'essentiel.

Épargne-moi les détails sanglants ou je pourrais me mettre à vomir.

Son visage s'empourpra.

— Tu n'es pas censée être au courant !

— Non, sans blague ?

Il me regarda encore un long moment, serrant ses petits poings. Puis il soupira.

— Très bien. Mais tu n'as pas intérêt à dire quoi que ce soit à Amy.

Il tourna les talons et partit vers la cuisine.

— Tu plaisantes, j'espère ! dis-je. Tu crois que je vais garder tes petits secrets dégoûtants ? (Je le suivis.) Je lui avais bien dit qu'elle n'aurait pas dû t'épouser, espèce de nabot…

Un gros gâteau d'anniversaire trônait sur le comptoir, au milieu de plusieurs arrangements floraux. Trois sachets de ballons et une bouteille d'hélium étaient posés tout près.

— J'organise une fête d'anniversaire-surprise pour elle. (Barry balaya la cuisine du regard, puis me foudroya de ses petits yeux.) Doris est l'organisatrice professionnelle que j'ai engagée pour m'aider. Je veux que ce soit parfait, parce que c'est le trentième anniversaire d'Amy et qu'elle est un peu bouleversée à cette idée.

Je me dégonflai.

— Oh, Barry, tu as la permission de penser que je suis une idiote.

— Je ne l'ai pas attendue.

— Je suis tellement désolée. J'ai cru que tu…

Je serrai les dents.

— … trompais Amy ?

Il haussa les sourcils.

— Eh bien, oui.

Il leva les épaules.

— Ce n'est pas le cas.

Je fronçai les sourcils.

— Donc, c'est pour une surprise-partie.

— Oui.

— Pour ma meilleure amie. (Mon froncement de sourcils se durcit encore.) Et je ne l'apprends que maintenant. Suis-je seulement invitée ?

Il soupira.

— Évidemment. C'est à 18 h 30 demain, au *Refuge*. Le maître ferme le club pour que seuls les invités puissent en profiter.

Thierry était au courant. Il ne m'en avait rien dit.

Mais il fallait avouer qu'il savait garder un secret.

Une main sur la hanche, je regardai autour de moi.

— Ce truc dit vraiment « Bon Anniversaire, Mamour » ?

— Et puis alors ?

— Pourquoi ne m'avais-tu rien dit au sujet de la fête ?

— Parce que c'est une fête-*surprise*.

— Oui. Et alors ?

Barry leva les yeux au ciel.

— Parce que tu l'aurais dit à Amy. Et tu ferais d'ailleurs bien de te taire, ou tu vas tout gâcher.

— Faux, je n'aurais pas vendu la mèche.

Le regard qu'il m'adressa était clair : il ne me croyait pas.

Je réussis à prendre l'air stupéfait.

— Tu me prends pour une commère ou quoi ?

Il haussa les épaules.

Je coinçai une mèche de cheveux derrière mon oreille, nerveuse.

— Eh bien, c'est faux. Je sais tenir ma langue.

Le regard de Barry glissa vers ma gorge et il plissa les yeux.

— Est-ce ce que je crois ?

Je grimaçai et touchai les marques de morsure, gênée.

— Un accident avec une fourchette à barbecue.

Son regard resta rivé sur moi.

Au bout d'un moment, je me sentis mal à l'aise.

— Quoi ?

— Le maître t'a-t-il fait ça ?

Je me forçai à sourire, avec maladresse.

— Tu sais… dans le feu de la passion et tout. Amy m'a dit que vous deux, vous aimez mordre dans l'action.

Image mentale. Montée de bile. Frisson intérieur.

Barry eut la décence de rougir un peu.

— C'est différent.

— Ah oui ?

— Oui… je… (Il pinça les lèvres.) Je suis bien plus jeune que le maître.

— Et alors ?

Je me rappelai que Nicolaï avait mentionné que seuls les vampires de plus de cinq cents ans avaient un problème de « boisson ». J'étais contente que Barry me le confirme.

Il secoua la tête.

— Tu ne devrais pas encourager ce genre de choses.

— Ça ne te regarde vraiment pas.

— Tu serais surprise.

— Oh, vraiment ?

Il hocha la tête, l'air grave.

— Ça s'était déjà produit ?

— Non.

— Ça ne doit plus jamais arriver.

Je déglutis.

— Écoute, je ne veux pas être grossière, mais ce que Thierry et moi faisons, ce sont pas tes oignons.

Son animosité envers moi réapparut.

— Petite salope égoïste, siffla-t-il. Comment oses-tu être si désinvolte au sujet d'une chose si grave ?

Je sentis une étincelle de colère jaillir de ma poitrine.

— Tu veux peut-être que ce gâteau atterrisse sur le carrelage ?

Il continua à me regarder, bouillant de rage. Qu'avais-je donc fait pour le provoquer ainsi ?

— Je m'en vais, dis-je, et je me tournai pour partir.

— Ne fais pas un foutu pas de plus avant que j'en aie fini avec toi.

Je pivotai sur les talons, les joues brûlantes, mais pas de gêne cette fois.

— Je craignais que ça arrive, dit Barry. Dès l'instant où tu es apparue et que le maître ne t'a pas mise dehors. J'avais tellement peur que ça arrive.

— Que *quoi* arrive ?

Il montra mon cou d'un hochement de tête.

— Ça. Où est le maître ?

— Je... je ne sais pas.

Ma bouche devint sèche.

— Je dois le retrouver. A-t-il... perdu tout contrôle de lui-même quand tu t'es jetée à sa tête ?

Je haussai vivement les sourcils.

— « Jetée à sa tête » ? Je vais botter ton derrière de nain de jardin si fort que tu ne pourras pas t'asseoir avant un mois !

Il écarta mes protestations.

— J'ai besoin de savoir ce qui s'est passé. C'est important.

Je croisai les bras sur ma poitrine.

— Très bien. Il a commencé à boire trop de sang. J'ai essayé de l'arrêter, mais il n'a pas voulu. Ou pas pu. Enfin, il a cessé et il a eu l'air bouleversé. Puis il s'est excusé et a filé.

Je ne l'ai pas revu depuis. (Je touchai ma gorge d'un geste absent.) J'ignore pourquoi ça n'est pas encore guéri.

— Quand un très vieux vampire se nourrit, la blessure se referme lentement. Ça peut prendre des jours. Je suis heureux que tu aies admis la vérité au lieu d'essayer de nier ce qui s'est passé. Je respecte ça, Sarah.

Je hochai la tête.

— Euh, bien. Je suppose.

Il se frotta le menton. Puis il croisa mon regard, décidé.

— Tu ne dois plus jamais le revoir, dit-il. Jamais.

Je fus étonnée.

— Et pourquoi ça ?

Il se fâcha.

— Le maître n'avait pas perdu tout contrôle depuis un siècle. Et ça s'était terminé par une tragédie.

— La femme de Nicolaï. Je sais.

— Tu ne sais rien. (Il m'étudia de la tête aux pieds, puis il secoua la tête d'un air désapprobateur.) Je dois le retrouver et m'assurer qu'il va bien.

— C'est ça, dis-je. Mais puisqu'il faut te le rappeler : c'est moi qui ai été mordue la nuit dernière et presque vidée de mon sang. Pourquoi n'es-tu pas inquiet pour moi ? Je pourrais être morte.

Il me foudroya du regard.

— Ne sois donc pas si imbue de toi-même, Sarah. Il y a des choses bien plus importantes. (Il se dirigea vers le téléphone, décrocha le combiné et composa un numéro.) Tu peux y aller, maintenant.

Et il me tourna le dos.

Je pivotai les talons et quittai l'appartement pour rejoindre la voiture où Lenny et Janie m'attendaient. Je montai à l'arrière. J'étais si stupéfaite que je ne pus dire un mot avant plusieurs minutes. Janie me regarda avec curiosité, mais elle ne posa aucune question.

Je sortis mon téléphone portable de mon sac et composai le numéro de Thierry de mémoire. Je tombai sur sa messagerie.

— Thierry…, commençai-je. C'est moi… Sarah… Écoute, je suis vraiment inquiète pour toi. S'il te plaît, appelle-moi dès que tu auras ce message. Je… Nous devrions parler… de certaines choses. Je serai au club ce soir, d'accord ? À… à plus.

Je refermai le clapet. Même s'il m'avait fait très peur, je savais qu'il n'avait pas eu l'intention de me faire du mal. J'avais besoin de lui parler. De lui dire que je l'aimais. Que tout allait bien se passer.

Barry était idiot. Il ne me connaissait pas. Je n'étais pas si égoïste, n'est-ce pas ?

— Une tequila sunrise, dis-je au serveur du *Café Mirage*. En fait, mettez-en une double.

J'avais choisi une table qui me permettait de me tenir dos au mur du petit restaurant. Dans un coin. Pour pouvoir garder un œil sur tous ceux qui me regarderaient bizarrement. Autrement dit tout le monde, quand on devenait un peu paranoïaque comme moi.

J'espérais que ce serait un déjeuner rapide.

Janie consulta son menu.

— Je prendrais un cheeseburger avec des frites, et un Coca light.

Comme au bon vieux temps. De la nourriture solide. Un souvenir distant, qui s'effaçait déjà.

— Ça ne vous dérange pas que je mange comme un porc devant vous ? demanda Janie, tendant la carte au serveur.

J'agitai la main.

—Nan. Je suis forte. Je peux le supporter. Ça ne vous ennuie pas que je boive comme un trou devant vous, non ?

—Faites-vous plaisir. Ça va ?

Je jetai un coup d'œil dehors, où Lenny nous attendait. Il avait voulu nous accompagner, mais Janie avait insisté pour qu'il « assure ma sécurité de l'extérieur ». Il était facile de dire qui de mes deux gardes du corps portait le pantalon. Et ce n'était pas celui avec les gros muscles.

Je soupirai.

— Disons seulement que je suis impatiente de commencer ces leçons que je vous force à me donner pour évacuer toute ma frustration.

—Oui, ça ne doit pas être facile d'être une femme si recherchée. Mais ne vous en faites pas. Nous maîtrisons la situation. Je ne permettrais pas qu'il vous arrive quelque chose.

—Il ne s'agit pas que de ça. (Je haussai les épaules.) J'ai aussi quelques problèmes personnels.

Elle se renfonça dans son siège.

—Oh, je vois. L'appel passé dans la voiture, hein ? Des ennuis dans votre vie amoureuse ?

—Ça se voit tant que ça ?

Nos verres arrivèrent, et elle but une gorgée de son Coca light.

—La double tequila sunrise vous a trahie. Alors, quel est le problème ? Je peux peut-être vous donner des conseils. Ou je suis juste curieuse. À vous de décider.

Je souris.

—Eh bien, voyons. Pour commencer, mon petit ami, l'homme qui vous a engagée, est bien plus âgé que moi.

—Plus âgé de combien ?

Je pinçai les lèvres quelques secondes.

— Disons qu'il est significativement plus vieux et restons-en là.

Elle hocha la tête.

— Une petite différence d'âge ne veut rien dire.

— Il est marié.

Elle haussa les sourcils.

— Hum. Ça pourrait être un problème.

— Sa femme approuve notre relation.

— Eh bien, c'est… amical. D'accord. Quoi d'autre ?

Je me mordillai la lèvre inférieure.

— Je crois qu'il a un petit problème de dépendance. Quand il boit trop, il devient un peu dingue.

Elle opina de nouveau du chef.

— C'est un vrai problème. J'avais un petit ami au lycée qui fumait tous les jours. Il n'était pas violent ou quoi, juste très fainéant.

Je la regardai longuement.

— C'est un peu différent.

— OK, donc vous avez un petit ami plus âgé et marié qui a un problème de boisson. (Je vis ses lèvres frémir.) Un beau parti.

Je lui adressai un regard acéré.

— Ce n'est pas drôle.

— Désolée. Je n'ai pas pu m'en empêcher. Juste alors que je pense que ma vie craint, je rencontre quelqu'un pour qui c'est pire. Même si je n'en suis pas encore convaincue.

Je réfléchis à cela.

— Grâce aux chasseurs, qui ont fait sauter mon appartement, je suis sans domicile, et je vis avec un ami, parce que mon petit ami Thierry ne m'a pas invitée à habiter sous son toit.

— Vous voulez la palme de la vie qui craint le plus, hein ? Eh bien, je suis toujours dans la course.

J'observai un homme qui emmenait son petit garçon d'environ deux ans aux toilettes. Ils semblaient inoffensifs, mais on ne sait jamais.

— Votre vie est si pourrie que ça ? Allez-y, comparons nos notes.

Elle joua avec son verre, poussant les glaçons sous la surface avec le bout de sa paille.

— Pour commencer, mon patron n'est vraiment pas un cadeau.

— Qui, Thierry ?

Elle secoua la tête.

— Non, je ne l'ai même jamais rencontré. J'ai des tas de boulots, des tas de patrons, j'en ai peur. Une fille doit joindre les deux bouts.

Je caressai le bord de mon verre de l'index.

— Moi aussi j'ai eu des patrons méchants.

— Oui. Méchant. Mais j'ai une dette envers lui, alors je ne peux pas démissionner, même s'il me fait faire des trucs que je déteste. Et mon job me prend tellement de temps, que je ne peux pas avoir de vie privée. Ça, ça craint. Et j'ai des problèmes personnels aussi. Des trucs de famille dont je m'occupe en ce moment.

J'acquiesçai.

— Vous avez mentionné un frère qui vous a appris à vous défendre.

— Ouais.

Elle but une autre gorgée de Coca light.

Je souris, sans craindre de lui montrer mes crocs, puisqu'elle savait que j'étais une vampire.

— Vous savez, si ça ne marche pas entre mon petit ami et moi, vous devrez peut-être nous présenter, votre frère et moi. Et je ne plaisante qu'à moitié.

Elle sourit, mais son sourire parut forcé.

— Désolée, mais… il est mort.

Je fermai ma grande gueule et sentis un frisson me parcourir.

— Merde. Je suis navrée.

— Oui, moi aussi. (Elle but encore.) Vous n'avez pas idée. Il a été tué.

— Et celui qui a fait ça a été arrêté ?

Elle secoua la tête.

— Pas encore. Mais je suis sur quelques pistes. Son assassin aura ce qu'il mérite, c'est certain.

Son déjeuner arriva, et elle mâchouilla une frite, l'air absent.

J'attendis que le petit nuage noir qui semblait s'être installé au-dessus de notre table se disperse avant de reprendre la parole.

— C'est drôle, hein ?

Janie leva les yeux de son assiette.

— Alors, dites-moi, à part ce petit ami, vous avez d'autres options amoureuses pour vous distraire des dangers de la vie de Tueuse de Tueurs ?

Je pensai aussitôt à Quinn. Je sais, je n'aurais pas dû, mais je ne pus m'en empêcher.

— Eh bien, il y a un homme. Il est à peu près tout ce que n'est pas mon petit ami. Nous avons presque le même âge, il est célibataire, et il n'a pas de problème de boisson. Du moins pas encore.

— Quel est le problème ? Larguez jeune homme numéro un et passez à jeune homme numéro deux.

— Ce n'est pas si facile. Numéro deux est génial, mais je suis toujours folle de numéro un. Même s'il n'est pas à proprement parler un jeune homme.

— On dirait que vous êtes simplement folle.

Je souris avec tristesse.

— C'est ce qu'il m'a dit, un jour.

— Vous devriez peut-être commencer à écouter ce qu'on vous dit.

Je la regardai avec intérêt.

— Merci.

Un portable sonna, et j'attrapai le mien, espérant que c'était Thierry. Mais non, l'écran était vide.

Janie prit son téléphone et l'ouvrit.

— Oui ? (Je vis son visage à l'expression plaisante changer, ses traits devenir durs et froids.) D'accord, je m'en charge. (Elle raccrocha, mâchoires crispées, puis elle me regarda.) Vous avez dit vouloir apprendre l'autodéfense, non ?

— C'est exact.

— Vous pouvez apprendre par l'exemple. Avec Lenny et moi, sur notre prochaine mission.

— Quel genre de mission ?

Elle prit son sac et jeta quelques billets sur la table pour payer son repas. Je remarquai quelque chose à l'intérieur. Une arme. J'écarquillai les yeux.

— Pourquoi n'attendrais-je pas plutôt ici ?

Elle baissa les yeux sur le revolver.

— C'est pour le boulot. Ne vous inquiétez pas. Venez, nous allons bien nous amuser. Faites-moi confiance.

Elle se leva et m'attrapa par le bras, me tirant derrière elle alors qu'elle sortait précipitamment du restaurant.

Je n'eus pas même une chance de finir mon verre.

Chapitre 10

Dehors, Janie tapota son oreille gauche.

— Lenny, où êtes-vous ? Nous sommes devant le restaurant. Venez nous chercher.

Il y eut un crissement de pneus, et la berline noire apparut et s'arrêta net devant nous. La portière arrière s'ouvrit. Janie me tira à l'intérieur, à côté d'elle.

— Théâtre Paragon, pied au plancher ! aboya-t-elle.

Lenny se tourna pour nous regarder.

— Hum, vous avez une adresse ? Je ne connais pas bien Toronto. Et le GPS est fichu.

J'agitai la main.

— J'ai déjà entendu parler de ce théâtre. C'est à une dizaine de minutes d'ici. Prenez à gauche au prochain feu.

Lenny hocha la tête.

— Merci.

Il démarra et se mit à conduire bien au-delà de la vitesse autorisée.

Je commençai à avoir la migraine, sentant des élancements traverser mon lobe frontal.

— Écoutez, Janie, comme je l'ai déjà dit, les semaines passées ont été difficiles. Je n'ai pas besoin d'un nouveau drame. Vous pouvez me déposer quelque part ? J'attendrai que vous ayez fini.

— Vous avez dit vouloir apprendre à vous défendre, non ? Vous pourrez me voir en pleine action. Ça ne prendra pas longtemps. Juste une croix de plus sur ma liste de choses à faire. (Elle soupira lourdement.) J'ai vraiment besoin de vacances !

Lenny jeta un coup d'œil par-dessus son épaule.

— Où irons-nous ?

— Quoi ?

— En vacances.

— Je parlais de partir *seule*, rétorqua-t-elle. Sans vouloir vous offenser.

Il se renfrogna.

— Vous n'avez pas eu ma lettre ?

— Quelle lettre ?

— Celle que j'ai laissée dans la poche de votre manteau.

Elle vérifia et tira une feuille pliée de sa poche.

« Ô très belle Janie avec vos cheveux blonds
Je vous suivrai n'importe où
Jamais je ne rencontrerai femme plus merveilleuse
Et vous êtes aussi plus forte que bien des hommes
Ce qui est attirant, soit dit en passant
Je ne suis pas intimidé du tout »

Elle cligna des yeux.

— C'est… gentil, Lenny. Euh… on est bientôt arrivés au théâtre ?

— Nous pourrions partir en croisière, sous les tropiques. Ce serait chouette.

— Laissez-moi y réfléchir.

Elle me regarda, faisant la grimace.

Je ne pus me retenir de sourire. Il avait vraiment un gros béguin !

Mon téléphone sonna. Je le pêchai au fond de mon sac, espérant que c'était Thierry.

Ce n'était pas lui.

Je l'ouvris et le portai à mon oreille.

— Salut, Amy.

— Quoi de neuf ? demanda-t-elle.

— Oh, tu sais. (Je coulai un regard à Janie, qui vérifiait que son arme était chargée.) Je passe un après-midi ennuyeux. Comme toujours.

— Alors ?

— « Alors » quoi ?

— Tu as enquêté sur Barry ? Tu as dit que tu le ferais.

— Oh. Hum. Oui. (Je déplaçai le portable à mon autre oreille.) C'est vrai. À ce sujet… Je ne crois pas que tu doives t'inquiéter à propos de Barry. Il ne me semble pas être du genre infidèle, tu sais.

— Mais…

— Mais rien. Écoute, Amy, il a sans doute des choses à l'esprit, mais te tromper ? Non, je ne crois pas.

— Nous y sommes, annonça Janie quand Lenny s'arrêta derrière un vieux théâtre abandonné, dont la porte était condamnée.

— Qui c'est, ça ? demanda Amy.

— Oh. (J'observai Janie alors qu'elle sortait de la voiture, rangeant son arme sous sa veste, et je remarquai que celle-ci était toujours décousue sous l'aisselle, depuis notre rencontre avec le chasseur.) C'était juste Janie.

J'entendis Amy éclater en sanglots.

— Oh, mon Dieu ! Tu… Toi aussi… tu… me trompes ! Tu vois dans mon dos une autre amie que je ne connais même pas !

— Amy, tu ne sais plus ce que tu dis. Janie est l'une de mes gardes du corps. Amuse-toi bien au spa, et nous reparlerons de tout ça plus tard.

Elle renifla.

— D'accord.

Je mis fin à la conversation et replaçai mon téléphone dans mon sac. Puis je suivis Janie, imitée par Lenny.

— Ça ne prendra vraiment pas longtemps, n'est-ce pas ? demandai-je.

Janie secoua la tête.

— Ce sera une récupération rapide. Nous devons le rencontrer à l'intérieur.

— Et l'arme, c'est pour quoi ? m'enquis-je, lui jetant un coup d'œil, mal à l'aise.

— Simple précaution, répondit-elle, étudiant le bâtiment.

Lenny s'appuya à la voiture et demanda :

— Que voulez-vous que je fasse ?

Elle tourna la tête vers lui.

— Restez ici. Assurez-vous qu'il ne sorte pas par-derrière avant que nous ayons ce que nous sommes venus chercher.

— Vous ne voulez pas que j'entre ?

— Contentez-vous de rester ici. (Elle regarda la porte.) Mais avant, pouvez-vous arranger ça ?

Il s'avança et enfonça le battant d'un coup de pied. J'entendis le vieux bois se fendre sous l'assaut de sa Doc Martens gauche.

À l'intérieur, il faisait très sombre. Janie fourra la main dans sa poche et en tira une petite lampe torche, qui nous aida à nous diriger dans le couloir. De vieux tableaux étaient encore accrochés aux murs, couverts de poussière et vieillis par le poids des ans.

— Qu'est-ce que nous sommes venus chercher ?

— Un collier, pour mon patron. Le livreur est censé être quelque part ici.

— Et comment est-ce supposé m'apprendre l'autodéfense ?

Elle se tourna vers moi avec un léger sourire.

— L'homme que nous allons voir n'est pas fiable. Je n'en dirai pas plus pour l'instant.

— C'est un endroit étrange pour une rencontre.

— C'est un type étrange.

Je l'étudiai un instant.

— Je devrais peut-être attendre dehors avec Lenny. Je ne sens pas cette histoire.

Le sourire de Janie s'élargit.

— Pour une vampire, vous êtes une vraie poule mouillée, vous savez ?

Je fronçai les sourcils. Je n'étais pas une poule mouillée. Enfin, pas trop.

Nous tournâmes un coin, et je compris que nous avions longé la scène. Nous étions maintenant à l'avant du théâtre, dans le hall d'entrée. Un homme vêtu d'un long manteau noir était debout près du guichet. Nous avançâmes vers lui, Janie d'une démarche pleine d'assurance. Les lumières étaient allumées, mais elles n'éclairaient pas beaucoup. Janie éteignit sa lampe et la rangea.

— Janelle, dit l'inconnu quand elle arriva près de lui. Je ne savais pas que c'était vous qu'on enverrait.

— Ça faisait longtemps.

Il portait un feutre mou, baissé sur ses yeux. Il avait l'air d'un espion. Avec un peu de chance, c'était juste un air.

Il me montra d'un mouvement de la tête.

— C'est qui ?

— Une amie.

— Je ne veux pas rencontrer vos amis, Janie.

— Vous avez choisi le lieu, j'amène une amie. Finissons-en. Vous l'avez ?

— Peut-être.

Je n'étais pas à l'aise, aussi fis-je de mon mieux pour rester à l'écart et me fondre dans le décor style Arts déco comme un bon caméléon de théâtre.

Janie lui fit signe de la tête.

— Pourquoi ne me le donnez-vous pas ? Faisons ça vite et bien.

Il rit.

— Janie, rien n'est jamais simple avec vous. J'ai un message pour vous.

— Et c'est quoi ?

— C'est fini. C'est mon dernier boulot. Je raccroche.

Elle haussa les épaules.

— Ça n'a rien à voir avec moi, mais je le lui dirai. Vous l'avez mis par écrit, ou voulez-vous que je paraphrase ?

Les pans de son manteau s'écartèrent, et il braqua une arme sur Janie.

— Je me suis dit que votre cadavre serait un message très clair.

— Janie…, couinai-je, sentant la panique m'envahir.

— La ferme, ordonna l'Homme au feutre. Vous êtes une vampire, hein ? Je les sens de loin. Allez donc vous transformer en poussière dans un coin.

Je déglutis avec difficulté et reculai.

— Pas en poussière, en bouillie visqueuse.

— Peu importe. Même un vampire est trop bien pour traîner avec mademoiselle Parker ici présente. C'est une menteuse et une tricheuse. Elle volera votre âme et elle retournera auprès de son maître en riant, une chanson sinistre résonnant dans son cœur noir et glacé.

Janie me coula un bref regarda et haussa les épaules.

— Certains hommes sont immunisés contre mon charme.

L'inconnu éclata de rire.

— Janie, vous êtes rouillée. Je n'aurais jamais cru avoir la haute main si facilement !

— Vous avez planifié tout ça ?

— Une décision de dernière minute, répondit-il.

— Alors, vous n'avez pas apporté la marchandise ?

Il hésita.

— Non, je ne l'ai pas.

— Menteur. Je suis prête à parier que vous l'avez sur vous. Quelque part. Alors, je vous laisse une dernière chance. Donnez-la-moi tout de suite ou je vais devoir vous tuer.

— Brave fille avec une arme sous le nez. Et vous essayez encore de me faire croire que vous me laisseriez sortir d'ici ? Je ne suis pas si stupide.

Janie tourna la tête.

— Oui, Lenny. Nous sommes ici.

L'Homme au feutre regarda autour de lui, et Janie lui flanqua un coup de genou dans l'aine. Elle voulut le contourner pour l'empoigner, mais il esquiva et partit en courant, ouvrant les portes qui menaient à la scène et les claquant derrière lui.

— Venez ! cria-t-elle à mon intention en s'élançant à sa poursuite.

Elle plaisantait, hein ? Je ne la suivrais pas. Pas question.

Mon téléphone sonna. Je l'arrachai au fond de mon sac et vis que c'était le numéro de Thierry. Mon cœur se serra. J'allais répondre quand un bras s'enroula autour de ma gorge.

— Salut, dit l'Homme au feutre.

Je lâchai le portable pour attraper le membre qui m'étranglait. Le téléphone atterrit sur le sol et se cassa. Merde. Comment avait-il fait ça ?

— Vous ne voyez pas d'inconvénient à me servir d'otage pour que je puisse sortir d'ici, n'est-ce pas ?

Mon cœur cognait douloureusement contre mes côtes.

— En fait, je préférerais que vous me lâchiez.

Il gloussa.

— Alors, c'est quoi votre histoire, Rayon de Soleil ? Traîner avec une fille comme Janie Parker ? Vous semblez trop coulante et tendre pour ce genre de chose.

— Vous dites que je suis grosse ?

— Non, juste bien. Pour une vampire. Je vous sauterais volontiers.

— Ouah, je suis tellement flattée ! Je suppose que vous n'êtes pas au courant pour la super force des vampires. Je pourrais vous casser les bras comme deux brindilles si je le voulais, mentis-je.

Il changea sa prise et appuya le canon de l'arme contre ma tête.

— Et je pourrais vous faire sauter la cervelle.

— Vous disiez donc que vous me sauteriez volontiers. Voudriez-vous fixer un lieu et une date ? Parce que vous êtes terriblement attirant. J'ai un faible pour les meurtriers sombres et torturés.

— Je ne suis pas un meurtrier. Je veux juste sortir d'ici en un seul morceau. Je n'aurais jamais dû venir. Elle ne peut pas l'avoir. Ni aujourd'hui. Ni un autre jour.

Il m'attrapa par le bras et commença à me tirer derrière lui dans les ombres du théâtre. Il trouva une vitre crasseuse et la brisa d'un coup de pied. Un rai de lumière entra et inonda mon visage.

Il me regarda.

— Je croyais que les vampires ne pouvaient pas sortir dans la journée ?

Je plissai les yeux. C'était une excellente occasion pour essayer de sauver ma peau. Son ignorance était un atout pour moi.

— C'est parce que je suis une vampire spéciale. Vous avez entendu parler de la Tueuse de Tueurs ?

Il se figea.

— C'est vous ?

J'acquiesçai, essayant de rester aussi calme que possible.

— Je suis très dangereuse. Et je suis aussi une femme à cran. Alors si j'étais vous, je me laisserais partir avant d'être encore plus dans le pétrin.

— Janie et vous, vous êtes amies ?

— Plutôt des connaissances.

Il s'humecta les lèvres.

— Ne lui faites pas confiance. Elle est mauvaise.

— Si vous le dites.

Il fronça les sourcils, comme s'il réfléchissait à quelque chose.

— Vous croyez au destin, Tueuse de Tueurs ?

— Parfois.

— Moi, oui. C'est le destin. Vous, ici. (Il me lâcha et plongea sa main libre dans sa poche. Il en tira une chaîne en or qui brilla au soleil, et me la tendit.) Prenez ça. C'est à vous. Mais ne laissez pas Janie l'avoir.

— Écoutez, je ne veux rien avoir à faire avec cette…

— Prenez-le. (Il me le fourra dans la main.) Et cachez-le.

— Qu'est-ce que c'est ?

Il sourit.

— Juste un collier.

— C'est ça !

— Moi, je me tire. Dites à Janie…

— Quoi ? demanda Janie en avançant vers nous, son arme pointée sur la tête de l'Homme au feutre. Tout va bien, Sarah ?

Après avoir surpris l'expression de l'inconnu, je glissai le collier dans ma poche avant qu'elle ait pu le voir.

— Oui.

— Lâche ton flingue. Tout de suite. Ou je te troue la peau, ordonna-t-elle à l'Homme au feutre.

Il inclina la tête sur le côté.

— Oh, Janie, j'adore quand vous parlez comme l'une de ces salopes dans un film d'action à deux balles. Vous m'avez manqué.

— De tous mes tirs, jusqu'ici. (Elle eut un large sourire, mais il n'avait rien d'amical.) Donnez-moi le collier.

Il se raidit.

— Vous allez me tuer, d'une manière ou d'une autre.

— Si je n'ai pas le collier, c'est moi qui vais devoir compter mes abattis, et ce sera difficile, parce que je serai morte. Alors, donnez-le-moi… (Elle retira la sécurité avec un « clic ».) Ou je vous tue.

Chapitre 11

Les yeux écarquillés, je vis la main de l'Homme au feutre commencer à trembler.

J'aurais pu dire à Janie que j'avais le collier. Tout arrêter avant que quelqu'un soit blessé.

Mais il y avait eu quelque chose dans le regard de l'inconnu quand il me l'avait donné. Comme s'il me faisait confiance. Et pas à elle.

— Ne tirez pas sur lui, Janie, dis-je soudain.

— Et pourquoi pas ?

— Parce que… vous le regretteriez.

— Je regrette des tas de choses.

— Moi aussi. Par exemple, d'avoir renversé ce moccaccino sur vos chaussures.

Elle ricana.

— J'avais presque oublié.

— C'étaient de très jolies chaussures.

— Oui, hein ? dit-elle, baissant un peu son arme.

Soudain, l'Homme au feutre se retourna, sauta par la fenêtre cassée, et prit ses jambes à son cou.

Janie courut jusqu'à la fenêtre et visa son dos.

Au bout d'un moment, elle baissa son arme.

— Merde. Je ne peux pas faire ça. Tirer dans le dos d'un homme. (Elle me regarda.) Qui est la poule mouillée maintenant, hein ?

Je voyais la silhouette de l'homme rapetisser dans le lointain.

— Il a peut-être dit la vérité. Peut-être n'avait-il pas le collier.

— Je suppose qu'on ne le saura jamais.

Je déglutis et pinçai les lèvres.

— Je suppose.

— Mon patron va me tuer. (Elle remit son arme dans son sac et sourit.) J'ai besoin d'un verre !

Cela semblait une excellente idée.

Nous prîmes un verre. En fait, trois. L'alcool ne m'affectait pas, et Lenny était notre chauffeur, alors cela n'avait pas d'importance. J'observai Janie, cherchant à savoir si je devais avoir peur d'elle, si elle était une personne à qui on ne pouvait pas faire confiance, comme l'avait dit l'Homme au feutre. Mais je ne vis aucune raison de me méfier d'elle.

Pourtant, le collier resta dans ma poche. Je ne pipai mot le concernant.

Je demandai à mes gardes du corps de me déposer au *Refuge*, pour attendre que Thierry se montre. Il s'y rendait parfois dans l'après-midi pour s'occuper de ses papiers. Cela valait le coup d'essayer. Il m'avait appelée sur mon portable avant que celui-ci tombe et se casse. Il savait donc que je voulais lui parler.

Janie et moi descendîmes de voiture près de l'entrée discrète du *Refuge*.

— Sarah ! cria une voix sur ma droite.

Je me retournai et vis Quinn arriver vers moi.

— Je t'ai cherchée partout. Il y a eu un autre meurtre la nuit dernière. Une vampire, cette fois. Une jeune femme, aux cheveux sombres. Son corps est resté intact. Avec tout ce qui s'est passé, j'ai cru un moment que c'était toi et ça m'a fichu la trouille.

Je frissonnai à ces paroles.

—Je suis là. Je vais bien. Enfin, je respire toujours.

Il serra les dents.

—Je dois attraper ce salaud. Mais je suis perdu. Il y a des tas de vampires dans cette ville, et ils ne parlent pas. Je vais avoir besoin des contacts de Thierry, après tout.

Je coulai un regard à Janie et fus surprise de voir qu'elle avait l'air un peu nerveuse.

—Hum, dit-elle. Je suppose que Lenny et moi allons attendre là-bas.

—D'accord.

—Je… euh… vous vois plus tard.

Quinn la regarda.

—Ne vas-tu pas nous présenter, Sarah ?

Je soupirai.

—Oui. Quinn… c'est Janie. Elle est l'une de ces gardes du corps dont je t'ai parlé hier.

—Salut.

Quinn tendit la main.

Janie n'y fit pas attention.

—Oui. Salut. Bon, comme je l'ai déjà dit, nous serons tout près en cas de besoin.

Puis elle tourna les talons et remonta à l'arrière de la voiture sans ajouter un mot.

Je regardai Quinn.

—Elle est timide.

—Peu importe. Tu vas vraiment bien ?

—Je survis. Je me balade avec mes drôles de gardes du corps comme une cible pour les chasseurs. Et maintenant, je suppose qu'il va aussi me falloir éviter un vampire tueur en série. Quelle époque !

— Tu es avec moi, maintenant. Et je ne laisserai jamais rien t'arriver. (Il fronça les sourcils, puis il tendit la main pour écarter les cheveux de ma gorge.) C'est quoi, ça ?

J'allais m'acheter une écharpe aussi vite que possible. Quand Barry avait-il dit que ces choses seraient guéries ?

— Un incident avec une fourchette à barbecue.

Il toucha les marques de morsure sans rien dire, son regard devenant de plus en plus doux et inquiet au fur et à mesure qu'il étudiait mon visage en quête d'une réponse. Je pris son poignet et, au bout d'un moment, je l'écartai, me tournant vers la porte du *Refuge*.

— Je crois que j'ai besoin d'un verre. (Je lui coulai un regard.) Tu te joins à moi ?

— « Un verre » ?

— Oui. (Je fouillai mon sac et en sortis un trousseau de clés.) Regarde qui a les clés du *Refuge*.

— Tu crois que c'est une bonne idée ?

— Personne ne sera là, à cette heure. Donc, le bar est ouvert.

Il semblait toujours perturbé par l'état de mon cou.

— Alors je dis que c'est une bonne idée. J'ai envie d'une bière.

Je nous fis entrer dans le club et refermai derrière nous. Puis j'allumai quelques lampes.

— Tu me donnes une seconde ? dis-je. Je dois passer un coup de fil.

J'arrivai jusqu'au téléphone et composai le numéro de Thierry.

Je tombai aussitôt sur sa messagerie.

— Thierry, c'est moi. On dirait qu'on joue à cache-cache… Écoute, je suis au *Refuge* en ce moment. Je… Nous parlerons plus tard, d'accord ?

Je raccrochai et restai là, la main sur le combiné, pendant une minute. Je voulais vraiment lui parler. M'assurer qu'il allait bien. Lui dire que je n'étais pas effrayée par ce qui s'était passé, mais que nous devions avoir une conversation. Je ne croyais toujours pas qu'il ait tué la femme de Nicolaï en dépit de toutes les preuves du contraire. Mon instinct me disait que ce n'était pas toute l'histoire. Mais comme pour tout le reste dans ma vie, les réponses devraient attendre.

Je pris deux bières dans le frigo et rejoignis Quinn, qui me débarrassa de l'une d'elles.

— Alors, c'est elle la garde du corps qui a dit qu'elle t'enseignerait à te défendre ?

— Oui. (Je bus une longue rasade de bière.) Malheureusement, la journée ne s'est pas passée comme prévu.

Loin s'en fallait !

Je glissai une main dans ma poche pour toucher la chaîne en or. Qu'étais-je censée en faire ? Qu'est-ce que c'était, d'ailleurs ? J'allais la mettre en lieu sûr. Et en parler à Thierry. Quoi que ce soit, des gens étaient prêts à tuer pour l'avoir.

Ce n'était pas comme si cela avait été un gros diamant ou quelque chose dans ce genre-là. C'était plutôt laid : juste une grosse chaîne dont même Mister T. n'aurait pas voulu. Quelle que soit sa valeur, ce n'était pas parce qu'elle était signée Tiffany's.

— Peut-être ferais-je mieux de rester cachée et d'éviter tout ce qui pourrait m'être fatal, songeai-je à voix haute, en repensant à l'Homme au feutre.

— Entièrement d'accord, intervint Quinn.

Je fronçai les sourcils.

— Génial. Tout le monde veut que je me terre. Que j'évite les problèmes. Que je reste en sécurité. Donc que j'arrête de vivre.

— Ce n'est pas ce que j'ai voulu dire.

— Alors quoi ?

— Je suis pour la prise de conscience. Si tu es consciente des risques, et que tu sais anticiper le danger, alors tu peux prendre soin de toi-même. Tu n'as pas besoin de te cacher de la vie, mais de l'aborder différemment.

— Et comment suis-je censée faire ça ?

— Je vais t'enseigner deux ou trois mouvements pour que tu puisses aller presque partout, et si quelqu'un te cherche, il ou elle te trouvera.

Je soupirai. Après la journée que j'avais eue, l'offre de Quinn me semblait trop belle pour la laisser passer. Et cela ne voulait rien dire. Au diable ce rêve ! Quinn et moi étions de bons amis. Je serais stupide de refuser sa proposition.

— Très bien. Tu as gagné. Apprends-moi. Je suis ton élève, ô maître.

— Quand ?

Je haussai les épaules.

— Pourquoi pas maintenant ?

— Tu n'es pas vraiment habillée pour une leçon de combat de rue.

Je baissai les yeux sur ma tenue.

— Qu'est-ce qu'il y a de mal dans un jean et un tee-shirt ?

Son regard descendit lentement jusqu'à mes pieds.

— Je te suggère d'enlever tes chaussures. La dernière chose dont j'ai besoin, c'est d'un talon aiguille planté en plein cœur.

— Ce ne sont pas des talons aiguilles. Ce sont des chaussures confortables. Mais d'accord.

Je les ôtai et me tins pieds nus sur le sol de céramique froid du *Refuge*.

Quinn continua à me regarder tout en finissant sa bière, puis il posa la bouteille sur le comptoir. Il déplaça les tables et les chaises pour nous faire de la place. Enfin, il fut au centre d'un cercle de belle taille. Il retroussa ses manches.

— D'accord, dit-il.

J'étais toujours appuyée au bar.

— « D'accord » quoi ?

Il me fit signe de le rejoindre.

— Attaque-moi.

J'approchai de lui.

— Comment veux-tu que je t'attaque ?

— Eh bien, pour commencer, demanderais-tu à ta victime comment elle préfère être attaquée ? Non. Alors flanque-moi un coup de poing ou quelque chose comme ça. (Il cligna des yeux.) Mais avant tout, tu devrais peut-être poser ta bière.

Je la laissai sur une table.

— Très bien, monsieur. Tu veux que la Tueuse de Tueurs te fasse mal, c'est ça ?

Il sourit.

— Vas-y !

Il avait l'air si sûr de lui, si persuadé que, quoi que je tente, je ne pouvais pas lui faire mal, que cela m'aiguillonna et j'avançai sur lui. Je fermai le poing et le frappai à l'épaule gauche.

Puis je fronçai les sourcils.

— Tu ne t'es même pas défendu !

Il rit.

— Contre ça ? Je n'enseigne pas à se défendre contre des chiots. Il va falloir que tu me frappes plus fort.

— Je ne veux pas te faire mal.

Il rit de plus belle.

— Ne t'inquiète pas, ça n'arrivera pas.

Je lui donnai un autre coup de poing, qu'il arrêta d'une main, puis il me tordit le bras dans le dos.

— Tu vois ? Aussi simple que ça, me souffla-t-il au creux de l'oreille.

— Je n'ai pas encore enclenché la fureur de Sarah. T'as encore rien vu !

Il me lâcha.

— Je ne crois pas, non. Tu es beaucoup trop décontractée. Même avec tous les problèmes dans lesquels tu t'es fourrée ces derniers temps. Du moins, c'est l'impression que tu donnes.

— Les apparences sont souvent trompeuses, l'informai-je. Je suis terriblement stressée en ce moment. J'ai juste un don pour le cacher. Tu ne me connais pas très bien.

— Oh, je crois que je te connais mieux que tu le crois.

Je mis les mains sur mes hanches.

— Ah, oui ?

— Oui.

— Comme quoi ? Cite un truc que tu sais sur moi.

Il m'étudia un instant.

— Tu peux pardonner des erreurs vraiment stupides.

— Par exemple ?

— J'étais un chasseur de vampires quand nous nous sommes rencontrés. (Son expression devint sérieuse.) Je ne peux pas te dire combien je suis désolé à propos de ça. Je… j'étais une autre personne, à l'époque.

Je secouai la tête.

— Tu n'étais pas différent. Tu étais toi, juste un peu plus ignorant concernant certains aspects de la vie.

— C'est une façon gentille de dire que j'étais un parfait idiot. (Il tira une chaise et s'assit lourdement.) Que vais-je bien pouvoir faire pour racheter toutes mes fautes ?

— Tu dois laisser tout ça derrière toi.

Il leva la tête vers moi, les yeux humides.

— Je ne comprends même pas comment j'ai pu faire ça. En regardant en arrière, je vois combien c'était mal. Mais je croyais sincèrement… Je croyais faire ce qui était bien.

J'allai chercher deux autres bières dans le frigo et les apportai. Je posai une main sur l'épaule de Quinn.

— Écoute, d'après moi tu as deux options. Tu peux t'appesantir sur le passé, te rouler en boule et te laisser mourir. Ou tu peux continuer à avancer.

— Y a-t-il une troisième option ?

J'ouvris ma bière et bus une grosse gorgée.

— Oui, tu peux bouger tes fesses d'ex-chasseur paresseux et m'apprendre à tenir tête à tes anciens copains.

Il rit.

— Tu dis donc que je devrais oublier mon passé ?

— Non, je n'ai pas dit ça. Tu étais un chasseur. Tu sais maintenant que tu avais tort. Tu peux choisir de faire la différence parce que ta vision des choses est plus claire que celle de quiconque. J'ai confiance en toi, tu trouveras le vampire responsable de toutes ces morts. Je n'ai aucun doute à ce sujet. Et non, tu ne peux pas revenir sur ce que tu as fait… et je ne dis pas que tu devrais essayer. Tu dois décider à bon escient quoi faire du temps qui t'est imparti. (Je me tus un instant.) Est-ce qu'on aurait dit Gandalf ?

— Un peu.

Je haussai les épaules.

— Je crois que j'ai pris un pantalon qui rend « mystique », au cours de mes achats.

— Il te va bien.

— Oui. Bon, je suppose que lorsque la nuit est au plus sombre, le soleil commence à se lever. (Je clignai des yeux.) Que quelqu'un m'arrête !

Il lorgna ma gorge.

— Vas-tu me dire ce qui est arrivé à ton cou ou dois-je faire des suppositions ?

Je touchai les marques du délit.

— C'était un accident.

— « Un accident », répéta-t-il. Tu es tombée sur ses crocs accidentellement ?

— Tu ne lis pas de romans à l'eau de rose ? Mordre est le signe d'un véritable amour.

Il secoua la tête.

— Qu'est-ce que tu trouves à ce type ?

La question me prit par surprise.

— Quoi ?

Quinn se leva.

— Thierry. Que lui trouves-tu ? Je ne comprends pas. Où est-il ? Pourquoi n'est-il pas ici en ce moment même ? C'est lui qui devrait t'enseigner à prendre soin de toi.

— Il est occupé.

— Oui, il est occupé. (Il secoua de nouveau la tête.) Même si je n'avais pas de soupçons, cet homme est un con méprisant, pompeux et dominateur.

Je me raidis.

— Tu ne le connais pas.

— Et toi oui ? Ne me dis pas que vous avez la moindre chose en commun.

— Nous aimons tous les deux *American Idol*. C'est un grand fan de Clay Aiken.

Il ricana.

— Je crois que j'ai saisi. Tu *penses* être amoureuse de lui. C'est un sombre connard Alpha avec une cape noire et un passé mystérieux. Et tu as fini par te faire croire à ce fantasme romantique.

— Un « connard Alpha » ?

Il jura entre ses dents.

— Tu crois devoir tomber amoureuse du type torturé qui vit dans l'ombre. Mais après deux mois, Sarah, est-il déjà sorti de l'ombre pour toi ?

— Je n'ai pas envie de parler de ça, Quinn.

— Non, évidemment non. Tu pourrais finir par voir la vérité en face. Eh bien, si tu pouvais te regarder dans un miroir, tu verrais cette vérité au niveau de ton cou ! Il ne s'agit pas d'un suçon. Je me fiche de ce que tu veux me faire croire. J'ai peut-être tué des vampires sans savoir ce que je faisais, mais je n'ignore pas que les vampires aussi vieux que Thierry ne doivent plus boire de sang !

Je déglutis.

— Ce sont pas tes oignons !

— Tu sais ce qui arrive quand ils boivent du sang ? C'est pour ça qu'il est parti cacher son visage, pour que tu ne découvres pas ses hideux petits secrets ? Ou peut-être fait-il la même chose à une autre victime innocente ? (Il secoua la tête.) J'admets avoir tué des vampires innocents, mais quelques-uns le méritaient. J'avais oublié. Après tout ce qui m'est arrivé, j'avais oublié que certains vampires méritent de mourir. Il y a une bonne raison à l'existence des chasseurs, Sarah : éliminer les mauvais. Et nous pourrions devenir comme eux, si nous ne buvions pas assez de sang aujourd'hui. Devenir comme les anciens, quand eux en boivent trop. Nous marchons sur la corde raide.

Je le regardai.

— Thierry n'est pas comme ça.

— Peut-être. (Il se rapprocha.) Peut-être pas. Je suis mon instinct, Sarah. Et il me dit que quelque chose ne tourne pas rond. Tu es en danger en restant avec lui. Mais je ne permettrai pas qu'il t'arrive quelque chose. Je ne le laisserai pas te faire du mal.

Il prit mes mains et les porta à ses lèvres.

Mes joues devinrent tièdes.

— Quinn, que me trouves-tu ? Il y a une fille, là dehors, qui te convient mieux que moi. Fais-moi confiance.

Il réussit à sourire.

— Eh bien, pour commencer, la plupart des filles auraient écouté ma tirade, puis elles m'auraient fait un bras d'honneur et seraient parties.

Je lui fis un bras d'honneur.

— Tu es toujours là, dit-il.

— Oui. Surtout parce que je veux toujours apprendre ces mouvements.

Il finit sa bière.

— Tu ne m'as pas laissé te dire ce que je te trouve. Tu veux savoir ?

— Pas vraiment.

— Dommage. D'accord, alors, *Ce que j'aime chez Sarah Dearly*, par Michael Quinn : tu es drôle.

— Je fais de mon mieux.

— Tu es jolie. Ces cheveux bruns que tu coinces derrière tes oreilles, et tes grands yeux marron qui brillent de malice. J'aime ça.

Je secouai la tête.

— Je ne suis pas une Véronique !

— Non, c'est certain.

Je fronçai les sourcils, et il rit.

— C'est un compliment, dit-il. Véronique est trop… Véronique. Si ça a un sens.

— Tu la connais à peine.

— Tu la défends, maintenant ?

Je haussai les épaules.

— Elle n'est pas méchante.

Il s'appuya au bord de la table.

— Sais-tu pourquoi nous avons arrêté de nous voir ?

Mes oreilles se dressèrent, à la Barkley.

— Non, pourquoi ?

Il pinça les lèvres un moment avant de poursuivre.

— Parce qu'il est possible que je l'aie appelée par ton nom… à un moment très inapproprié.

Je le regardai fixement.

— Dis-moi que c'est une plaisanterie.

Il secoua la tête.

— Ça ne l'a pas impressionnée.

— Pourquoi me dis-tu ça ?

— Pour prouver quelque chose. Pour te montrer que ce n'est pas parce que tu t'es trompée en choisissant l'autre imbécile, que l'imbécile ici présent ne pense plus à toi. De manière inappropriée.

Je me raclai la gorge.

— Passons à autre chose, d'accord ?

Il sourit.

— Bien. J'aime que tu sois gênée par les toutes petites choses, et indignée par les grandes. J'aime que tu croies que tout ira bien, même quand tout est noir. J'aime que tu ne veuilles pas demander de l'aide. Et que tu tiennes si bien l'alcool…

Je haussai les épaules et jetai un coup d'œil au bar.

— Les vampires ne peuvent pas se saouler à moins de boire du sang en même temps. Crois-moi, j'ai essayé.

— J'aime que tu ne cesses jamais de jacasser, même quand quelqu'un essaie de parler.

— Certaines personnes trouvent ça agaçant.

— Je ne suis pas « certaines personnes ».

Il avança encore pour attraper une mèche de mes cheveux entre ses doigts. Il la coinça derrière mon oreille et la lissa.

— Non, tu n'es pas « certaines personnes », acquiesçai-je.

— Et je ne suis pas Thierry.

Je m'écartai de lui.

— Et tu n'es pas lui.

— Tu ne m'as jamais répondu. Que trouves-tu à Thierry ? Il est dangereux. Mon instinct me dit qu'il est même plus que ça. Qu'est-ce qui le rend si spécial à tes yeux ?

Je le regardai, mais je ne répondis pas. Qu'étais-je censée dire ? Lui débiter une liste des choses que j'aimais chez Thierry ? Selon l'heure de la journée, elle pouvait être très longue ou très courte. Mais cela prouvait-il les sentiments d'une personne pour une autre ? La capacité de faire la liste d'une tonne de qualités admirées chez l'être aimé ? Peut-être. Peut-être pas. Je l'ignorais.

Étais-je censée lui dire que même si je savais tout de Thierry, y compris ces choses qui me terrifiaient et me glaçaient le sang, je l'aimais toujours tellement que cela me faisait mal ? Comment expliquer cela ? Même à soi-même ?

— Apprends-moi ces mouvements, dis-je d'un ton calme. Ou je crois que nous en avons fini, ici.

Il me regarda longuement, puis il dit :

— D'accord.

— D'accord.

Il recula de quelques pas.

— Attaque-moi vraiment cette fois.

À ma grande surprise, je ne fus pas aussi gentille, cette fois. Je lui flanquai des coups de pied et de poing. Quinn les bloqua tous et il me montra au ralenti comment il le faisait. Comment me libérer quand on me passait un bras autour de la gorge. Quelles parties du corps je devais viser pour faire le plus de dégâts chez mon assaillant.

Nous continuâmes la leçon pendant encore une demi-heure avant que je commence à piger le truc. Puis il devint l'assaillant, et moi la victime. Ce ne fut pas un vrai rôle de composition.

Je me rendis compte que plus j'étais détendue, plus j'étais forte. En plus de mes sens exacerbés, ma force s'était accrue rapidement. Je veux dire, je n'étais pas Wonder Woman ou quelqu'un comme ça, mais je pouvais envoyer une personne valser.

Ce que je fis par accident quand Quinn me tomba dessus et que je détournai son attaque en l'envoyant bouler contre une table. Il s'effondra. Je me plaquai une main sur la bouche, tant je fus surprise, puis je courus vers lui.

— Oh, mon Dieu ! Je suis désolée ! Je t'ai fait mal ?

Il ne bougea pas.

— Quinn ?

Je tombai à genoux près de lui et lui touchai l'épaule d'un geste hésitant. Seigneur Dieu, l'avais-je mis KO ? J'étais comme *Xena, Vampire Guerrière*.

Alors que je commençais à m'inquiéter, il se retourna et m'empoigna.

— Tu dois toujours rester sur tes gardes.

Nous roulâmes ensemble et il me cloua au sol sous son poids.

Je levai les yeux vers lui.

— Tu as triché.

— C'est ce que font les chasseurs.

Il me mit les bras au-dessus de la tête et plongea son regard dans le mien.

— Tu n'essaies pas de te libérer.

Non, en effet. Ce qui était très étrange.

Il me sourit.

— Si j'avais été un méchant, tu serais déjà morte.

— C'est donc une bonne chose que tu ne sois pas un méchant, non ?

— Oui, très bonne.

Il approcha son visage du mien jusqu'à ce que nos lèvres se touchent presque. Jusqu'à ce que je puisse sentir son souffle tiède contre ma bouche, son corps fermement pressé contre le mien.

J'entendis la porte du *Refuge* se refermer en claquant alors que Quinn m'embrassait.

CHAPITRE 12

Je repoussai Quinn à bout de bras.

Il y eut un moment de silence, avant que Thierry parle.

— J'ai vu que tu m'avais appelé d'ici sur mon téléphone portable, alors je suis venu te voir. Je suis navré si j'ai interrompu quelque chose.

Il semblait très blasé, très froid, comme s'il ne venait pas de surprendre Quinn allongé sur moi au milieu de son club. Oh, et j'allais oublier le baiser. Oui, je n'aurais pas pu rêver d'un meilleur timing, même si j'avais tout prévu.

Et par « meilleur », je voulais dire : « complètement et incroyablement horrible ».

Quinn se contenta de me sourire en me regardant dans les yeux, l'air très satisfait. Puis, sans doute parce qu'il ne voyait pas combien j'étais mortifiée, il me fit un clin d'œil et prit appui sur le sol pour se remettre debout.

— Thierry, commençai-je, me redressant sur les coudes. Quinn m'enseignait l'autodéfense.

Thierry s'était arrêté à peine passé la porte et avait croisé les bras sur sa poitrine. Son expression était tendue. Il hocha la tête.

— Ah, c'était donc cela. Je n'en étais pas sûr.

Quinn tendit la main pour m'aider à me relever, mais je la dédaignai et me débrouillai toute seule. Je brossai mon jean d'un geste absent, souhaitant soudain être à bord d'un avion qui m'emmènerait loin, très loin de Toronto.

— C'était mon idée, dit Quinn après un silence inconfortable. Sarah a besoin d'apprendre à se protéger elle-même, et je me suis dit qu'il n'y avait pas d'autres candidats, donc me voici, offrant mon aide en la matière.

Thierry serra les mâchoires.

— C'est très gentil à vous. Alors, dites-moi, quel genre d'autodéfense est-ce ?

— Ça ? Simple combat de rue.

— Je vois. Et le baiser c'était… pour ajouter de l'effet ?

Je sentis mes joues devenir brûlantes.

Quinn n'eut pas l'air gêné.

— Non, pas pour l'effet. C'était juste un bonus. Vous savez, quand l'atmosphère s'échauffe, que les corps transpirent, il se passe des choses entre deux personnes. C'est de la chimie. Parfois, c'est incontrôlable.

— En effet.

Le regard de Thierry se posa brièvement sur moi.

J'étais très occupée à chercher un trou dans le sol pour disparaître.

Quinn haussa les épaules.

— Peut-être que si vous étiez plus souvent là, Sarah n'aurait pas besoin que d'autres gens l'aident à… apprendre à se défendre. Mais il n'y a pas de problème. J'adore… enseigner.

Thierry faillit sourire.

— Vous avez peut-être raison. Sarah, je n'ai pas été souvent là, et je m'en excuse. Je comprends que tu éprouves le besoin de parfaire ton éducation auprès d'autres personnes. Et comme je le disais hier, c'est tellement gentil à toi d'être là pour Quinn. Tu es très conciliante.

Je pinçai les lèvres.

— Ce n'est pas comme ça.

Quinn fronça les sourcils.

— Pas comme quoi ? Tu as bien failli m'avoir. (Il tourna son attention sur Thierry.) Écoutez, pourquoi ne dirions-nous pas tous ce que nous avons sur le cœur ?

— Oui, pourquoi pas ?

Quinn croisa les bras sur sa poitrine.

— Elle vous faisait confiance, et vous l'avez mordue, espèce de salaud rendu fou par le sang.

Je touchai la morsure sur ma gorge.

— Quinn, je ne veux pas en parler.

— Pourquoi pas ? Nous sommes entre amis. Qu'est-ce que ton petit ami a à dire pour sa défense ? Elle était bonne ? (Quinn plissa les yeux.) Elle n'est pas encore guérie, comme tout vampire le devrait. Les marques sont toujours visibles, ce qui prouve que vous avez un peu dépassé les bornes, non ?

» J'ai fait quelques recherches sur vous… et d'après ce que j'ai trouvé, ce n'est pas la première fois que vous vous transformez en monstre quand vous êtes avec une femme qui vous fait confiance. Par bonheur, Sarah respire encore.

Une expression d'angoisse passa dans le regard argenté de Thierry.

— Vous avez trouvé ça au cours de vos investigations, n'est-ce pas ?

— Oui, et plus encore. Vous voulez que je partage avec la classe ? Vous préférez l'ordre chronologique ou alphabétique pour toutes les saloperies que vous avez faites, vieil homme ? Concernant ces meurtres que j'ai mentionnés l'autre jour ? Vous auriez des infos de l'intérieur ? Je crois que oui.

— Ferme-la, Quinn, dis-je.

— Non, je ne la fermerai pas. J'ai eu envie de dire ça dès l'instant où j'ai rencontré le « maître » ici présent.

Leurs regards se croisèrent comme on croise le fer.

— Vous voulez dire, à l'instant où je vous ai sauvé la vie ? répondit Thierry avec calme. Quand vous mouriez parce qu'on ne vous avait transformé qu'à moitié ? Quand la toxine du vampirisme courait dans votre organisme, vous causant une douleur intolérable jusqu'à ce que je fasse quelque chose pour vous aider au lieu de vous laisser agoniser ? Oui, je vois très bien pourquoi vous me haïssez ainsi.

Quinn ricana.

— Oui, c'est ça.

— Voilà la réponse intelligente que j'attendais, remarqua Thierry.

— En fait, je remercie Sarah de m'avoir sauvé, cette nuit-là. Ne voyez-vous pas, Thierry ? Elle a fait une erreur en vous choisissant, mais elle refuse de l'admettre. Si vous êtes tellement concerné par son bien-être, je vous conseille de laisser la place à un homme, un vrai.

— Excusez-moi, intervins-je, sentant que je devais écraser la dispute dans l'œuf avant que cela dégénère encore plus. J'apprécie ton inquiétude, Quinn, mais je choisis ce qu'il y a de mieux pour moi. Et honnêtement, là, maintenant, je pense que c'est Lenny. Il a un grand couteau, tu sais.

Quinn me regarda et secoua la tête.

— Tu ne m'as toujours pas répondu. Qu'est-ce que tu lui trouves ? Je ne comprends pas.

— À Lenny ?

Je jetai un rapide coup d'œil à Thierry.

Quinn ne sourit pas.

— Non, au candidat au suicide, juste là.

— Je te l'ai dit, on aime tous les deux la télé-réalité.

Je voulus sourire, mais mes lèvres tremblaient trop pour que ce soit crédible.

Quinn se renfrogna.

— Tu dois cesser d'être si bête, Sarah. Ouvre les yeux ! Pourquoi ne veux-tu pas admettre que tu as fait une erreur stupide ?

Il se retourna et se rendit compte que Thierry était tout près de lui.

— Vous pouvez dire ce que vous voulez sur moi, dit ce dernier d'une voix posée, son visage trahissant pourtant sa colère. Mais n'insultez pas Sarah. Pas en ma présence. Je ne l'admettrais pas.

— Je ne l'ai pas insultée. Je veux juste lui faire voir la vérité.

— On ne peut pas faire voir la vérité à quelqu'un en la lui balançant en pleine face !

Quinn eut un large sourire.

— Elle ne semblait pas protester tout à l'heure, quand ma face était contre la sienne, hein ? Oh, et à propos, ce n'était pas la première fois.

Thierry me regarda.

Je me mordillai la lèvre inférieure.

— C'était il y a longtemps.

— Écoutez, connard. (Quinn attira de nouveau l'attention de Thierry.) Même si cette petite conversation est fascinante, j'ai des choses à faire.

— Vraiment ? J'avais cru comprendre que vous logiez dans un motel miteux, et que vous perdiez votre temps à essayer de savoir ce que vous alliez bien pouvoir faire du reste de votre vie sans valeur.

Quinn plissa les yeux.

— Je crois que vous devriez laisser un peu de temps à Sarah pour réfléchir à tout ça. Elle n'a pas une vie facile en ce moment. Vous savez, à jouer les cibles. Ce qui, au cas où vous ne l'auriez pas remarqué, est entièrement votre faute, sale foutu égoïste !

— Ma patience a des limites, chasseur.

Quinn rit.

— Ah oui ? Serais-je en train de faire craquer cette façade oh-si-froide ? Vous ne voyez pas, Thierry ? Ce n'est qu'une question de temps avant que Sarah retire ses lunettes roses et s'aperçoive qu'au fond, vous n'êtes qu'un monstre avide de sang. (Il fit un pas vers Thierry.) Maintenant, écartez-vous de mon chemin.

Thierry ne bougea pas.

— Et si je n'en fais rien ?

Quinn sourit.

— Écartez-vous ou je vous force à le faire.

Je m'avançai vers eux.

— Allez, les gars. Soyez sages. Vous n'avez pas besoin de faire ça.

— Recule, Sarah, conseilla Thierry.

Quinn le poussa en arrière.

— Hors de mon chemin !

Thierry inclina la tête sur le côté et répondit :

— Non.

Quinn fit craquer ses doigts.

— Oh, j'ai tellement attendu ce moment.

— Et moi donc.

Quinn flanqua un coup de poing à la mâchoire de Thierry. Celui-ci leva la main pour toucher le coin de sa bouche, puis contempla le sang sur le bout de ses doigts, avant que son regard croise celui de son assaillant.

— Frappez encore, dit-il.

— Avec plaisir !

Quinn visa l'autre côté.

— Arrête, Quinn ! hurlai-je.

Je devais mettre un terme à cela tout de suite. Quinn cherchait une excuse pour essuyer le sol avec Thierry. Je ne voulais pas que l'un d'eux soit blessé.

— Vous savez, dit Quinn, j'ai découvert que, depuis que je suis devenu vampire, ma force s'est considérablement développée. Alors vous devriez faire attention si vous ne voulez pas avoir mal.

— Je suis vampire depuis bien plus longtemps que vous, chasseur. (Thierry se lécha les lèvres.) Mes blessures cicatrisent très, très vite.

— Fascinant.

Quinn voulut lui flanquer un troisième coup de poing. Thierry le bloqua avant qu'il ait pu l'atteindre.

— Et après tant d'années… (Thierry attrapa Quinn par le devant de son tee-shirt.) pouvez-vous imaginer à quel point je suis fort ?

On aurait dit qu'il l'avait à peine poussé, pourtant Quinn traversa le club et alla s'écraser sur une table, qu'il cassa dans sa chute.

J'écarquillai les yeux. Tout cela se passait beaucoup trop vite. Qu'étais-je censée faire ?

Figée, j'observai Thierry, mais il ne m'accorda pas un regard. Toute son attention était concentrée sur l'ex-chasseur, qui se remit lentement debout avec une expression furieuse et se rua sur lui.

Thierry laissa Quinn le frapper à l'estomac, et il ne broncha pas, son visage ne reflétant aucune douleur. Mais quand son poing percuta la pommette gauche de son adversaire, celui-ci atterrit de l'autre côté du bar, dans les bouteilles bien rangées, qui se brisèrent et volèrent en tous sens. Quand Quinn émergea de derrière le comptoir, il semblait assez furieux pour se consumer de l'intérieur.

Ou tuer.

Il prit une chaise posée à l'envers sur l'une des tables, et la cassa sur son genou, se fabriquant un pieu de fortune étonnamment pointu.

— Je crois que le monde serait bien meilleur sans vous, cracha-t-il, d'une voix un peu pâteuse.

— Vous avez peut-être raison, rétorqua Thierry.

Quinn repartit à l'assaut avec un cri qui me rappela celui que poussaient les guerriers sur les champs de bataille. Thierry resta immobile, si immobile que, durant un instant, je crus qu'il allait laisser Quinn le tuer sans essayer de se défendre.

— Thierry ! Non ! hurlai-je.

J'attirai son attention un bref instant, et nos regards se croisèrent. Puis il se tourna vers Quinn, qui chargeait, et leva les mains, bougeant si vite que je le vis à peine faire tomber l'ex-chasseur et lui arracher son pieu. Quinn s'étala de tout son long, et dans le même temps, Thierry fut sur lui, le clouant au sol, une main sur sa gorge, l'autre pressant le bout de bois contre sa poitrine. Quinn lui attrapa le poignet, mais je pus lire de la panique dans son regard. Et de la défaite.

— Tuez-moi, réussit-il à dire. Allez-y, salaud ! Faites-le !

Le front de Thierry était couvert de sueur. J'approchai, le corps tremblant et l'esprit sens dessus dessous après ce à quoi je venais d'assister.

Thierry me vit du coin de l'œil.

— Je te demanderais bien ce que je dois faire de ton chasseur, Sarah, mais je crois déjà savoir ce que tu me répondrais.

— Laisse-le partir, dis-je doucement. S'il te plaît.

— C'est bien ce que je pensais. (Il m'observa, le regard rempli de cette émotion brute qu'il essayait de me cacher.

Mais elle était toujours étouffée, toujours sous contrôle.) Il m'aurait tué sans une hésitation.

— Je sais.

Son regard alla se poser sur la morsure qu'il m'avait faite, et il eut l'air peiné.

— Je suis désolé, à propos d'hier soir.

Sa voix se brisa sur ces mots.

— Ça aussi, je le sais.

Il resserra sa prise sur la gorge de Quinn tout en le foudroyant du regard.

— Ne me cherchez plus jamais.

Il le lâcha et se releva d'un mouvement fluide, jetant le pieu de fortune, qui roula sur le sol.

Puis, après m'avoir lancé un dernier coup d'œil, Thierry quitta le club, claquant la porte derrière lui.

Je tombai à genoux près de Quinn.

— Ça va ?

Il toucha sa gorge, où la main de Thierry avait laissé des marques rouges.

— Tu vois, maintenant ?

Je fronçai les sourcils.

— Quoi ?

Il toussa.

— Qu'il n'est qu'un foutu monstre !

Je fronçai les sourcils de plus belle.

— Pourquoi ? Parce qu'il a réussi à te botter les fesses ?

Il ricana.

— Il ne m'a rien botté du tout.

— Tu veux voir le ralenti, peut-être ?

Il ferma les yeux et lâcha un gros soupir tremblant.

— Eh bien, je dois être dans un de mes mauvais jours.

— Tu n'aurais pas dû le provoquer.

Je lui touchai la joue, qui était entaillée depuis qu'il avait été présenté à une vingtaine de bouteilles cassées. Il attrapa ma main et l'embrassa.

— Je veux bien me faire botter les fesses n'importe quand si ça peut te prouver que ce que je te dis à son sujet est vrai.

Je retirai ma main.

— Je ne vois pas de quoi tu veux parler.

Il s'assit prudemment, grimaçant plusieurs fois, puis il se releva.

— J'ai besoin d'un verre.

— Sers-toi.

Il gagna le bar avec lenteur et prit une bière dans le frigo. Il l'ouvrit et but une longue rasade.

Je le regardai avec méfiance.

— Maintenant, continue. Que disais-tu ?

Il s'appuya au bar, las.

— Que tout ce que je t'ai dit sur Thierry vient d'être prouvé. Tu l'as vu toi-même.

— J'ai juste vu deux petits garçons se battre parce qu'ils avaient heurté les sentiments l'un de l'autre.

— Ce type n'a pas de sentiments.

— Si.

— Ah oui ? Je n'aurais pas cru. (Il eut un rire plein d'ironie.) Comme je te l'ai déjà dit, Sarah, je suis prêt à t'attendre. Mais ça ne veut pas dire que ça me plaît.

Je me levai.

— Tu crois que je devrais quitter Thierry ?

Il haussa les épaules et tressaillit, regrettant immédiatement son geste.

— Évidemment.

Je regardai dans la direction où Thierry avait disparu.

— Dis-moi pourquoi.

— Je pense t'avoir déjà donné des tas de bonnes raisons, mais d'accord. (Il inspira profondément et expira lentement.) À l'origine, je ne suis pas revenu à Toronto juste pour te voir, mais je suis là. Et je crois que je suis amoureux de toi. C'est pour ça que tu devrais le quitter.

Je déglutis.

— Tu ne le penses pas, mais merci quand même.

Il secoua la tête.

— Pourquoi le dirais-je si je ne le pensais pas ?

J'essayai de choisir mes mots avec soin.

— Je t'aime aussi.

Son visage super sérieux se fendit d'un grand sourire.

Je levai une main.

— Pas si vite. Je pense que tu es super, Quinn. Vraiment. Et je crois que tu es sincère quand tu dis que tu veux changer pour devenir une personne meilleure maintenant que tu as vu l'autre côté, et que tu éprouves des remords pour ce que tu as fait quand tu étais un chasseur.

Il hocha la tête.

— Tout ça et plus encore.

Je le regardai. Il était un peu amoché, mais toujours sublime. N'importe quelle fille s'estimerait chanceuse d'entendre ces mots de la bouche de Michael Quinn. C'était un homme merveilleux. Et il venait de rendre les choses très claires pour moi.

— Le problème, c'est que tu t'es persuadé que tu avais des sentiments pour moi pour ne plus éprouver de remords.

— De quoi tu parles ? demanda-t-il.

— Je crois que je suis la seule personne sur terre qui t'ait dit la vérité dès l'instant de notre rencontre. J'ai été moi-même avec toi. Puis j'ai essayé de t'aider quand tout ce que tu voulais, c'était me tuer. Et tu crois que c'est de l'amour.

— C'en est !

Je secouai la tête.

— Non, Quinn. Ce n'est pas de l'amour. C'est de la gratitude.

Son expression se durcit.

— C'est faux.

— Je t'ai aidé à entrer dans ta nouvelle vie de vampire. Et tu t'es persuadé qu'il y a bien plus entre nous que ce qu'il y a vraiment.

— Sarah, écoute-moi une minute…

— Ce n'est pas parce que tu crois que quelque chose est vrai que ça l'est. Comme penser que Thierry a quelque chose à voir avec ces meurtres. C'est faux. Si tu prenais du recul pour regarder les choses avec objectivité, tu le verrais. Le monde n'est pas tout noir ou tout blanc, comme tu te plais à le penser.

— Pourtant c'est vrai. Tout est vrai. Je t'aime.

Je tendis la main pour lui toucher le bras.

— Et je t'aime aussi. Mais pas comme tu le voudrais. Je veux ce qu'il y a de mieux pour toi. Et ce n'est pas moi.

— Ne dis pas ça.

— Je suis désolée.

Ma gorge était douloureuse, et je sentais des larmes me brûler les yeux.

Il déglutit avec difficulté.

— Mais, quand je t'ai embrassée, tu m'as rendu mon baiser.

— Je sais.

— Ça ne voulait rien dire pour toi ?

— Juste que je suis perdue. J'essaie de savoir où j'en suis. Ça pourrait me prendre du temps.

— J'attendrai.

Je fis « non » de la tête.

— Non, s'il te plaît.

Il détourna les yeux.

— Alors, c'est terminé.

— Je crois oui. Je suis navrée.

— Moi aussi.

Je levai la main pour toucher son visage égratigné, mais il s'écarta et, les yeux humides et l'air blessé, il sortit du club en courant, sans un mot de plus.

Je restai seule. Encore. Je me demandai si je n'aurais pas mieux fait de me taire, tout en sachant que c'était impossible.

Chapitre 13

Je ne restai pas au club très longtemps après cela. Je nettoyai un peu, mettant les meubles cassés de côté. Puis je ramassai le verre brisé, sans me blesser cette fois.

Je demandai à Lenny et à Janie de me conduire chez Thierry, mais il n'était pas chez lui.

Aucun signe de Gideon Chase. Peut-être n'était-il pas si intéressé par la Tueuse de Tueurs que Nicolaï semblait le croire. Ou peut-être tout le monde savait-il déjà que je n'étais une menace pour personne.

Je décidai d'y réfléchir le lendemain.

Avec la sensation d'être un tas de merde qui venait de détruire tout ce qui comptait pour lui au monde, je demandai à mes gardes du corps de me déposer chez George. J'avais besoin de pleurer et de m'apitoyer sur mon sort.

Ou devrais-je dire : chez moi ? Ce n'était qu'une question de temps avant que George me réclame un loyer. Ce qui pourrait mal se finir, puisque j'étais à sec.

Je ne voulais pas m'appesantir sur ce qui venait de se passer. Quinn devait me haïr. Je ne voulais même pas savoir ce que Thierry pensait de la situation. Je désirais me sortir tout ça de l'esprit. Était-ce possible ? Peu probable, mais il me restait l'espoir.

Je n'avais pas de clé, alors je frappai à la porte. Au bout d'un moment, elle s'ouvrit, et Amy me regarda, les yeux rouges.

— Mon mariage est foutu, annonça-t-elle. Tu veux te saouler ?

J'inspirai profondément.

— Que fais-tu ici ?

Elle me tint la porte, et je passai devant elle. Barkley arriva en bondissant, et je le laissai poser ses pattes avant sur mes épaules et me lécher le visage. S'il était vraiment un loup-garou, il me paierait ça un jour, mais s'il n'était qu'un bon gros toutou, c'était une manière agréable d'être accueillie à la fin d'une journée pourrie.

George émergea de la cuisine.

— Nous mangeons de la crème glacée. Amy en a apporté.

Elle hocha la tête.

— De la Chunkey Monkey de chez *Ben & Jerry's*. Tu en veux ?

Je secouai la tête.

— Tu te rappelles, je suis celle qui ne peut pas manger de nourriture solide. Mais merci de me narguer.

Amy éclata aussitôt en sanglots.

— Je suis désolée ! J'avais oublié !

Elle m'attrapa et m'étreignit pour sangloter sur mon épaule. Je lui tapotai le dos.

— Tout va bien. Alors, que se passe-t-il ? Tu as quitté Barry ?

Au bout d'un moment, elle s'écarta.

— Je sais que tu as eu une mauvaise semaine, et je déteste en rajouter comme je le fais, mais oui. Il l'ignore encore, mais je suis partie. Je l'ai confronté à mes soupçons, et il n'a pas nié qu'il me trompe. En fait, je pense que l'autre femme était là cet après-midi.

Je haussai un sourcil.

— Qu'est-ce qui te fait croire ça ?

— Il a refusé de me laisser aller dans son bureau. Elle devait s'y cacher, comme la pute bon marché qu'elle est !

Il était plus probable qu'il essayait de lui cacher tout ce qu'il avait acheté pour la fête d'anniversaire-surprise. C'était une gentille idée et tout, mais j'ignorais pourquoi Barry persistait à vouloir organiser une telle soirée, surtout en sachant qu'Amy était dans tous ses états parce qu'elle croyait qu'il avait une maîtresse. N'était-ce pas l'occasion de lui prouver qu'elle avait tort ? Il pouvait lui organiser une fête normale, sans surprise, et du même coup la rassurer sur sa prétendue infidélité.

Mais je n'étais pas la bonne personne à qui demander son opinion sur l'infidélité, ou d'ailleurs, sur les surprises, alors mieux valait que je reste en dehors de cela.

Et puis, après notre conversation un peu plus tôt, si je vendais la mèche, Barry me planterait sans doute un pieu dans le cœur pendant mon sommeil.

Amy allait souffrir jusqu'au lendemain, quand elle comprendrait que son nabot de mari (alias le Salaud au fichu caractère) tenait suffisamment à elle pour lui préparer une fête d'anniversaire-surprise. Elle serait de nouveau heureuse. Mais jusque-là, elle serait malheureuse. Et puisque je l'étais aussi – c'était le moins qu'on puisse dire –, je suppose que ce n'était que justice.

— Je n'aurais jamais dû l'épouser, gémit-elle.

Je fronçai les sourcils.

— Qu'as-tu fait à tes dents ?

Elle me les montra. Ses crocs, qui avaient à peine commencé à se développer, avaient disparu.

— Qu'est-il arrivé à tes crocs ?

— Si je n'ai plus Barry, alors je ne veux plus être une vampire, dit-elle, très sérieuse.

Je coulai un regard à George avant de revenir sur Amy.

—Navrée de te l'annoncer, mais ce n'est pas si simple. Tu ne peux pas décider que ce n'est pas pour toi, après tout. C'est comme se faire faire un tatouage. Ou changer de sexe.

—Je sais. Mais je ne veux pas de rappels constants de… ce que je suis… ce qu'est Barry… Alors George m'a donné le numéro de cette dentiste, et elle m'a prise entre deux rendez-vous cet après-midi. Elle est spécialisée dans la réduction des crocs et le vernis. (Elle toucha ses dents.) Je me sens de nouveau normale.

—Eh bien, si c'est tout ce qu'il te faut.

—Cent dollars. Elle a dit que je devais revenir tous les deux mois pour l'entretien. En plus, il semblerait que j'ai deux caries. Et ça, ça craint.

Elle recommença à pleurer.

—Alors, demain c'est le grand jour pour toi, dis-je, et je vis George poser le doigt sur la bouche pour me faire taire.

Apparemment, il était dans le coup, lui aussi.

Amy renifla.

—Oui. Joyeux stupide anniversaire, moi.

—Je ne t'ai pas encore acheté de cadeau. Des suggestions ?

—Les deux derniers mois de ma vie.

Je grattai la tête de Barkley. Sa queue battait gaiement le sol.

—Je suis déjà sur liste d'attente. À part ça ?

Elle secoua la tête.

—Je ne sais pas. Peut-être un bijou de pacotille. Je sais que ton budget est serré. En plus, avec ce qui est arrivé à ton appartement, tu as des tas de trucs bien plus importants à faire que de m'acheter quelque chose.

C'était un euphémisme. J'en tremblais rien que d'y penser.

— « Plus importants » ? Moi ? Jamais ! lui assurai-je. Maintenant, je crois que tu as parlé de se saouler ?

George nous rejoignit dans le salon.

— Nous allons en boîte. Je ne travaille pas – Alléluia ! –, et Amy a besoin qu'on lui remonte le moral. Toi… (il marqua une pause alors qu'il me détaillait de la tête aux pieds) tu as l'air d'avoir connu des jours meilleurs.

Je lui jetai un regard noir, avant de comprendre qu'il disait la vérité.

Son expression redevint sérieuse.

— Au fait, nous devions discuter de tes… suçons. Tu dormais quand je suis rentré, la nuit dernière, et encore quand je suis parti ce matin. J'aurais peut-être dû m'inquiéter, mais j'avais des choses à faire.

Je touchai ma gorge et souhaitai, pour la centième fois de la journée, porter un foulard.

— Il n'y a rien à dire. L'affaire est réglée.

Il n'eut pas l'air convaincu.

— Si tu le dis.

— Alors, où allons-nous ? Et par pitié, ne me répondez pas « au *Refuge* », parce que je l'ai assez vu pour toute une vie éternelle.

George feignit de vomir.

— Non. J'en ai assez des clubs pour vampires. Nous allons dans une boîte de nuit pour humains. Une nouvelle, à Queen's Quay, appelée le *Liar's Club*. Le but, c'est de boire et danser à nous étourdir !

Je soupirai.

— Si seulement l'alcool faisait encore effet.

George sourit de toutes ses dents.

— Nous avons de la chance. Parce que j'ai réussi à obtenir un truc de contrebande.

— Qu'est-ce que tu veux dire ?

Il disparut dans la cuisine et revint avec une petite flasque argentée.

— Ça vaut de l'or, mais je suis prêt à partager avec mes deux nanas préférées. Puisqu'elles ne sont pas là, vous deux ferez l'affaire.

— Très drôle. C'est quoi ?

— Du moonshine, de l'alcool de contrebande, mais ce n'est pas n'importe quel tord-boyaux. Ça marche sur les vampires comme un alcool fort sur les humains.

Je lorgnai la bouteille.

— Du moonshine, hein ? Et tu l'as dégoté où ?

— Si je te le disais, il faudrait que je te tue. Mais pour ça, il faudrait que je fasse la queue, non ? Alors, tu en es ?

Je soupirai et y réfléchis une seconde. Les chasseurs du monde entier voulaient me trouver et me tuer de la manière la plus spectaculaire qui soit. Leur chef était soi-disant en route pour Toronto pour m'avoir rien qu'à lui avant de se concentrer sur sa cible principale : Thierry. Et je prévoyais de sortir en ville pour danser et boire ?

Et comment !

Plus tard cette nuit-là, je me retrouvai à l'intérieur du sombre et bruyant *Liar's Club*. Il était 22 heures et j'avais passé un temps fou à m'habiller de neuf : une jupe courte argentée et un chemisier blanc qui, côté décolleté, rivalisait avec ma robe de la nuit précédente. J'étais assez maquillée pour me donner l'air d'une fille de joie. Ou du moins aurait-ce été le cas si toutes les filles et quelques hommes autour de moi n'avaient pas porté autant de maquillage. Amy m'avait aidée à l'appliquer. Sans mon tesson, j'aurais dû me contenter d'un nuage de poudre pressée et d'un peu de brillant à lèvres, car j'aurais été capable de me crever un œil avec mon mascara.

Il fallait que j'économise pour un nouveau tesson.

Amy avait un look de mangeuse d'hommes, et vu son humeur, j'espérais que ce n'était pas littéralement. Sa jupe était encore plus courte que la mienne, et son tee-shirt tellement échancré qu'on voyait presque le nouvel anneau passé dans son nombril (une chauve-souris incrustée de diamants). Ses cheveux étaient lisses et très blonds, la faisant ressortir dans la foule quand elle était sous la lumière. Elle avait l'air d'une garce angélique.

— Si seulement Barry pouvait me voir en ce moment ! cria-t-elle par-dessus les basses de la musique techno.

— Oui, il perdrait sans doute plusieurs centimètres.

— Et ce serait bien fait pour lui !

Janie et Lenny étaient quelque part dans la foule qui se pressait au bar, gardant un œil sur nous, monstres de la nuit. C'était très différent du *Refuge*, surtout parce que c'était bondé. Il y avait des corps suants partout. Et à vue de nez, je pouvais dire que 99 % d'entre eux étaient humains. Ceux-ci avaient une odeur différente de celle des vampires, ce que je n'avais pas encore remarqué, puisque je ne traînais plus beaucoup avec les humains, et encore moins lorsqu'ils étaient aussi nombreux. Ce n'était pas seulement une odeur de transpiration. Ce n'était pas non plus déplaisant. Bien au contraire, en fait. C'était un peu comme du beurre de cacahouètes. Si j'y avais réfléchi (mais bien sûr, je n'en fis rien), j'aurais dit que cette odeur était appétissante, au point que mes crocs me faisaient un peu mal.

J'avais toujours adoré le beurre de cacahouètes.

Mais c'était mal de penser cela. Et très perturbant, étant donné la semaine que j'avais eue.

Donc, sachant que nous étions entourés de gens normaux, cela faisait de George, Amy et moi les gentils voisins vampires en visite.

Nous commandâmes à boire, et George versa un peu du liquide contenu dans sa flasque dans chacun de nos verres. Juste un peu.

Je fréquentais beaucoup les boîtes de nuit avant ma vampirisation. C'était amusant. Une chance de pouvoir oublier ses soucis et danser jusqu'à en être étourdie après une dure semaine de labeur, sachant que rien ne comptait, à part ce qui se passait sur la piste de danse. Le monde s'arrêtait de tourner quand je m'amusais !

D'un autre côté, à l'époque, j'étais bien plus écervelée que maintenant. Pas une vraie écervelée. Mais quand même un peu. Je n'étais pas pourchassée, si bien que mon esprit était libre de se concentrer sur la mode, les garçons canons et les sorties.

C'était le bon vieux temps. En quelque sorte.

Il y avait certaines choses, au sujet des boîtes de nuit, que je n'avais jamais beaucoup appréciées.

Un type s'était glissé derrière moi et frottait son bassin contre mes fesses.

— Hé, Bébé, tu veux danser ?

Je lui jetai un coup d'œil par-dessus mon épaule. C'était le parfait rat de boîte de nuit : il transpirait, pourtant il sentait le beurre de cacahouètes, il était vêtu à la dernière mode métrosexuelle, et il essayait de paraître dix ans plus jeune qu'il l'était en réalité. Ses yeux ne quittaient pas le bas de mes reins.

— Je crois que c'est ce que je fais déjà, merci.

Il posa une main sur ma hanche.

— Oh, oui. Bouge ton corps, Bébé.

— Va voir ailleurs.

— Laisse-moi te payer un verre.

— J'en ai déjà un.

— Tu me veux, Bébé, je le sens !

— Eh bien, sens ça aussi.

Je me retournai et lui flanquai un coup de talon à l'intérieur du pied. Il hurla de douleur et s'éloigna en boitillant.

Si seulement j'avais pu régler tous mes problèmes si facilement.

Je me tournai vers George, qui souriait d'une oreille à l'autre.

— C'est tellement sexy !

Je haussai les épaules.

Il prit mon verre en plastique et y versa un peu plus de moonshine.

Je fronçai les sourcils.

— Hé, comment tu sais que ce n'est pas du poison ?

Il se resservit aussi, but une gorgée et me regarda.

— C'en est. Et tu en as déjà assez avalé pour que ça te tue. Nous avons encore environ trois heures à vivre.

Je lui passai un bras autour des épaules.

— Si seulement !

— Ma petite brune adorée serait-elle déprimée, ce soir ?

— George, nous sommes des âmes sœurs ! Toi et moi. Je vais quitter Thierry, dire adieu à Quinn, et toi et moi nous nous mettrons ensemble et nous vivrons heureux pour toujours. Peut-être qu'on élèvera une portée de chihuahuas pour tenir compagnie à Barkley.

Il me prit la main et me fit tourner, manquant de peu d'autres danseurs sur la piste bondée, ce qui me donna un peu le vertige.

— Chérie, si tu étais un mâle mûr et célibataire, ce serait la solution idéale. On dirait que le moonshine commence à te faire effet.

Je levai les yeux vers son beau visage, la musique vibrant autour de moi, les lumières stroboscopiques clignotant en cercles. Il avait raison. J'étais beurrée comme un Petit LU.

Je levai mon verre.

— Rock'n'roll, Bébé !

— Bien dit !

Je fronçai les sourcils.

— J'ai l'impression qu'il manque quelque chose.

George m'étreignit très fort.

— Tout ira bien, Mon Petit Écureuil, dit-il d'une voix un peu pâteuse. (Le moonshine faisait effet sur lui aussi, apparemment.) Tu dois juste être plus positive. Non pas que je sois un expert, mais c'est mieux que d'être complètement déprimée.

Quand il me lâcha, je secouai la tête, ce qui fit tout tanguer autour de moi.

— Non, je veux dire, quelque chose de spécifique. Comme, maintenant, à cette seconde même. Où est Amy ?

— Amy qui ?

— Amy, la blonde avec laquelle nous sommes arrivés ? Mon amie ? Tu te rappelles ? La femme du nain de jardin ?

Il acquiesça lentement.

— Oh, oui, elle. Je me la rappelle, maintenant. (Il regarda autour de lui.) Elle n'est pas là.

— C'est évident. Mais où est-elle ?

— Bonne question.

J'essayai de me souvenir de la dernière fois où je l'avais vue. C'était près du bar, quand nous avions pris nos verres. Qu'avait-elle dit ?

« Si seulement Barry pouvait me voir en ce moment ! »

Mauvais.

Je me frayai un chemin hors de la piste de danse, suivie par George, puis à travers la foule de danseurs à la délicieuse odeur de beurre de cacahouètes jusqu'aux toilettes des dames. J'ouvris la porte et passai la tête à l'intérieur.

— Amy, tu es là ? appelai-je.

Deux filles complètement saoules levèrent la tête, l'une d'elles venait de vomir dans un lavabo pendant que l'autre lui tenait les cheveux.

— C'est qui, cette Amy ?

— Beurk ! Aucune importance. (Je refermai la porte et me tournai vers George.) Elle n'est pas là.

— Je suis sûr qu'elle va bien. Elle est adulte, elle peut prendre soin d'elle.

Ce qui, en théorie, aurait pu être vrai. Mais nous parlions d'Amy. Quelques mois plus tôt, elle s'était perdue dans le zoo de Toronto, et j'avais dû aller la chercher aux objets trouvés. Bon, pour lui remonter le moral, ils l'avaient laissé tenir un bébé chimpanzé qui avait besoin d'un *check-up*. Elle avait bien aimé.

Mais pour autant que je sache, il n'y avait pas de chimpanzé au *Liar's Club*. Non, aucun.

Seigneur, me dis-je en fronçant les sourcils. *À quoi est-ce que je pensais ?*

J'étais sérieusement saoule. Je devais me concentrer.

— Quel est le problème ? demanda Janie, qui arrivait, Lenny sur les talons.

— Je ne retrouve pas mon amie.

— Oh, c'est tout ? J'ai cru que ça avait un rapport avec les chasseurs. Ça a été un jour calme.

Je lui jetai un regard noir.

— Oui, navrée de vous avoir dérangés.

Lenny attrapa Janie par le bras.

— Venez, allons danser.

Elle se libéra d'une secousse.

— Je vous ai déjà dit que je ne danse pas. Nous sommes en service, vous vous rappelez ?

— Ça veut pas dire qu'on ne peut pas s'amuser.

Elle se retourna pour lui faire face.

— Si. Lenny, si vous ne vous montrez pas plus professionnel, je vais devoir demander à changer de partenaire. Je suis désolée, mais c'est la vérité.

La lèvre inférieure du grand costaud tremblota.

— Mais… je vous aime !

Les épaules de Janie s'affaissèrent.

— Oh. Mon. Dieu.

Il lui prit la main.

— Je vous ai toujours aimée. Vous ne voyez pas que nous formons un couple parfait ?

Elle se tourna vers moi.

— Je vais avoir besoin d'une minute.

— Prenez tout le temps qu'il faudra.

J'attrapai George par le bras et le tirai loin du petit tableau d'amour de gardes du corps. J'aperçus des cheveux blonds sur la piste de danse.

— Viens, je crois que je sais où elle est.

J'approchai assez pour m'assurer que c'était bien Amy. Elle dansait, les yeux clos, souriant de toutes ses dents provisoirement normales. Elle était avec un garçon très mignon qui se tortillait avec les mains plaquées sur son postérieur, tellement collé à elle qu'elle aurait sans doute besoin de faire un test de grossesse en rentrant.

L'homme me semblait terriblement familier.

Qui avait bien pu choisir ma meilleure amie dans un club humain ?

Oh, non.

C'était Chad.

Le chasseur de vampires au Dockers résistant aux taches. Celui qui m'avait informée de mon nouveau surnom.

Il va la tuer.

Alors que cette pensée me traversait l'esprit, il se plaqua encore plus contre elle… et commença à l'embrasser.

J'enfonçai mes ongles dans le bras de George assez fort pour lui arracher une protestation. Ce n'était pas un comportement normal pour un chasseur. Pourquoi n'essayait-il pas de la tuer ?

J'écarquillai les yeux. Ses crocs ! Elle les avait fait limer. Il ne s'était pas rendu compte qu'elle était une vampire.

—Aïe ! (George retira mes griffes de son bras.) Fais attention, Wolverine !

—George, dis-je en me tournant vers lui. Amy danse avec un chasseur.

Il étudia le couple.

—Ce type est un chasseur ?

—Oui. Il a essayé de me tuer.

—Ce n'est pas bon, ça.

—Tu crois ? Je ne peux pas y aller, ou il me reconnaîtra. (Je jetai un coup d'œil au bar, où nous avions laissé Lenny et Janie, mais ils avaient disparu.) Tu dois aller secourir Amy, dis-je à George en le regardant.

—Tu es malade ? Pourquoi t'envoies pas tes muscles de location ?

—Je ne sais pas où ils sont partis. Tu ne risqueras rien. Je ne crois pas qu'il verra tout de suite que tu es un vampire. Vas-y. Amy ignore tout du danger.

Il soupira, puis hocha la tête une fois et fendit la foule jusqu'à ce qu'il se tienne près d'Amy. Il lui tapota sur l'épaule, et elle ouvrit les yeux. Chad fronça les sourcils et dit quelque chose à George. Amy renchérit. Je vis George se retourner et revenir vers moi.

— Elle ne veut pas partir. Elle m'a dit de manière très claire de la laisser tranquille. Cette fille aurait bien besoin de se laver la bouche au savon. Je suis offensé.

— Sait-elle avec qui elle danse ?

— Je n'ai pas jugé le moment idéal pour lui annoncer qu'elle dansait avec un meurtrier potentiel.

J'observai Amy, qui me renvoya mon regard. Je lui fis signe de venir, mais elle secoua la tête.

— Sale petite garce entêtée ! grommelai-je.

Chad dit quelque chose à l'oreille d'Amy et quitta la piste de danse. J'allai aussitôt la rejoindre.

— Quoi ? dit-elle en me voyant approcher.

— Nous devons partir.

Elle fit « non » de la tête.

— Mais, nous venons juste d'arriver.

— Oui. Je sais. Mais nous devons partir. Tout de suite.

— Pourquoi ? On s'amuse bien. Et je suis saoule.

— C'est à cause du moonshine. (Je ne faisais pas attention à la salle, qui tanguait autour de moi.) Tu sais que tu viens de draguer un chasseur de vampires ?

Elle eut l'air surprise.

— Sérieusement ? Trop cool !

— Non, ce n'est pas « cool ». C'est mauvais. Et je ne suis pas assez sobre pour en affronter les conséquences si nous ne partons pas maintenant.

— Il m'offre un verre.

— Et quand bien même il t'offrirait une voiture, je m'en ficherais ! Nous partons.

Je l'attrapai par le poignet. Mais alors que je me retournais, je me retrouvai nez à nez avec Chad, un verre de liquide bleu dans chaque main. Il ouvrit de grands yeux quand il me vit, et les boissons glissèrent de ses doigts devenus mous et s'écrasèrent sur le sol.

— Tueuse de Tueurs, murmura-t-il.

Je lui adressai un sourire éblouissant.

— Salut, comment ça va ?

Il recula d'un pas.

— Ne me faites pas de mal.

— Alors, hors de mon chemin.

Il s'écarta pour nous laisser passer. Eh bien, cela avait été facile.

George nous emboîta le pas, et nous nous dirigeâmes vers la sortie la plus proche. En l'occurrence, il s'agissait de la porte donnant sur la zone réservée aux fumeurs qui était délimitée par des cordes et pleine de personnes en train d'assouvir leur besoin de nicotine.

— Je ne veux pas partir, protesta Amy, essayant de dégager son poignet.

— Dommage.

— Je l'aimais bien. Qu'est-ce que ça fait, si c'est un chasseur de vampires ? Toi et Quinn, vous avez réussi à dépasser vos différences, non ? Il t'aime bien, même s'il est un chasseur.

— C'est différent. Et je ne crois pas qu'il m'aime beaucoup depuis que j'ai flanqué un coup à son *ego*. Et puis, Quinn n'est plus un chasseur.

— Quinn est super canon, renchérit George.

— Et tu te souviens de Peter ? poursuivis-je. Tu es sortie avec lui, et ça s'est mal terminé.

Amy me tira la langue. Vraiment très mature!

J'examinai les cordes, qui formaient une sorte de filet autour de la zone fumeur. Ils l'avaient installé pour que personne ne puisse se faufiler à l'intérieur sans payer le droit d'entrée. Ou dans notre cas, se glisser dehors.

Des fumeurs rentrèrent. L'un après l'autre, ils retournèrent tous dans la boîte de nuit, jusqu'à ce qu'il ne reste que nous trois dans l'air froid et enfumé. Amy boudait. Elle avait croisé les bras sur sa poitrine.

—Vous parlez d'un anniversaire. Ça craint!

—Ton anniversaire, c'est demain. Écoute, nous devons sortir par là où nous sommes entrés, dis-je, me tournant vers la porte.

Très pâle, Chad le chasseur de vampires se dressait en travers de ma route.

—Je croyais t'avoir dit de disparaître? dis-je, fière de constater que mon ton était très brave.

—C'est elle. (Il me montra du doigt.) C'est la Tueuse de Tueurs.

—C'est exact, abruti, et je vais…

Je regardai par-dessus son épaule et vis qu'il était à la tête d'un groupe de plusieurs hommes, qui tous avaient les bras croisés et les yeux plissés. Ils portaient des blousons de l'université de Toronto. Grands, jeunes et tous craquants. Probablement appartenaient-ils à la même fraternité.

Chad s'écarta, et un jeune homme costaud me sourit.

—Eh bien, si ça n'est pas notre jour de chance… Je sais tout de vous. C'est un honneur.

Je clignai des yeux, surprise.

—Euh, merci.

— C'est un honneur d'éliminer une vampire aussi célèbre que vous. (Il tira un pieu de sa ceinture.) Les autres vont être tellement jaloux.

Je reculai d'un pas.

— Vous vous trompez de personne.

Où diable étaient Janie et Lenny ? N'était-ce pas exactement le genre de situations pour lesquelles ils étaient payés pour me protéger ? J'essayai de regarder par-delà le costaud, à l'intérieur de la boîte de nuit, mais je ne vis rien.

Il secoua la tête.

— Je ne crois pas. Chad, ici présent, me sert très bien. Et s'il dit que vous êtes la Tueuse de Tueurs, alors c'est que vous l'êtes.

Mon estomac tomba dans mes chaussettes. J'aurais bien aimé n'avoir pas bu autant de moonshine. Mon manque de jugeotte, sans parler de l'absence de mes gardes du corps, allaient finir par me tuer.

Et d'après l'expression du costaud, ce serait très bientôt.

Chapitre 14

— Seigneur, voilà une excellente cigarette que je viens d'inhaler dans mes poumons humains, dit George. Je suppose que mes amis humains et moi devrions rentrer, maintenant.

Je lui coulai un regard.

— Tu crois que ça va marcher ?

Il haussa les épaules.

— Ça valait le coup d'essayer.

Le costaud changea son pieu de main.

— Passez-moi l'appareil photo, dit-il. Je veux garder un souvenir.

J'ouvris de grands yeux. « L'appareil photo » ?

Allez, Janie, pensai-je. *Il est temps que vous et votre partenaire énamouré me sauviez.*

J'attendis.

Quand vous voulez. Ce sera super.

— Il est là, dit un autre des hommes, le sortant de sa poche. La carte est quasiment pleine et les piles sont presque H.S., mais ça ira si on fait vite.

— Aucun problème, répondit le costaud, faisant un pas vers moi.

Janie ?

Lenny ?

S'étaient-ils disputés et étaient-ils partis chacun de son côté ? Avaient-ils démissionné ? L'Homme au feutre avait-il eu raison de me dire de me méfier de Janie ? Si c'était le cas, nous étions morts.

Je me préparai à l'affrontement. J'allais devoir mettre en pratique mes leçons d'autodéfense. J'espérais seulement en savoir assez pour… nous débarrasser de cinq hommes armés.

C'était possible. Bien sûr.

Je jetai un coup d'œil à George et Amy, espérant que l'un d'eux avait un plan.

Ils me renvoyèrent un regard vide.

Autodéfense. Je me creusai la cervelle. Qu'avais-je appris ?

Honnêtement, pas grand-chose.

Je sursautai quand l'appareil flasha. Le costaud le rendit à son ami, et ils sortirent tous un pieu de nulle part.

— Qui s'arme d'un pieu en bois pour aller danser ? m'écriai-je.

Le costaud me sourit.

— J'aime la sensation que ça me procure.

Génial.

Réfléchis, Sarah, réfléchis…

— Bon, allons-y. (Il approcha encore.) La Tueuse de Tueurs et ses laquais des Enfers.

— « Laquais » ? répéta George, d'un ton un peu offensé malgré la peur.

Je levai une main.

— Une seconde.

— Quoi ? demanda le costaud.

— Donc vous savez qui je suis, hein ?

Il regarda ses amis, puis de nouveau moi.

— Bien sûr.

— Je suis la Tueuse de Tueurs. Ça veut dire que je suis extrêmement dangereuse.

Il éclata de rire.

— Vous n'avez pas l'air si forte. Je crois pouvoir me charger de vous tout seul.

— C'est ce que les autres disaient aussi. Et ils sont maintenant six pieds sous terre.

Je vis Chad tressaillir à ces mots.

— Elle a raison. On devrait partir.

Le costaud secoua la tête.

— Elle bluffe.

Je haussai les épaules.

— Vous savez qui est Gideon Chase ?

Il hésita une fraction de seconde.

— Bien sûr. Tout le monde le connaît.

Je fis « oui » de la tête.

— Il est en route pour Toronto. Pourquoi ? Pour moi. À cause de ce que je suis. Il veut rencontrer la Tueuse de Tueurs.

— Et alors ?

— Alors, si vous me tuez, si vous nous tuez, il sera très fâché. Ce sera l'ultime insulte. Vous gâcherez son divertissement. Et vous connaissez Gideon. Il aime s'amuser, n'est-ce pas ?

Ou du moins l'espérais-je.

Le costaud pinça les lèvres.

— Gideon Chase vient *ici* ?

J'acquiesçai.

— Oui. Alors, je ne vois que trois options, les garçons. Un, vous pouvez essayer de nous tuer et réussir, et quand Gideon arrivera et découvrira ce que vous avez fait, il vous tuera sans doute pour lui avoir volé sa proie. Deux, vous pouvez essayer de nous tuer, mais puisque nous sommes des vampires très dangereux, c'est nous qui vous massacrerons dans d'atroces souffrances. (Je montrai mes crocs pour plus d'effet, tout en espérant qu'ils n'étaient pas barbouillés de rouge à lèvres.) Et pour finir, trois, vous pouvez tourner les talons, nous laisser tranquilles, et vous vivrez. Je vous suggère la dernière option. Mais d'un autre côté, la deuxième me plaît aussi. J'ai un petit creux, et vous avez l'air délicieux.

Je regardai George, qui fit « oui » de la tête.

— Oui, oh oui, alors.

Le costaud sembla réfléchir un instant, son expression reflétant tour à tour le doute, la peur et finalement la colère. Il n'aimait pas que je lui dise ce qu'il devait faire. Il serra son pieu plus fort et fit un pas de plus vers moi. Je me forçai à ne pas reculer.

— Je suppose que j'aime bien prendre des risques, dit-il. Parce que je cherchais justement à faire une nouvelle victime. Pas vrai, les gars ?

Seul le silence lui répondit.

Les autres s'étaient décidés quand j'avais parlé de les tuer « dans d'atroces souffrances ».

Il regarda par-dessus son épaule, puis de nouveau vers moi.

J'avançai d'un pas.

Il hocha la tête et fourra son pieu dans sa ceinture.

— Dites bonjour à Gideon de ma part, dit-il.

Puis il tourna les talons et quitta la zone fumeur en vitesse.

— Je crois que je me suis pissé dessus, dit Amy. Ce type qui voulait me payer un verre nous aurait laissé nous faire tuer.

Je lui jetai un regard noir et essayai de dire à mon estomac de se calmer.

— Je te l'avais dit, non ?

— Eh bien, je ne pouvais pas le visualiser. Maintenant, oui. C'était terrible.

— Oui, acquiesça George. Terrible. Qui a choisi cette boîte stupide, d'ailleurs ?

— C'est toi.

— Et elle est géniale, dommage qu'il y ait tous ces chasseurs. Ils devraient placarder un avertissement à l'entrée. Et c'est quoi cette histoire avec ce type, Gideon ?

Je déglutis, puis je haussai les épaules. Ils ne savaient pas. Ils n'avaient pas besoin de savoir. Ils seraient encore plus inquiets qu'ils ne l'étaient déjà, si je leur disais tout.

— J'ai seulement improvisé. Heureusement, ça a marché. Tout ce que je sais, c'est que je veux partir d'ici, et tout de suite.

George regarda autour de nous.

— Où sont tes gardes du corps ?

— Aucune idée.

— Je crois que j'ai besoin de plus de moonshine, dit-il.

Je me rendis compte que j'avais presque dessaoulé, et j'étais trois fois plus stressée qu'avant.

— Allons le boire à la maison. J'espère que tu as acheté plusieurs litres de ce truc.

Nous quittâmes donc le *Liar's Club*, sans plus aucune protestation de la part d'Amy, titubant un peu et très à cran. Je fulminais concernant Janie et Lenny qui m'avaient tout simplement abandonnée à mon sort. Du moins jusqu'à ce que je voie Lenny qui se frappait la tête contre un mur dans une ruelle.

— Lenny ? appelai-je. Mais bon sang, où étiez-vous tous les deux ? J'avais besoin de vous, moi !

— Désolé. J'allais revenir. J'avais juste besoin d'un peu d'air frais.

Je fronçai les sourcils.

— Que faisiez-vous ?

— Je me frappais la tête.

— Oui, c'est bien ce que j'ai cru voir. Et pourquoi ça ?

— Parce que je suis un gros crétin, voilà pourquoi.

Je coulai un regard à Amy et à George, qui étaient restés en arrière pendant que j'approchais du garde du corps masochiste.

— Pourriez-vous être plus clair ?

Il cessa de se cogner la tête pour me regarder.

— Janie me hait.

— Elle ne vous hait pas.

— Ah, ouais ? Vous en êtes sûre ?

— Eh bien, en fait, non. Mais je ne peux pas imaginer qu'elle vous haïsse. Vous semblez si… euh… gentil.

Il déglutit avec peine, et je vis sa grosse pomme d'Adam monter et descendre.

— D'accord, elle ne me hait peut-être pas, mais elle… elle ne m'aime pas.

— C'est de ça que vous parliez plus tôt ? De votre béguin pour Janie ?

Il lâcha un gros soupir.

— Ce n'est pas un béguin. C'est un amour profond et passionné qui occupe toute mon âme et m'empêche de penser à quoi que ce soit d'autre.

— D'accord, si vous le dites.

— Je lui écris des poèmes tout le temps. Mais elle s'en fiche.

Je hochai lentement la tête.

— J'en ai lu un, hier. C'était… charmant.

Il inspira une grosse goulée d'air glacé et appuya une main contre le mur.

— Merci. Ils viennent du cœur. Mon cœur me dicte ce que je dois écrire.

— Elle a peut-être besoin de plus de temps ?

Il renifla bruyamment et secoua la tête.

— Non. C'est fini. Elle ne m'aimera jamais. Autant aller me jeter du haut d'un pont.

— Croyez-moi, ce n'est pas la bonne solution. Écoutez, il arrive que deux personnes ne fassent pas d'étincelles. Parfois, l'une a des sentiments, l'autre non, et c'est comme ça. (Je songeai à Thierry et une boule se forma dans ma gorge.) On ne peut pas forcer les choses, à moins que les deux personnes concernées veuillent les mêmes. Vous devez vous en rendre compte, l'accepter et passer à autre chose, parce que la fille parfaite pour vous vous attend.

Il cligna des yeux.

— Écoutez, je ne suis pas branché par les vampires.

Je le regardai longuement, puis je soupirai.

— Pourquoi croient-ils tous que je les drague, cette semaine ?

Il haussa ses larges épaules.

— Je comprendrais, si vous étiez attirée par moi. Je veux dire, je suis votre protecteur. Les filles trouvent ça sexy.

— Protecteur. C'est vrai. Excepté il y a cinq minutes quand j'ai failli mourir parce que vous aviez besoin d'air frais. Mais je m'en remettrai. (Je pinçai les lèvres.) Oui, vous m'attirez tant. Mais, zut alors, vous n'êtes pas branché par les vampires. Je pense qu'il va falloir que je l'accepte.

— Dites à Janie, si vous la voyez, que je… j'ai dû partir.

— Où allez-vous maintenant ? demandai-je à son dos qui s'éloignait en vitesse, d'une voix un peu haut perchée. Hé, vous n'êtes pas de service ? Nous avons besoin qu'on nous raccompagne !

Il ne se retourna pas. J'aurais juré le voir ranger un mouchoir dans sa manche.

Je voulus sortir de la ruelle pour rejoindre George et Amy, mais j'entendis une voix venir de l'ombre.

— Nous nous sommes plantés, dit Janie. Désolée.

Je me tournai vers elle.

— Quoi ?

— J'ai dit : « Nous nous sommes plantés ». Je comprendrais que vous vouliez nous virer.

Je croisai les bras sur ma poitrine.

— Ne nous emballons pas. Je ne veux pas vous virer. Mais ce soir, il ne s'agissait pas seulement de moi. Mes amis aussi étaient en danger. C'est sérieux.

— Je sais. (Elle détourna les yeux, puis elle me regarda de nouveau.) Au fait, vous n'aviez pas besoin de donner des conseils romantiques à Lenny.

— Il était bouleversé. Je me suis dit que, puisque je respirais toujours, j'allais lui faire part de ma sagesse douteuse.

Elle haussa les épaules.

— Il s'en remettra.

— Je veux juste rentrer dormir, dis-je. Vous allez nous reconduire à la maison ?

Elle acquiesça.

— Allons-y.

Je l'étudiai un instant.

— Je peux vous faire confiance ?

Elle se raidit.

— Bien sûr. Vous pouvez vous en remettre complètement à moi.

Je lui souris, puis je rejoignis Amy et George, sachant que nos vies étaient entre les mains d'une personne dont mon instinct me disait qu'elle était une grosse menteuse.

Amy insista pour que nous la déposions chez elle, et George et moi rentrâmes à la maison. Je n'invitai pas Janie à entrer. Nous nous saoulâmes au moonshine. Cela ne m'aida pas à oublier mes problèmes. Mais cela fit tanguer la pièce suffisamment longtemps pour que je m'écroule sur mon matelas et que je sombre dans une bienheureuse inconscience.

Je me réveillai avec la bouche pleine de coton. Littéralement. Il semblait que j'avais mâchouillé mon oreiller pendant la nuit, et j'étais entourée de plumes. Un retour au stade oral, avec des crocs de vampire. Mauvaise combinaison.

Je jetai un coup d'œil au réveil. Il était presque midi. Zut.

Le moonshine ne permettait pas seulement aux vampires de se saouler sans avoir à boire du sang en même temps que de l'alcool, il leur donnait aussi la gueule de bois. Une méga gueule de bois. J'avais la tête comme une montgolfière. En flammes.

J'avais besoin d'eau. Je rampai hors de mon lit, remarquant que je portais le vieux tee-shirt Duran Duran de George, qui affichait l'inscription « Simon Forever ! » en plus d'être bien trop large, et j'ouvris la porte de ma chambre.

J'entendis frapper. Je me figeai et tendis l'oreille. Oui, il y avait bien quelqu'un à la porte d'entrée.

— Oh, pour l'amour de tout ce qui est sacré ! gémit George du fond de son lit. Que quelqu'un arrête ça ! Ce bruit ! Faites que ça s'arrête !

Il était bon de savoir que je n'étais pas la seule à souffrir.

J'attrapai la poignée et ouvris la porte, plissant les yeux dans la clarté insoutenable du jour.

C'était Thierry.

Il fronça les sourcils.

— Sarah ? Tu vas bien ?

Je me frottai les yeux, me rendant compte de l'air que je devais avoir. Je passai la main sur ma tête et découvris que mes cheveux n'étaient qu'une masse brune emmêlée.

— Thierry, réussis-je à articuler. (Ma bouche avait le goût oh-si-plaisant de toilettes chimiques.) Salut.

— J'ai… essayé d'appeler, mais personne n'a répondu. J'étais inquiet.

J'essayai de peigner ma tignasse avec mes doigts, mais ils se prirent dans un nœud démoniaque.

— Oh. Nous avons fait la grasse matinée. George, Amy et moi sommes sortis prendre quelques verres.

Il hocha la tête.

— Je voulais passer. Je devais te voir et m'assurer que tu allais bien. Et je désire vraiment que nous parlions.

Son regard glissa jusqu'à mon cou, et il fronça les sourcils.

Je touchai la morsure.

— Moi aussi, je veux que nous parlions. À propos de ce qui s'est passé hier avec Q… Enfin, tu sais. Je suis contente que tu sois là… même si j'aurais bien aimé entendre le téléphone sonner. J'aurais pu enfiler quelque chose de mieux. Je crois savoir que George a une chemise Depeche Mode plus classe. J'aurais pu la lui emprunter.

— Tu es très bien.

Thierry plongea son regard dans le mien. Il tendit le bras vers moi et fit courir sa main chaude sur mon bras. Je fis un pas vers lui.

Mon sourire s'élargit.

— Toi aussi.

Ses yeux quittèrent mon visage, très probablement luisant et couvert de plumes, pour aller se perdre par-dessus mon épaule. Il les plissa.

— Vous êtes sortis. Rien que vous trois, n'est-ce pas ?

J'opinai du chef.

— Oui, j'avais besoin de lâcher un peu la pression. Et danser, c'est bon pour libérer le trop-plein d'énergie.

— « Danser », répéta-t-il. C'est tout ?

— Bien sûr.

Et manquer de peu d'être tuée, pensai-je.

Mais c'était la routine.

Son expression s'assombrit encore et son regard fuit le mien.

— Oui, il semble que tu aies pris du bon temps, Sarah, à te libérer de ton trop-plein d'énergie. Je m'excuse de t'avoir dérangée. Si tu trouves quelques minutes pour me parler dans ton emploi du temps serré, je serai au club tout l'après-midi.

Sur ces mots, il tourna les talons et partit sans m'adresser un regard.

Je restai complètement abasourdie. Que venait-il de se passer ? Quel était son problème ? Avais-je si mauvaise haleine ? Je soufflai dans ma paume et fis la grimace.

Oui, c'était horrible.

Mais c'était cette histoire avec Quinn. Ce devait être cela. Il était en rogne. Je ne pouvais pas l'en blâmer, mais pourquoi ne me laissait-il pas m'expliquer ? Pourquoi repartir ainsi, en colère, après avoir fait tout ce chemin ? Cela n'avait aucun sens.

Je refermai la porte et me retournai.

Un homme nu se tenait derrière moi, buvant une tasse de café comme si de rien n'était.

— Salut, dit-il en souriant.

Il faisait à peu près un mètre quatre-vingts, et il avait des cheveux bruns en bataille, des yeux bleus perçants et un corps longiligne.

Corps qui, comme je l'avais déjà dit, était nu.

Comme je ne répondais pas, parce que ma mâchoire était tombée presque jusque par terre, il s'avança vers moi, sans tenir compte de mes yeux écarquillés par la stupéfaction... et il me lécha la joue avec enthousiasme.

Je lui flanquai une claque.

Il toucha sa bouche meurtrie.

— Hé ! Pourquoi tu fais ça ?

— Pourquoi ? balbutiai-je. Ne m'approchez pas ! Qui êtes-vous ? Je vais appeler la police. George ! George !

J'entendis un « boum », et plusieurs bruits de verre brisé, avant que George émerge de sa chambre avec une serviette éponge couleur saumon enroulée autour de la taille, se tenant la tête à deux mains.

— Pas la peine de crier. Que se passe-t-il ? (Il détailla Monsieur Nu.) Euh... pour commencer, bonjour. Et puis, qui diable êtes-vous ?

— C'est moi, répondit l'inconnu.

George me regarda.

— Sarah, espèce de vilaine petite dévergondée. As-tu... ?

— Non ! (Je me tournai vers l'homme, cachant ses parties intimes d'une main stratégiquement bien placée.) Expliquez-vous. Tout de suite. Ou vous allez avoir de gros ennuis !

— Tout d'abord, pas de panique, répondit Monsieur Nu. C'est moi, Barkley.

— Barkley ? (J'ouvris grands les yeux.) Le chien ?

— *Loup-garou*, corrigea-t-il, avant de se gratter derrière l'oreille d'un geste absent.

J'en étais bouche bée.

— C'est une plaisanterie.

— Non, pas du tout. Je pensais être coincé dans ce corps pour toujours... mais boum, me voici. Qu'est-ce que j'en sais ?

— Ouais.

Je coulai un regard à George à moitié nu avec sa serviette de toilette, puis à Barkley, complètement nu avec son… Rien. Un vampire et un loup-garou.

Je secouai la tête. C'était pourtant évident : j'avais encore l'un de ces rêves où j'étais Anita Blake.

George me pinça.

— Aïe ! (Je fronçai les sourcils. D'accord, ce n'était pas un rêve.) C'est sans doute pour ça que Thierry avait l'air tellement fâché. Il doit croire que je m'envoie en l'air comme une bête ici.

Barkley but une gorgée de café.

— Tu sais, j'ai toujours bien aimé quand tu me grattais le ventre. Ma queue remue rien que d'y penser. Alors, si tu es partante, moi aussi.

Je grimaçai.

— Pour l'amour de Dieu, tu ne veux pas mettre quelque chose sur le dos ? J'ai déjà eu assez de traumatismes cette semaine !

Il baissa les yeux.

— Je n'ai rien à me mettre. Et puis, la nudité est naturelle. Je ne portais rien sous ma forme de loup-garou.

— C'est très différent. Tu avais des poils. (J'inspirai et expirai lentement.) Et d'ailleurs, pourquoi es-tu redevenu humain alors que tu es resté un loup-garou si longtemps ?

George était parti chercher une autre serviette, et il la tendit sans un mot à Barkley.

— Eh bien… en fait, j'en ai pas la moindre idée. (Il haussa les épaules.) Vous êtes sortis la nuit dernière. J'ai mangé un peu de ma nourriture. J'ai bu de l'eau. J'avais encore faim, alors je crois avoir mâchouillé l'un des mocassins en cuir de George.

— Mes mocassins ! gémit George. Pas mes mocassins…

— Désolé. (Barkley haussa de nouveau les épaules.) Puis j'étais fatigué, alors je me suis roulé en boule sur mon lit, là-bas, et je me suis endormi. Et quand je me suis réveillé ce matin, j'étais comme ça.

Son lit.

J'y jetai un coup d'œil et fronçai les sourcils. C'était impossible.

J'approchai du tas de couvertures que George et moi avions mis dans un coin pour Barkley. Ma main devint moite alors que je tâtonnais dessous. Je refermai les doigts sur la chaîne et la tirai à la lumière, où elle réfléchit le rai de soleil entrant par une fenêtre.

Je regardai Barkley.

Il haussa les épaules.

— Je l'ai trouvée dans ta chambre hier soir. Que dire ? J'ai toujours été attiré par ce qui brille. C'est pas comme si je l'avais mangée. Tu te rappelles quand j'ai avalé cette pince à épiler, la semaine dernière ? Eh bien, j'ai encore du mal à m'asseoir.

J'observai le collier sans rien dire. Qu'était-ce exactement ? Apparemment, il n'avait pas juste une vocation décorative, s'il avait quelque chose à voir avec la transformation de Barkley. Et j'avais le sentiment bizarre que c'était le cas. Je le laissai sous les couvertures. C'était une aussi bonne cachette qu'une autre.

Je secouai la tête.

— C'est ridicule.

Barkley s'enroula enfin dans la serviette.

— Dis, tu n'aurais pas quelques-uns de ces biscuits au goût de steak ? Je crois qu'ils seraient super, trempés dans le café.

Je lui en avais acheté parce qu'il m'avait fait sortir de mon appartement, la nuit où il avait explosé. Je le regardai en fronçant les sourcils.

— Cette nuit-là. Mon appartement. Comment as-tu su ? Tu te rappelles ?

— Bien sûr que je me rappelle. J'étais coincé dans le corps d'un loup-garou, mais pas un loup-garou amnésique ! (Il parut y réfléchir un instant.) Oui, j'ai eu l'impression que quelque chose de terrible allait arriver. Je suis un peu voyant. C'est l'une des raisons qui m'ont poussé à quitter ma meute il y a deux ans. J'ai senti qu'on allait me tuer parce que j'étais le suivant sur la liste pour devenir le mâle Alpha. Puisque je ne voulais pas mourir, je suis parti, et après un certain temps à voyager sous ma forme de loup, je suis resté comme ça. Vous n'avez jamais vu cette série télé, *Le Vagabond* ? Celle avec le berger allemand qui arrive quelque part et aide une famille, avant de repartir pour sauver quelqu'un d'autre ?

— J'adorais cette série, souffla George. Je voulais toujours qu'il reste avec la famille. Elle aurait été si bonne avec lui ! Il n'aurait plus jamais eu froid ou été seul. En quoi cette histoire ressemble à la tienne ? Tu voyages de ville en ville sans jamais trouver un foyer où tu veuilles rester ?

— Non, je veux juste dire qu'il n'était pas un vrai berger allemand. C'était un loup-garou coincé sous cette forme. Un vrai con. (Il secoua la tête.) Ces acteurs…

La sonnette retentit.

George se prit la tête à deux mains.

— Ahh !

Mon cerveau fonctionnant à toute vitesse pour essayer de comprendre tout ce qui se passait, j'allai ouvrir. C'était un homme en uniforme brun. Une camionnette de livraison était garée le long du trottoir.

—J'ai un paquet pour Sarah Darling.

—Sarah *Dearly* ?

—Oui, c'est ça. Signez ici.

Il montra le bas de la feuille, et je signai tout en le surveillant avec nervosité. Puis il apporta une grande boîte sur un diable et il la laissa contre le mur.

—Bonne journée, dit-il sans grand enthousiasme, avant de partir.

Je regardai le colis.

—Je n'ai rien commandé.

—Il faut bien pourtant, dit George. Ils étaient déjà passés hier pour apporter ça, mais il n'y avait personne, tu te rappelles ?

Je secouai la tête.

—C'est une bombe. Je le sais.

—Pourtant, tu sembles si calme.

—Je sais, c'est un peu effrayant. (J'inspirai profondément.) C'est la gueule de bois.

—C'est un peu plat pour une bombe, commenta Barkley. Et je ne sens aucun… matériau dont les bombes sont faites.

—Tu peux sentir ça ?

—Mon odorat est très fiable.

—Le mien aussi. En quelque sorte.

Je reniflai la boîte, qui sentait le carton. Au temps pour mes super pouvoirs.

—Ouvre-le.

Je regardai l'adresse d'expédition. Quoi que cela puisse être, cela venait de New York.

C'était bien trop plat pour être un truc dangereux. Je l'espérais. Avec la chance que j'avais, c'était un gros courrier sans intérêt. Ou une très grosse facture.

Je tirai la languette, sur le côté. Il y avait plusieurs couches de papier à bulles, et je les retirai avant de trouver une enveloppe.

— Il y a une lettre ! dit George, montrant du doigt.

— Je vois bien.

Je la pris, l'ouvris et reconnus un bordereau d'expédition. La chose, quelle qu'elle soit, avait été commandée par Thierry en personne.

Je regardai le carton et arrachai le reste des protections en plastique.

George haleta de surprise.

— C'est moi, dis-je.

En effet. Ou du moins mon reflet. Mon reflet dans un tesson de forme ovale aussi grand que moi.

Je ne pouvais même pas imaginer combien un objet comme celui-là pouvait coûter, ou à quel point il devait être difficile d'en trouver un de cette taille et de le faire livrer dans un délai si court. Car cela ne faisait pas si longtemps que j'avais perdu le premier dans l'explosion de mon appartement.

J'en restai sans voix. À part le premier tesson que Thierry m'avait offert, c'était le cadeau le plus généreux et le plus gentil que l'on m'ait jamais fait.

Et il me confirmait que j'avais une tête à faire peur.

— Quel cadeau extraordinaire, dit George alors que je ne pouvais émettre un son. Cet homme est dingue de toi, c'est évident.

Barkley acquiesça.

— C'est vrai. Les loups-garous sont très sensibles à l'amour.

J'en étais malade. Qu'est-ce que Thierry devait penser de moi ? Cela aurait dû être livré la veille, d'après les documents joints. Croyait-il que je l'avais reçu et que je ne l'avais pas mentionné ? Que j'étais si ingrate ?

— Il a dû faire expédier ça juste après l'explosion de mon appart. Après ce qui s'est passé hier, je ne crois pas qu'il ait toujours les mêmes sentiments pour moi. S'il les a jamais eus.

Barkley remonta un peu sa serviette.

— De quoi tu parles ?

Je déglutis.

— Il m'a surprise en train d'embrasser Quinn. Enfin, c'est plutôt Quinn qui m'a embrassée, mais ce n'est pas comme si j'avais essayé de l'en empêcher.

— Quinn est super canon, soupira George. Je vous l'ai déjà dit ? Euh, attends, tu l'as embrassé ?

— Ça ne voulait rien dire. C'est avec Thierry que je veux être.

L'expression de George devint sérieuse.

— Et le petit incident, là, sur ton cou ?

Je le touchai, puis j'inspectai les marques de crocs dans le tesson, une ecchymose avec deux points noirs. C'était plutôt moche, mais pas douloureux du tout. La seule chose qui faisait mal, c'était le souvenir de ce qui était arrivé. Le regard de Thierry quand il avait compris ce qu'il avait fait.

— C'était un accident. Et ça m'a fichu la trouille, sur le coup. Mais avant ça, je pensais que Thierry était parfait, sans le moindre défaut, complètement intouchable. Plus maintenant. Il a des problèmes, tout comme moi. Est-ce mal de dire que je l'aime encore plus maintenant que je sais cela ?

— Non, pas « mal », répondit George. Dingue, oui. Mais pas mal.

— Navré d'intervenir, dit Barkley. Mais Thierry semblait vraiment en colère quand il est parti. Je suppose qu'il ne voudra plus m'emmener promener.

Je fronçai les sourcils.

— Il t'emmenait promener ? Vraiment ?

— Non, mais il m'ouvrait la porte comme un champion.

— Qu'est-ce que je dois faire, maintenant ? demandai-je.

George eut l'air surpris.

— Qu'est-ce que tu veux faire ?

Je jetai un coup d'œil à mon apparence hideuse dans le tesson.

— Eh bien, je crois que j'ai besoin d'une douche.

— Excellent début. Maquille-toi.

— Oui, sans aucun doute.

— Et puis... (Je tirai sur le tee-shirt Duran Duran.) Ensuite, je vais voir Thierry.

— Et... ?

Je souris.

— Et ce que je ferai ensuite ne te regarde pas !

— Ce n'est pas très sympa.

— Attends, intervint Barkley. Et moi, alors ? Qui va me sortir ?

Je le regardai.

— Tu es sérieux ?

Il haussa les épaules.

— C'est bon. Il y a George. Il prendra soin de moi.

George l'étudia.

— Tu n'es pas gay, non ?

— Pas à ma connaissance.

— Je hais ma vie !

Le téléphone sonna. George hurla de douleur avant d'attraper le combiné.

— Quoi ? cracha-t-il, puis il marqua une pause et me tendit l'appareil. C'est ton préféré.

J'arrêtai de respirer. Je pris le téléphone des mains de George et le portai à mon oreille.

— Thierry ?

— C'est Barry.

— Eh bien, ça rime, en quelque sorte. (Je tordis le fil autour de mon doigt. C'était un coup bas de la part de George.) Que veux-tu ?

— Amy ne me parle plus.

— Sans doute parce qu'elle croit que tu la trompes.

— Il faut que tu l'amènes à la fête, ce soir.

Je soupirai et changeai la position du téléphone pour pouvoir masser mes tempes douloureuses.

— À quelle heure veux-tu qu'elle y soit ?

— Six heures et demie. Et rappelle-toi, c'est une *surprise.*

— Oui, j'ai deviné, puisque c'est une fête-*surprise.* Où est-elle ?

— Elle est chez le coiffeur. Tu la trouveras chez *Style V.*

Style V était un salon appartenant à des vampires. Je pouvais faire d'une pierre deux coups et me faire faire les ongles pendant que j'étais là-bas. Excellent.

Il y eut une longue pause, et durant un instant je crus qu'il avait raccroché.

— Pourquoi Amy ne me fait-elle pas confiance ?

Il semblait… bouleversé. Consterné. Le cœur brisé.

Je secouai la tête.

— Je l'ignore.

— Mais tu es sa meilleure amie. Tu la connais. Qu'ai-je fait pour qu'elle pense que je pourrais lui être infidèle à la première occasion ?

Je soupirai. Je ne pouvais pas sentir Barry, et le sentiment était réciproque, mais je détestais entendre quelqu'un souffrir quand je pouvais faire quelque chose.

— Amy a été échaudée plus d'une fois dans le passé. Elle a cette personnalité enjouée et son cœur a toujours été grand ouvert à l'idée d'être amoureuse. Je suppose qu'elle a plus de cicatrices qu'elle en a conscience. Elle présume donc d'emblée, sans doute inconsciemment, que celui avec qui elle est va lui briser le cœur, tôt ou tard. C'est un mécanisme de défense.

— Qu'est-ce que je peux faire ?

— Tu me le demandes ? Je croyais que j'étais sur ta liste noire ?

— Tes affaires avec le maître n'ont rien à voir avec ça. J'estime toujours que tu devrais retirer ta présence chaotique et égoïste de sa vie, mais ma question ne concerne que mon amour pour Amy.

— Eh bien. Surtout, il ne faut pas enrober tes paroles de sucre, hein ? (Je soupirai de nouveau.) Sois patient avec elle. Prouve-lui que tu n'es pas comme les autres, et elle finira par guérir.

— Ce n'est pas très réconfortant.

— Tu veux du réconfort ? Crochète-toi une couverture. Je te verrai à 18 h 30.

— Ne sois pas en retard.

Il y eut un « clic ». Barry avait raccroché.

Je laissai le loup-garou et le vampire à moitié nus et j'allai me préparer, utilisant mon nouveau tesson, plus encombrant, mais tellement plus pratique. Je devais me rendre aussi présentable qu'il était vampiriquement possible, malgré ma gueule de bois de la taille du Texas. Je choisis un pantalon noir et un pull blanc très doux dans ma nouvelle garde-robe.

Puis je me rendis au *Refuge* pour dire à Thierry que j'étais toujours aussi folle. De lui.

Chapitre 15

Le *Refuge* semblait silencieux et désert quand j'arrivai, mais je m'y attendais. Ce n'était que le milieu de l'après-midi, et d'habitude, il n'y avait personne. Mais je savais que Thierry était là. Mon nez de vampire pouvait sentir les effluves légers de son eau de Cologne. Je les suivis jusqu'à son bureau, dont la porte était un peu entrebâillée. Je frappai tout doucement avant de l'ouvrir en grand.

Il était assis à son bureau, les doigts entrelacés autour d'un verre de liquide ambré. Je fronçai les sourcils. Ce n'était pas du jus de canneberge. J'inspirai plus profondément. Du whiskey. Hum. Je n'avais encore jamais vu Thierry boire d'alcool. Étrange.

Le voir me fit sourire.

— Salut, toi !

— Sarah, répondit-il.

Je me mordillai la lèvre inférieure, me sentant soudain timide. Je levai la main pour tordre le collier en or que j'avais décidé de porter autour du cou à la dernière minute, pour le garder en sécurité. J'espérais qu'il ne me transformerait pas en loup-garou ou un truc comme ça. Je voulais le montrer à Thierry, pour voir ce qu'il en pensait, mais il y avait des choses plus pressantes.

— Pour que tout soit bien clair, l'homme nu, c'était Barkley. Il a repris forme humaine avant d'avoir pu retrouver son jean.

Il acquiesça.

— Le loup-garou.

— Oui. Et je voulais te voir.

— Moi, en particulier.

— Bien sûr.

Son petit sourire m'encouragea.

— J'ai reçu le tesson. Il a été livré un peu plus tôt. Oh, Thierry… tu n'aurais pas dû. Ça a dû te coûter une fortune.

— Tu étais tellement bouleversée d'avoir perdu l'autre. C'était le moins que je puisse faire. Surtout après t'avoir causé plus de stress à cause de cette histoire avec Nicolaï.

Je m'approchai alors qu'il se levait et j'enroulai mes bras autour de son cou.

— Merci infiniment. Je l'adore.

— De rien. (Il se pencha et je sentis ses lèvres tièdes sur mon cou, puis il se raidit et s'écarta.) Sarah, je crois que nous avons besoin de parler.

Il avait l'air mégasérieux. Je ne pensais pas vouloir « parler » avec Thierry quand il avait cette expression-là.

— Alors, tout est prêt pour la fête ? demandai-je, parlant de la première chose inoffensive qui me passait par la tête, pour m'écarter du terrain dangereux.

Il posa sur moi un regard vide, puis il se massa le front.

— Oui, je crois. Barry est déjà venu plusieurs fois aujourd'hui, pour tout arranger.

Une autre question. Vite. Réfléchis, Sarah !

— Tu connais Barry depuis longtemps ?

— Très longtemps.

— Depuis combien de temps ?

Il pinça les lèvres.

— Reprenons-nous notre série de questions-réponses ?

Je haussai les épaules.

— Peut-être. Je n'ai pas eu l'occasion de satisfaire ma curiosité.

Il inspira profondément et expira avec lenteur.

— Non, en effet. Je… Sarah, je…

J'agitai la main avant qu'il ait dit un mot de plus.

— Poursuivons, d'accord ?

Son regard se radoucit alors qu'il me regardait.

— Très bien.

— Tu veux retourner au Mexique ?

— Ce n'est pas le genre de question auquel je m'attendais. (Il cligna des yeux.) Je n'y étais jamais allé. Cela a été une expérience.

— Une bonne expérience ?

Je pensai à notre voyage. À l'origine, j'aurais dû partir avec Amy. Nous avions été si excitées à cette idée. Un peu de soleil et de sable. Et nous nous serions tellement amusées. En *all inclusive.* Des margaritas à la fraise, dans des verres sans fond. Les brochures étaient si extraordinaires que je les avais affichées sur mon frigo, dans mon minuscule appartement, et au boulot, dans mon box. Puis tout était allé de travers.

Après que j'avais été transformée, mon monde avait été mis sens dessus dessous. Mais quand tout s'était arrangé, et que je m'étais retrouvée allongée sur une plage avec Thierry, cela avait été comme un rêve devenu réalité. Et c'était le cas. Nous avions passé de merveilleux moments. Même après mon coup de soleil infernal. Je n'avais jamais réussi à le convaincre de porter un maillot de bain pour aller batifoler dans l'océan, mais on ne pouvait pas tout avoir. Et Thierry n'était pas vraiment du genre à batifoler.

— Le Mexique a été… (Il hésita avant de poursuivre.) Inhabituel.

— « Inhabituel » ?

Il fit un geste, comme s'il ne trouvait pas les mots justes pour décrire nos vacances paradisiaques au soleil brûlant. Il finit par renoncer et il croisa mon regard.

— Je n'étais pas à ma place, là-bas. Je ne crois pas y retourner un jour.

Je ressentis une profonde déception.

— Il y a d'autres lieux où nous pourrions aller.

Il secoua la tête.

— Être là-bas, avec toi… (Il pinça de nouveau les lèvres.) Cela m'a fait oublier qui je suis.

Je fronçai les sourcils.

— Et c'est censé vouloir dire quoi ?

— Je n'aurais pas dû y aller, nous n'aurions jamais dû aller dans un endroit si plein de dangers. Tu as le don de me faire oublier, de me donner l'envie d'oublier, mais ces derniers jours m'ont rappelé tout ce que je dois savoir. Ce genre de distraction ne peut rien apporter de bon.

On aurait dit qu'il me parlait latin. Tout ce que j'avais compris, c'était qu'il ne s'était pas amusé avec moi au Mexique. Ses mâchoires étaient serrées, et quand ses yeux croisèrent les miens, son regard était plus réservé que jamais.

Je me forçai à sourire.

— Eh bien, redis-moi ça quand on reviendra de Disney World.

— Sarah…

— C'est l'endroit au monde où l'on est le plus heureux, tu sais.

Il secoua la tête, mais un léger sourire étira ses lèvres.

— Tu es incorrigible.

— J'ai un tee-shirt qui le dit. C'est même écrit avec des paillettes.

— Après tout ce temps, tu dois enfin admettre que ta situation a changé. Tu viens de vivre ces deux derniers mois comme tu le faisais avant. Tu es sortie le jour et la nuit, sans te soucier de ta sécurité, malgré les situations périlleuses dans lesquelles tu t'es retrouvée maintes fois. Tu m'as dit la semaine dernière que tes parents espéraient ta visite très bientôt.

Je posai une main sur ma hanche, rendue mal à l'aise par la tournure que prenait la conversation.

— Je vais leur avouer que je suis une vampire. Un jour. Ma mère est une très grande fan de Buffy. Elle sera sans doute très excitée pour moi.

Il soupira.

— Tu ne devrais rien leur dire du tout. Tu devrais éviter de les voir. C'est plus sûr. Pour toi comme pour eux.

— La sécurité, ça n'existe pas, Thierry. Je le constate un peu plus chaque jour.

— Si. J'ai survécu près de sept cents ans en faisant attention à ce qui m'entourait. En m'assurant qu'il n'y avait pas de danger immédiat.

Je feignis de bâiller.

— Très excitant.

— Ça ne l'est pas. Mais c'est nécessaire à notre survie. N'en as-tu pas été témoin ? Regarde les dangers que tu as affrontés ces derniers jours. Les chasseurs n'abandonneront jamais, qu'ils croient ou non que tu es une menace pour eux. Et la présence maléfique de Nicolaï ne fait qu'augmenter le niveau de risque.

— Nicolaï n'est pas si mauvais. Je crois que vous ne vous aimez pas, c'est tout.

Je tressaillis aussitôt au souvenir de ce que Nicolaï m'avait raconté au sujet de sa femme. Et de Thierry. Un accident, il y avait si longtemps.

Son expression s'adoucit.

—Tu es si jeune.

Je m'approchai et posai mes mains sur sa poitrine, puis je les montai pour les enfouir dans ses cheveux. Assez de questions. Je me fichais des chasseurs, des gardes du corps, des colliers, des vieilles erreurs et des anciens vampires à l'exception de celui en face de moi. Je voulais juste que Thierry m'embrasse. Rien d'autre ne comptait.

Il prit ma main et, comme s'il avait lu dans mes pensées, il pressa ses lèvres contre les miennes. Mon cœur fit un bond, et je lui souris.

—Je ne suis pas si jeune. (Je marquai une pause.) Tu sais, ma réunion d'anciens élèves du lycée approche. J'ai reçu une invitation la semaine dernière. Dix ans. J'ai du mal à y croire.

Il secoua la tête.

—Tu vois ? Tu sautes d'un sujet à l'autre comme un oiseau-mouche cherchant la fleur la plus sucrée. Ta vie est en danger constant, et pourtant tu parles de choses stupides qui n'intéressent que les humains.

—Les réunions d'anciens élèves de lycée ne sont pas stupides. Elles sont stressantes, et elles peuvent donner la nausée quand on n'a rien à se mettre. (Je surpris son expression et haussai les épaules.) Je suis une énigme.

Il serra ma main et la lâcha.

—Et je suis pris dans ton enthousiasme pour la vie. Tu me fais oublier, Sarah. Au Mexique. Ici.

J'inspirai profondément et je le regardai. Si réservé et si indécis à la fois, alors qu'il me renvoyait mon regard.

—D'accord, donc nous n'irons pas au Mexique tous les ans. (Je haussai un sourcil.) Même si nous avions cette chouette baignoire dans notre chambre, tu te rappelles ?

Je perçus de l'intensité dans ses yeux, quand il les détourna.

—Oui, il faut leur laisser ça.

Cette baignoire avait été l'un des « lieux » marquants de nos vacances. Nous l'avions « visitée » ensemble plusieurs fois. Je souris à ces souvenirs.

Puis mon sourire s'évanouit quand je me rappelai que les seuls souvenirs de ce genre que j'avais remontaient à cette époque.

Je touchai d'un geste absent les marques de morsure sur ma gorge. Elles étaient rêches. Mes yeux se posèrent sur Thierry. Il examinait les meurtrissures, l'air peiné. Je retirai ma main, et mes cheveux retombèrent.

—Tu allais me dire comment tu as rencontré Barry.

—Vraiment ?

—Bien sûr. Tu l'as trouvé au marché aux puces ? Il était en solde ?

Une ombre passa sur le visage de Thierry.

—Ne plaisante pas avec l'esclavage. C'est une chose dont j'ai été témoin au cours des siècles, dans divers endroits, et c'est une pratique aussi cruelle que barbare.

Je pâlis.

—Je n'en avais pas l'intention. Je… Barry me donne toujours envie de dire des choses méchantes. Je sais, je ne devrais pas y céder.

—Il est parfois difficile. Je comprends cela. Et je ne l'ai pas vu faire le moindre effort pour être courtois avec toi, alors aucune raison de t'alarmer. Cet homme n'a rien d'un innocent.

—En effet. Mais je ne devrais pas être si vache avec lui. Je le sais. Et il aime vraiment Amy. Je ne comprends pas leur relation, mais si elle arrêtait d'être si paranoïaque, et s'il arrêtait d'être si secret, je crois qu'ils pourraient être parfaits l'un pour l'autre.

Clin d'œil. Clin d'œil.

—Deux personnes si différentes l'une de l'autre ? dit Thierry. Tu crois qu'ils ont une chance d'avoir un avenir heureux ensemble ?

—S'ils le veulent suffisamment, oui. Je le crois. Mais leurs problèmes sont grands. Bien plus grands que Barry. (Je fronçai les sourcils.) Tu vois ? Je ne peux pas m'en empêcher. Je suis méchante.

—Non. Tu es simplement très protectrice en ce qui concerne ton amie et son bonheur.

—Tu ne le penses pas.

—Peut-être. (De nouveau ce sourire.) Et peut-être ai-je réagi si vivement à ton commentaire sur la manière dont Barry et moi nous sommes rencontrés parce que tu n'étais pas loin de la vérité. Nos chemins se sont croisés pour la première fois dans une foire ambulante, en Angleterre, il y a deux siècles. Les forains le retenaient contre sa volonté et l'obligeaient à se donner en spectacle de façon humiliante.

Mon visage perdit toutes ses couleurs.

—Un spectacle de monstres ?

—Oui. Un vampire gardé en cage et montré comme un objet de moqueries, plutôt que de terreur. Il était sévèrement battu s'il ne déchiquetait pas les animaux qu'ils jetaient dans sa cage pendant le spectacle.

Un couteau se retourna dans mon estomac et j'essayai de chasser l'image mentale. Barry. Pauvre Barry. Je n'avais pas eu la moindre idée de tout cela.

—Alors tu l'as sauvé.

Il secoua la tête.

— Je fus tellement écœuré par ce que j'avais vu que je ne pus m'empêcher d'aller le voir, d'essayer de lui parler. Il ne dit que quelques mots, recroquevillé dans un coin de sa cage, vêtu de haillons. Ses maîtres arrivèrent, décidèrent que j'étais un jeune aristocrate qui s'était perdu et qu'ils devaient soulager de sa bourse. Quand j'en eus fini avec eux, je libérai tous leurs prisonniers, dont Barry.

Je fus parcouru par un frisson.

— Quand tu en as eu « fini avec eux » ?

Thierry soutint mon regard.

— Oui.

Je hochai la tête avec lenteur, imaginant des rebuts du genre humain torturant certains de leurs semblables pour en tirer profit. Ils avaient cru trouver une autre victime, mais ils s'étaient frottés à Thierry.

« Touche-moi encore et mon petit ami t'arrachera le cœur ! »

Ce n'était peut-être pas une menace en l'air, après tout.

Au bout d'un moment, Thierry reprit.

— Barry me suivit cette nuit-là. Il jura de m'aider, quel que soit ce dont j'avais besoin, disant que je l'avais sauvé. J'essayai de le renvoyer, de lui dire de vivre sa vie, mais il n'avait encore jamais connu la liberté. Il avait été vendu aux forains étant enfant. Puis avait servi d'en-cas à un vampire quand il avait atteint l'âge d'homme. Et après cela, il avait été utilisé sans pitié. Il ne connaissait que cette vie-là.

— Donc, tu l'as aidé.

— Je n'avais pas le choix.

— Bien sûr que si. Tu aurais pu lui tourner le dos. Tout comme tu aurais pu me tourner le dos, sur le pont, quand nous nous sommes rencontrés. Mais tu ne l'as pas fait. Tu es un homme bon, Thierry.

Il secoua la tête et la détourna.

— C'est faux.

— Véronique m'a parlé de votre rencontre.

— Je sais. (Une ombre voila son expression.) J'ignore ce qu'elle t'a raconté.

— Durant l'épidémie de peste noire ? Elle était seule et elle se cachait. Tu étais…

Je me tus. La vie de Thierry avait été émaillée de moments douloureux. Était-ce ce qui arrivait quand on vivait aussi longtemps ? Les mauvais moments finissaient-ils par peser plus lourd que les bons ? Ou n'avait-il vraiment pas eu de chance ?

— Ils t'avaient blessé et jeté sur un tas de cadavres en train de brûler. (Je frissonnai et rencontrai son regard hésitant. Je lui caressai la joue, continuant mon geste jusqu'à ce que mes doigts s'emmêlent dans ses cheveux noirs.) C'est vrai ?

— C'était il y a longtemps.

Je fronçai les sourcils et touchai son bras aux muscles tendus.

— Si elle ne t'avait pas transformé, tu serais mort. Je peux la remercier pour ça.

Il éclata de rire et s'écarta de moi.

— Oui, un grand merci à Véronique. Elle est si généreuse. Elle m'a sauvé la vie de manière si noble.

— Est-ce que je détecte un peu de sarcasme ?

— Non, tu détectes beaucoup de sarcasme.

— Elle t'a sauvé la vie.

— Oui. Mais uniquement parce que cela répondait à ses besoins, à cette époque. Pourquoi m'a-t-elle sauvé ? Parce qu'elle avait faim. (Son large sourire devint sinistre.) Pourquoi a-t-elle fait de moi un vampire éternel ? Parce qu'elle se sentait seule.

— Tu es pourtant resté avec elle toutes ces années.

— Les années que nous avons passées ensemble, rien que tous les deux, sont bien moins nombreuses que tu sembles le croire, Sarah. Véronique a été une bonne amie, mais…

— Mais quoi ?

Il croisa mon regard.

— Mais elle ne m'a jamais fait oublier qui j'étais.

Je clignai des yeux.

— Qu'est-ce que ça veut dire ?

Il sourit, avec froideur.

— Tu ignores quel genre d'homme je suis vraiment, Sarah. Ou peut-être le sais-tu.

Il regarda de nouveau mon cou, avec une expression peinée.

Son comportement était si frustrant ! Il semblait si abattu, si découragé, que ça commençait à me mettre en boule.

— Tu viens de me dire quel genre d'homme tu es. Ne le vois-tu pas toi-même ? Tu es merveilleux. Tu es généreux. Tu es altruiste. Tu fais attention aux autres, même si tu refuses de l'admettre. Tu fais toujours en sorte que les gens autour de toi soient heureux, même si c'est compliqué. Comment peux-tu ne pas voir ça ?

Il secoua la tête.

— Tu ne me connais pas du tout. Cela ne fait que deux mois que nous nous sommes rencontrés.

Ces paroles me firent mal.

— C'est vrai. Mais je veux tout savoir à ton sujet.

Son regard se durcit.

— Tu sais à qui tu pourrais demander ? Qui me connaît mieux que quiconque, à mon avis ?

— Qui ?

— Quinn. (Ses yeux rencontrèrent les miens, et je vis qu'ils étaient gris acier et froids ; pourtant, il avait un sourire sans humour aux lèvres.) Ton ex-chasseur n'est pas aveuglé par la façade que je montre. Il voit celui que je suis vraiment. Tu évites d'en parler, mais cela n'efface pas ce qui s'est passé. (Sa poitrine se souleva sur un soupir.) Je t'ai blessée, l'autre nuit.

Je fis la grimace et touchai mon cou.

— Ça ? Cette égratignure ?

Il serra les mâchoires.

— J'ai failli te vider entièrement. Une goutte de ton sang a suffi à me rendre fou.

— Thierry…

Il secoua de nouveau la tête, le visage tendu.

— Une minute de plus, et tout aurait été fini. Et après ? Même après que ton cœur aurait cessé de battre, aurais-je réussi à m'arrêter ? Il y a une telle noirceur en moi, une telle soif… Sarah… Je la crains. J'ai essayé de m'en cacher pendant toutes ces années. C'était la principale raison qui me poussait à vouloir en finir, quand nous nous sommes rencontrés, Sarah. Il n'a jamais été question d'un profond ennui engendré par une vie longue et vide. Je ne veux blesser personne. Plus jamais.

Ma gorge se serra. Des larmes me brûlèrent les yeux. Chacune de ses paroles était pleine d'angoisse. Comment pouvais-je lui dire que tout allait bien ? Que je l'aimais, en dépit de tout ? Que quoi qu'il traverse, je voulais l'aider ?

Mais il ne me laissa pas le temps de retrouver ma voix avant de poursuivre, chaque mot exprimant la haine qu'il avait pour lui-même.

— Le pire dans tout cela, après ce que je t'ai fait, alors que je pouvais voir dans tes yeux que tu étais faible, vidée, c'est que je ne suis pas resté. J'aurais pu te redonner une partie de ce que j'avais pris. Mais non. Je me suis enfui. Comme un lâche. Comme un maudit lâche.

Il serra les dents et sa pomme d'Adam monta et descendit. Sa respiration était laborieuse.

— Thierry…

Je contournai son bureau pour le prendre dans mes bras et le serrer très fort contre moi. Il recula un peu pour prendre mon visage entre ses mains.

— Alors, tu peux parler de voyages au Mexique, tu peux me demander de te raconter mon passé, tu peux parler de l'avenir avec espoir, mais tout ce à quoi je pense quand je suis avec toi, Sarah, c'est combien tu as bon goût. Il y a un monstre en moi qui est bien plus dangereux qu'aucun des chasseurs que tu as rencontrés. Et il veut ton sang. Même en ce moment.

Il y eut un lourd silence, jusqu'à ce que je puisse de nouveau parler.

— Alors, tu as tort.

Il cligna des yeux.

— Quoi ?

— Tu as tort. Tu ne sais pas ce que tu veux. Et ce monstre au fond de toi ? C'est un salaud ! Tu dois lui dire de la fermer. Tu ne peux pas le laisser aux commandes.

— Plus je vieillis, plus il m'est difficile de faire entendre ma voix.

— Alors, tu dois crier plus fort. Et faire un discours plus court. Écoute, Thierry, tu peux te reprocher ce qui s'est passé l'autre soir si tu veux. Mais je suis toujours là. (Je changeai de position sur mes talons hauts plus ou moins confortables.) Tu vois ? Juste en face de toi. Et ai-je l'air d'avoir peur de toi ?

— Un peu.

Je croisai les bras.

— Eh bien, d'accord. Je t'accorde que ce discours faisait un peu Bela Lugosi. Mais je suis toujours là.

Il m'étudia un moment.

— Ton instinct de conservation n'est pas très fort.

— Si tu essaies de me dire que je suis fabuleuse et extraordinaire, alors j'accepte le compliment.

Il inspira et expira lentement.

— Tu te tiens devant moi, sans être sur tes gardes, comme une gazelle devant un lion, et tu le fais volontairement.

Je clignai des yeux.

— Oui, même quand tu dis des trucs bizarres comme ça.

— Nous sommes trop différents, Sarah.

— *Vive la différence** !

Il hocha doucement la tête.

— Et Quinn ?

Le sang battit à mes tempes.

— Quinn ?

— Hier, tu l'embrassais. Passionnément, et de ta propre volonté. Il ne te forçait pas.

Je croisai de nouveau les bras.

— Non, il ne m'a pas forcée.

— L'aimes-tu ?

Silence. Je rougis.

— Non, je suis amoureuse de toi.

— Alors pourquoi l'embrasses-tu, si tu ne l'aimes pas ?

Je me mordis la lèvre inférieure, ayant l'impression de subir un contre-interrogatoire devant une cour.

— Je l'ai embrassé parce qu'il voulait que je l'embrasse. Parce qu'il me donne l'impression d'être importante. Comme si j'étais quelqu'un qu'on ne peut pas ignorer.

La bouche de Thierry n'était plus qu'une ligne mince.

— Alors, peut-être devrais-tu être avec lui.

— Ce n'est pas ce que j'essaie de dire.

—Non. Mais peut-être est-ce ce que *moi* j'essaie de te dire.

Il refusa de croiser mon regard.

Ma poitrine me faisait mal.

—Tu dis que tu voudrais que je sois avec Quinn ?

—Tu auras besoin de quelqu'un pour te protéger quand je serai parti.

Je fronçai les sourcils.

—De quoi tu parles ? Où vas-tu ?

—C'est de cela que je voulais te parler. (Il prit une profonde inspiration et expira lentement.) J'ai vendu le *Refuge*. Aujourd'hui. Je compte quitter Toronto, définitivement.

—Tu as *quoi* ?

Son regard effleura mon cou.

—Je me suis abusé moi-même en pensant que je pouvais être un homme normal. C'est impossible. Quand je serai parti, je veux qu'on prenne soin de toi. Quinn tient beaucoup à toi. Je sais qu'il ne laissera personne te faire du mal.

Je secouai la tête.

—Les choses sont difficiles pour le moment, mais il n'y a rien d'insurmontable, si nous le voulons. Tout ira bien. Tu n'as pas besoin de partir. Ta place est auprès de moi.

—Ce que j'ai dit est la vérité, Sarah. (La voix de Thierry était calme.) Tu n'as pas ta place dans ma vie, et je n'ai pas ma place dans la tienne. Penser différemment serait stupide et potentiellement mortel pour nous deux. Tu devrais être avec Quinn.

Je sentis le froid m'envahir à ces paroles.

—Non, Thierry. Tu ne m'as pas écoutée ? Nous pouvons surmonter ça. Tout ça.

— Ma décision est irrévocable. (Ses mâchoires se serrèrent et il baissa les yeux sur les papiers étalés sur son bureau.) Je suis navré, Sarah, mais c'est terminé entre nous.

Il passa près de moi pour gagner la porte et sortit sans un mot.

Chapitre 16

Je ne regardai pas où j'allais en sortant du club peu de temps après que Thierry avait rompu avec moi. J'étais en état de choc. Tout ce que je voulais, c'était me rouler en boule dans un coin et me laisser mourir. Seule. Pathétiquement seule.

Salut, dirais-je. *Je suis pathétiquement seule et je meurs dans un coin. Détournez les yeux.*

Même si je savais que sa décision avait été une possibilité au-dessus de ma tête depuis le début. Même si tout le monde n'avait cessé de me répéter que ce n'était qu'une question de temps avant que cela arrive... C'était quand même le pire sentiment au monde. Il partait ? Il vendait le club et il partait, juste comme ça ?

Je ne m'étais jamais sentie si seule. Mon cœur me faisait mal. Ma gorge était serrée. Mes yeux étaient brûlants de larmes de frustration. Chaque parole qu'il avait prononcée m'avait fait mal comme jamais rien auparavant.

« Tu n'as pas ta place dans ma vie, et je n'ai pas ma place dans la tienne. C'est fini entre nous. »

Et il était parti. Il fallait qu'il ait le dernier mot, hein ? Je serrai les dents en revivant la scène en pensée. Qu'étais-je censée dire après cela ? Il avait été très clair. Clair comme de la foutue eau de roche.

Si j'avais été capable de réfléchir, de me concentrer sur autre chose que ses paroles d'adieu, peut-être aurais-je vu qu'il avait raison. Nous n'allions pas du tout ensemble. Ce n'était donc qu'une question de temps avant que cela arrive. Quelle idiote j'avais été de croire que nous pouvions surmonter tous les obstacles qui se dressaient sur notre route !

Cela semblait rationnel.

Et ce n'était pas la première fois qu'on me laissait tomber. J'avais été larguée, j'avais été celle qui larguait.

Mais c'était différent. Pire.

Je pris une grosse goulée saccadée d'air froid et je m'arrêtai, étreignant mon buste, laissant la douleur me submerger.

J'avais l'impression qu'on venait de m'enfoncer un pieu dans le cœur.

J'avais vu une émission à la télévision, récemment, dans laquelle quelqu'un avait été transpercé par un piquet de clôture. Un simple piquet de clôture en bois brut. À travers la poitrine, et ressortant dans le dos. Avec les clous rouillés et tout.

L'homme avait survécu.

Il avait eu l'air un peu pâle. Et la cicatrice devait être difficile à cacher. Mais il avait survécu.

Distraite, mon cœur n'abritant pour le moment aucun piquet de clôture, mais brisé en mille morceaux, je me sentais terriblement désolée pour moi-même, à un pâté de maisons du *Refuge*. Et je n'entendis pas arriver le bus.

Je sentis qu'on me tirait en arrière, ce qui me fit tomber à la renverse, manquant de peu l'énorme véhicule, dont les roues passèrent à quelques centimètres de mon visage.

— Qu'est-ce que vous avez pris, du crack ?

Janie me désigna du regard, puis le bus, un des lignes Greyhound, remarquai-je sans grand intérêt. J'étais toujours allongée dans le caniveau.

— Regardez donc où vous allez !

Mes joues étaient humides de larmes postlargage. Je clignai des yeux pour les chasser derrière mes lunettes de soleil qui étaient maintenant de travers.

— D'où vous sortez ? Je vous croyais dans la voiture.

Elle me regarda comme si j'étais une demeurée.

— Quand vous n'avez prêté aucune attention à la voiture et que vous êtes partie à pied, je vous ai suivie. Je suis votre putain de garde du corps, vous vous rappelez ? Même si je croyais que c'était contre les chasseurs que je devais vous protéger, pas contre les transports en commun !

— Je ne vous avais pas remarquée.

Elle leva les yeux au ciel.

— Quand vous pouvez me voir c'est que je ne fais pas bien mon travail. Je suis comme un ninja. En mieux habillée. Vous allez sortir de ce caniveau ou quoi ?

Je fermai les yeux.

— Je suis bien. Laissez-moi. Laissez-moi mourir.

— Oh là là, quelqu'un a pris une pilule de psychodrame ce matin. Venez. (Elle me tendit la main.) Allons-y.

J'ouvris les yeux et la regardai avec scepticisme un moment. Puis je pris sa main et la laissai m'aider à me relever. Je repoussai mes lunettes.

— Où est Lenny ? Vous avez discuté tous les deux ?

Ses épaules s'affaissèrent.

— Il est quelque part par là. Je crois qu'il m'en veut un peu.

— Il vous aime.

— Oui, ne me demandez pas pourquoi.

Je reniflai.

— Merci de m'avoir sauvée du bus démoniaque. Vous m'avez sauvée quelques fois déjà. Excepté la nuit dernière, bien sûr. Mais je respire encore, alors tout va bien.

— Il n'y a pas de quoi. Et je vous ai sauvée bien plus de fois que vous ne le saurez jamais. Quelques chasseurs voudraient vraiment vous voir du mauvais côté d'un pieu en bois. Je me suis occupée d'eux. (Elle me regarda un instant.) Je suis surprise que vous n'ayez rien remarqué. Distraite ?

Cela me glaça le sang de savoir qu'elle m'avait évité d'être tuée, sans que je m'en aperçoive.

— Sur une échelle de un à dix, un signifiant que tout va bien et dix que je vis le pire jour de ma vie et suis très distraite, je culmine à cent.

— Vous voulez en parler ?

— Pas vraiment.

Un sourire étira ses lèvres.

— Ça a quelque chose à voir avec votre petit ami ? Qu'est-ce que vous m'avez dit déjà… ? Il est très vieux, marié et a un problème de boisson. Je ne l'ai jamais rencontré, mais il me semble très attirant.

Je fronçai les sourcils et lui jetai un regard noir.

Son sourire s'élargit encore.

— Franchement, d'après ce que j'ai entendu dire, si vous deux, c'est fini, c'est sans doute une bonne chose. Il ne vous apporte que des ennuis.

Je me détournai, essayant de ne pas prêter attention à la boule qui s'était logée dans ma gorge.

— Je crois que je vais y aller. Vous pouvez me ramener chez George ?

— Vous allez vous préparer pour la fête ?

Je pivotai vivement vers elle.

— Comment vous savez ça ?

— Étant votre garde du corps, je dois savoir ce genre de choses. Si je ne savais pas tout au sujet des personnes avec lesquelles je suis liée personnellement et professionnellement, ça me tuerait sûrement. Enfin, puisque je n'ai pas récupéré ce collier, hier, je suis déjà morte, alors j'espère être invitée à la soirée. Considérez cela comme ma dernière volonté.

Je ressentis un élan de culpabilité d'avoir gardé la chaîne en or. Mais mon instinct me disait toujours d'attendre et de voir ce qui se passerait.

— Bien sûr, venez. Si vous voyiez le gâteau ! Il est énorme.

— J'adore les fêtes-surprises. C'est pour votre amie Amy, non ? Celle qui est mariée à l'homme plutôt petit.

— Oui. Elle a trente ans. (Je pensai à Amy un instant.) Elle devient vieille. C'est tellement énorme que pour un peu, j'en oublierais mes problèmes.

Janie rit.

— Vous êtes méchante. Pas étonnant que votre petit ami vous ait laissé tomber.

Je sentis mon estomac se retourner. Ses paroles m'avaient fait l'effet d'une gifle, même si j'étais sûre qu'elle ne l'avait pas dit dans ce sens-là. Je me mis à pleurer, là, au beau milieu de la rue, bousculée par des tas de gens chaudement vêtus, à la bonne odeur de beurre de cacahouètes.

Le visage de Janie perdit son expression amusée.

— Sarah… Il vous a larguée ? Je suis désolée. Ce n'était qu'une supposition.

Je hochai la tête.

— C'est fini. Ça vient juste d'arriver.

— Honnêtement, après tout ce que vous m'avez dit sur lui, c'est peut-être une bonne chose. Vous ne voyez pas cela comme ça maintenant, mais c'est mieux ainsi.

Je sanglotai plus fort, et sans réfléchir, je trébuchai vers elle et l'étreignis.

— C'est pas vrai. Thierry n'est qu'un idiot. Je l'aime tellement, et il est trop stupide et entêté pour le voir. Je ne sais pas quoi faire.

Elle me tapota maladroitement le dos.

— Sérieusement ? Vous l'aimez ? Le vieillard marié avec un problème de boisson ?

J'acquiesçai contre son épaule.

— D'accord, dit-elle. Reprenez-vous avant que j'aie à vous gifler. (Elle recula, me laissant sans personne à qui m'accrocher. Je clignai de mes yeux humides, et elle fouilla son sac pour me tendre un Kleenex.) Là. Soyez forte. Seigneur…

Je lui jetai un regard effaré.

— Votre compassion laisse à désirer.

— Je n'ai pas pleuré à cause d'un garçon depuis que j'étais petite. C'était un amour à sens unique. J'étais follement amoureuse d'un ami de mon frère, mais il ne m'a jamais remarquée. Les larmes n'y ont rien changé. Peu après, j'ai dû m'endurcir. Il fallait bien : c'était ça ou mourir.

— Quelle belle histoire.

— Je sais, Nora Roberts doit m'appeler bientôt.

— Et vous dites que je dois m'endurcir…

Elle ricana.

— Quand j'ai entendu parler de vous pour la première fois, Sarah, j'aurais pensé que vous étiez plus dure que l'acier. C'est vrai, la Tueuse de Tueurs ! Vous êtes une vampire. Vous devriez être toute… grrr !

Elle leva les mains, imitant des griffes à la Nosferatu, et claqua des dents.

Je clignai des yeux.

— Oui, eh bien, navrée de vous décevoir.

Elle haussa les épaules.

— Je ne suis pas vraiment déçue, plutôt surprise. Vous savez, je vous aime bien. Vous semblez sincère.

— Je le suis. Je suis l'image de la sincérité.

— Vous portez vos émotions où tout le monde peut les voir. (Elle secoua la tête.) C'est plutôt dangereux dans votre situation. Mais tant mieux pour vous, je suppose. J'en suis incapable.

— Pourquoi pas ?

— À cause de ce que je fais. Si je baissais ma garde et tournais le dos, je pourrais me prendre un coup de couteau. (Elle plissa les yeux.) Mon frère a baissé sa garde et il est mort.

— Je suis désolée. Vous avez une piste ?

Son expression devint froide.

— Oui. Et dès que j'aurai fini mon autre affaire, je m'en occuperai.

Je frissonnai à ces mots. Elle allait « s'en occuper » ?

Au bout d'un moment, elle reprit la parole.

— C'est difficile d'être un vampire ?

J'inspirai profondément.

— Oui, très. Mais c'est dur d'être humain, aussi. C'est la même chose, seules les règles sont différentes. Après tout, j'ai toujours besoin d'un appartement.

— Vous semblez vous être remise très vite d'avoir tout perdu cette nuit-là.

Mon estomac se serra rien que d'y penser.

— Je ne suis pas remise, mais j'essaie de ne pas y penser. Ça a failli me tuer. Qui sait, peut-être suis-je morte, et le paradis est exactement comme ma vie de tous les jours. En pire. Ou peut-être suis-je en enfer.

— Vous pouvez peut-être vous payer un nouveau cercueil, doublé de satin.

Je levai les yeux au ciel.

—Non, merci. En plus, je suis claustrophobe. J'ai besoin d'espace. Je ne sais pas combien de temps je vais encore pouvoir vivre avec George.

Elle sourit.

—George est canon. Il n'est pas bi, hein ?

—Pas que je sache. Et je ne crois pas que vous vouliez sortir avec un vampire. Boire du sang est un tue-l'amour.

Elle grimaça.

—Vous avez sans doute raison. C'est dégoûtant.

—Je n'en bois que parce que je le dois. J'en avais vraiment besoin avant d'être totalement transformée. Maintenant, je peux attendre entre les prises.

—Avant d'avoir été transformée en… grrr ?

Et elle imita de nouveau des griffes.

—J'ai eu des crampes d'estomac terribles.

Je frissonnai à ce souvenir. Cela ne m'était pas arrivé récemment, mais ce flash-back était suffisant pour me rappeler ce qui pouvait m'arriver, si je ne faisais pas attention.

Elle m'étudia un moment.

—J'ai entendu des rumeurs au sujet de cadavres trouvés à Toronto avec des marques de morsures à la gorge. Vous parlez du genre de douleur qui pourrait vous faire attaquer un humain ?

Je croisai les bras sur ma poitrine.

—J'en ai entendu parler, moi aussi, et ma réponse est non. Je ne me verrais pas mordre quelqu'un, même si je me tordais de souffrance.

Je pensai à Thierry, à ses yeux noirs, à la manière dont il avait perdu tout contrôle. Cela m'arriverait-il un jour ? Cela semblait si improbable que je préférai ne pas y penser.

— J'ai vu le côté obscur, dit Janie. J'ai vu des vampires ayant perdu toute maîtrise d'eux-mêmes, et il n'y avait rien d'amical chez eux.

— Quelle chance.

— Mais vous, vous êtes différente. Je le vois bien. C'est ce qui rend les choses si difficiles.

— Qu'est-ce qui est difficile ?

Elle secoua la tête.

— Donc, vous êtes amoureuse de ce Thierry, hein ?

Je hochai la tête.

— L'amour est une émotion pour les imbéciles, dit-elle.

— Eh bien, quelle charmante opinion.

Elle rit.

— Chérie, vous êtes un mystère. Ça j'en suis sûre. Je sais que vous vous fichez sans doute de ce que je pense de votre vie amoureuse, mais je vais quand même vous le dire.

— Laissez-moi deviner. Je devrais oublier Thierry, qui n'est pas celui qu'il me faut et me fait tellement souffrir. Prenez un ticket, parce que vous n'êtes pas la première à me dire ça.

Elle fit « non » de la tête.

— Si vous aimez sérieusement ce Thierry, oubliez ce que les autres ont à dire. Qu'est-ce que ça peut faire, ce qu'ils pensent ? Ils ne sont pas vous. Vous seule savez ce que vous voulez. Et vous seule pouvez l'obtenir. N'écoutez pas non plus Thierry, parce qu'il essaie de vous protéger de lui-même, ce qui n'est peut-être pas une si mauvaise idée. Si après tous ces avertissements, vous continuez à aimer ce monstre, alors commencez à vous battre pour lui.

— Il ne veut pas entendre ce que j'ai à dire. Il trouve toujours un moyen de s'éclipser quand la conversation le met mal à l'aise.

Janie soupira.

—Cessez d'être si lâche. Si vous voulez vous battre pour votre homme, il faut l'obliger à vous écouter. Forcez-le à entendre combien vous l'aimez. Vous savez, il paraît que les menottes en argent font merveille avec les vampires. Même les vieux.

Je haussai les sourcils.

—Et vous parlez d'expérience ?

Elle eut un large sourire.

—Je ne vous le dirai jamais. Mais j'en ai toujours une paire sur moi, au cas où.

—Je ne sais pas...

—Alors, si vous ne savez pas, vous avez votre réponse. Ça n'a pas d'importance. Et si ça n'a pas d'importance, vous savez ce que vous avez à faire.

—Il semble convaincu que tout est fini entre nous. Il a même vendu le club et a prévu de quitter la ville.

—Alors, c'est terminé.

Ma gorge se serra.

—Non.

Elle haussa les épaules.

—Alors, battez-vous pour lui.

Je regardai Janie un instant. S'inquiétait-elle vraiment pour mon bonheur futur ? Elle semblait si digne de confiance. J'avais l'impression que je pourrais tout lui dire, et qu'elle me donnerait son opinion honnête sur le sujet. Nous pourrions devenir d'excellentes amies.

Si nous le voulions.

Comme Thierry et moi. Nous étions différents. Inutile d'en débattre. Mais dès l'instant où il était entré dans ma vie, j'avais su qu'il remplissait cette partie de moi qui était vide, cette partie dont j'avais ignoré l'existence jusque-là.

J'étais raide dingue de lui. Et même quand il m'avait fait son numéro de vampire assoiffé, je n'avais pas cessé de l'aimer. J'avais voulu l'aider, pas le fuir. Cela devait bien compter, n'est-ce pas ? Quant à mon manque d'instinct de conservation, je m'en fichais. Je voulais Thierry. Même si je savais qu'il n'était pas parfait. Surtout maintenant que je savais qu'il n'était pas parfait. Il était Thierry. Et je l'aimais.

Si seulement cet imbécile pouvait le voir.

Ah, les hommes !

Je souris à Janie. Elle me rendit mon sourire.

— À propos, dit-elle. Vous savez qui est Gideon Chase ?

Mon sourire disparut.

— Quoi ?

— Gideon Chase. (Elle appuya contre son oreillette, puis son visage se fendit d'un large sourire.) C'est le meneur des chasseurs. Apparemment, il est super canon. Il est en ville. Ça risque de rendre les choses encore plus intéressantes.

— Je vais être malade.

— Nous vous protégerons. Ne vous inquiétez pas. Rappelez-vous, je suis comme un ninja. Pourquoi vous semblez si effrayée ?

Je décidai de tout lui dire. Ou presque. Au sujet de Nicolaï et de ses plans pour attraper Gideon quand il arriverait pour me tuer. Et du fait que je n'en avais rien dit à Thierry.

Je ne mentionnai pas le collier que je portais. Plus tard, je le lui donnerais plus tard.

Ma bouche était sèche quand je conclus :

— Je suppose que je ferais mieux de ne pas aller à la fête. Amy sera fâchée, mais elle comprendra. Je crois vraiment que je vais vomir.

Janie secoua la main.

— Détendez-vous. Je ne laisserai personne vous faire du mal, à moins qu'il s'agisse de moi. Continuez à vivre normalement. (Elle sourit.) Vous me faites confiance ?

Je hochai la tête.

— Oui, bien sûr.

Son sourire s'élargit encore.

— Maintenant, faites ce que vous avez à faire. J'ouvrirai l'œil. Ne pensez pas au fait que vous êtes en danger, désormais. Avec un peu de chance, vous ne vous rendrez compte de rien si Gideon essaie d'attaquer. Je l'aurai bien avant ça.

— Si vous le dites.

— Venez, nous allons vous raccompagner chez George pour que vous puissiez aller à la fête de votre amie.

J'acquiesçai, chaque cellule de mon cœur envahie par l'angoisse. Alors que nous nous dirigions vers la voiture, je m'attendais presque à être assaillie par une vague de chasseurs. Mais il n'y eut que la houle normale des passants sur le trottoir.

Gideon était en ville pour me tuer. Et ma vie était entre les mains d'une personne à qui je ne faisais pas entièrement confiance.

Je me demandai ce que j'allais porter pour la fête.

— Ils sont roses.

— Oui. Tu n'aimes pas ?

J'étais debout derrière Amy chez *Studio V*, le salon de coiffure pour vampires, et je regardais son reflet dans le tesson. Elle avait fait teindre ses cheveux blond platine en rose Barbie et les avait fait couper court. Le coiffeur, un grand vampire maigre, aux joues creuses et aux yeux soulignés de khôl, haussa un sourcil à son adresse.

— C'est fabuleux, déclara-t-il. Chérie, vous avez des crocs et vous êtes fabuleuse.

Amy sourit et leva l'index pour montrer ses dents limées.

— Eh bien, vous avez à moitié raison, Bernardo.

— Ils sont roses, répétai-je.

— Et pas question que tu le fasses aussi. C'est mon truc à moi.

— Pourquoi rose ? demandai-je.

— Pourquoi pas ? rétorqua-t-elle.

— Tu veux une liste par ordre alphabétique ou pêle-mêle ?

Elle fit la moue.

— C'est mon anniversaire, je peux me teindre les cheveux si je veux. C'est la nouvelle moi. Je suis sauvage et libre, et je me fiche de l'opinion des autres. (Elle regarda dans le tesson et cligna des yeux.) Tu es en train de me dire que tu n'aimes pas ? Parce que je peux revenir au blond…

— Non, je dis que… c'est différent. Que va penser Barry ?

Elle leva les yeux au ciel.

— Je devrais m'en soucier ?

— Je sais pas. À ton avis ?

— Il adorait mes cheveux blonds.

— Et ?

— Bien fait pour lui. (Elle inspira profondément et regarda de nouveau dans le miroir, vers moi.) Je le quitte.

— Tu l'as déjà dit. Et quand vas-tu le faire ?

— Dès que j'aurais trouvé un autre endroit où aller. Hé, tu cherches un nouvel appart, non ? On devrait être colocataires.

J'adorais Amy, elle était ma meilleure amie, mais il n'était pas question que je partage un appartement avec elle. Des vacances, c'était une chose, mais être toujours l'une avec l'autre sans jamais avoir le répit que nous donnaient deux foyers séparés, c'était différent. Mais elle était fragile. Et c'était son anniversaire. Je n'allais pas lui faire de la peine alors qu'elle était d'humeur chagrine. Elle pourrait aller se faire faire un tatouage ou quelque chose comme ça.

Je me forçai à sourire.

— Nous en reparlerons plus tard.

— Génial.

J'avais décidé de ne pas lui souffler mot de la fête surprise. C'était très tentant, mais j'avais réussi à tenir ma langue. Je me disais que dès qu'elle verrait ce que Barry avait fait pour elle, elle oublierait sa mélancolie et son humeur « je-me-teins-en-rose ». C'était une théorie. Et puis, après avoir entendu l'histoire de Barry, mes sentiments pour son minuscule époux avaient changé. Rien qu'un tout petit peu. Sans mauvais jeu de mots.

— Et maintenant ? me demanda Amy en payant Bernardo et en prenant rendez-vous pour le mois suivant, pour se faire faire les racines.

Je la regardai, tout innocence.

— Quoi, tu crois que j'ai prévu quelque chose ?

— C'est mon anniversaire.

— Oui, alors, ça fait quoi d'être devenue une ancienne ?

Elle glissa son porte-monnaie dans son sac en cuir.

— C'est une expérience épique. À une petite échelle.

— D'accord. Alors, qu'est-ce que tu veux faire ?

Elle eut l'air déçue.

— Tu veux dire que tu n'as rien préparé ? L'année dernière, tu avais prévu des stripteaseurs.

Ah, quels souvenirs ! Je l'avais emmenée dans un club appelé *Precious Illusions* avec deux autres filles du bureau. Nous nous étions saoulées et nous avions fourré des billets de cinq dollars dans le string de beaux gars musclés répondant aux noms d'Ace, Shadow et Diego. Un moment inoubliable !

Je haussai les épaules.

— Nous pourrions retourner là-bas.

Cela me valut un regard choqué.

— Mais, je suis une femme mariée !

— Tu vas te décider, à la fin ?

— Et toi aussi, tu as quelqu'un, jeune fille. Qu'est-ce que dirait Thierry s'il te voyait faire des mamours à des danseurs exotiques ?

— Eh bien, pour commencer, je ne fais pas de mamours. (Je déglutis avec difficulté.) Et j'avais décidé de ne rien dire, mais autant le faire. Thierry et moi… c'est fini.

— Quoi ?

— Oui, nous avons eu une gentille conversation cet après-midi, qu'il a conclue en me brisant le cœur. Il pense que nous ne sommes pas faits l'un pour l'autre.

Haussement d'une seule épaule.

— Eh bien…, commença Amy.

Je soupirai et lui jetai un regard noir.

Nouveau demi-haussement d'épaule.

— Comme je disais, l'autre jour…, continua-t-elle.

— Je n'ai pas envie d'en parler, Amy.

Elle acquiesça.

— Nous devrions aller voir ces stripteaseurs. Nous en avons bien besoin, toutes les deux.

— Parfait. Va pour les stripteaseurs. (Je regardai ma montre. Il était 18 h 15. Il était temps d'emmener Amy à sa surprise-partie.) Mais avant ça, je dois passer au *Refuge*. J'ai un truc à y prendre.

— D'accord. (Elle se retourna pour regarder son reflet dans la vitrine où je n'apparaissais pas. Elle toucha ses cheveux.) Qu'est-ce que j'ai fait ?

— Ça repoussera.

Elle se tourna vers moi, les larmes aux yeux.

— Pourquoi est-ce que Barry ne m'aime pas ?

— Il t'aime.

Elle renifla bruyamment et passa la main sous son nez.

— Être un vampire, ça craint.

— Tu devrais dire ça plus fort. Je pense que les gens qui attendent le bus, là-bas, ne t'ont pas bien entendue. (Je marquai une pause.) Écoute, Janie est ici et elle va nous y conduire.

— Je crois que je veux rentrer à la maison. Je ne me sens pas très bien.

Je fermai les yeux. Moi non plus, je ne me sentais pas très chaude pour sortir. Mais j'allais devoir faire un effort. Nous devions aller à une fête. Une fête où il y aurait Thierry.

— Si tu n'as pas envie de sortir, parfait. Mais nous devons passer au *Refuge*.

— D'accord, dit-elle, essuyant une dernière larme. Plus vite nous y serons, plus vite nous en repartirons.

Que la fête commence.

Chapitre 17

Il faisait nuit dehors quand je frappai à la porte du *Refuge* à 18 h 30. La petite fenêtre s'ouvrit.

— Oui ? aboya Angel le videur.

— C'est moi.

— « Moi » qui ?

Je reculai d'un pas pour qu'il puisse me voir.

— Hum, Sarah.

— Quel est le mot de passe ?

Ah, oui, le mot de passe. Un système de sécurité mis en place juste aujourd'hui pour que le club soit encore plus sûr, lui donnant l'atmosphère d'un dortoir dans *Harry Potter*.

Je regrettai de ne pas avoir fait attention, un peu plus tôt, quand George m'avait donné le mot de passe. Je coulai un regard à Amy, puis me tournai de nouveau vers le videur aux petits yeux ronds.

— C'est… *Sésame ouvre-toi* ?

— Non.

— Alors peut-être « toc toc ».

— Non, vous êtes glacée.

Son regard était amusé.

Je plissai les yeux.

— Et que dites-vous de *Laissez-nous entrer ou je vous fais virer* ?

La porte s'ouvrit.

— C'est bon.

Je lui souris.

— Merci beaucoup.

— Amusez-vous bien.

— Oh, nous ne restons pas, dit Amy. Mais merci !

Janie avait décidé de rester dehors pour le moment. Lenny n'était toujours pas réapparu. Amy et moi longeâmes le couloir. J'étais pleine d'appréhension. Qu'allais-je dire à Thierry ? Comment pourrais-je le convaincre que nous étions faits l'un pour l'autre ? Je me demandai si quelqu'un avait une paire de menottes en argent, comme Janie me l'avait suggéré, à me prêter.

— Je devrais peut-être t'attendre ici, dit Amy quand nous gagnâmes la seconde porte, celle donnant sur l'intérieur du club.

— Non, viens, je vais au moins te payer un verre pour ton anniversaire. Juste un seul verre.

Je poussai le battant. À l'intérieur, tout était silencieux. Très silencieux.

— D'accord, acquiesça Amy, et elle passa devant moi pour pénétrer dans la salle.

Cinq, quatre, trois, deux, un.

— SURPRISE ! crièrent une dizaine de vampires.

J'en reconnus la majorité, mais pas quelques-uns d'entre eux. Ils encerclèrent Amy, l'étreignant, l'embrassant et prononçant des vœux pour son anniversaire. Ils portaient des chapeaux idiots complètement déplacés sur leurs têtes de vampires. Non loin de moi, George souffla dans un sifflet, faisant voleter les serpentins accrochés au bout dans toutes les directions. Il me regarda et leva les yeux au ciel.

— Que… que se passe-t-il ? demanda Amy, stupéfaite.

— Amy, mon ange. (Barry s'avança vers elle.) C'est une fête surprise. Bon anniversaire !

— Une… une fête surprise ? dit-elle. Pour moi ?

— Bien sûr.

Elle sourit.

— Mais pourquoi, et quand… et comment ?

— Parce que je t'aime, j'ai planifié ça pendant des semaines… et il n'y a pas de comment. Profites-en ! Je suis navré que tu aies pensé que j'avais de mauvaises intentions. C'est faux. Si j'étais secret, c'était à cause de ça. Je voulais que tu aies une fête d'anniversaire dont tu te souviendrais toujours.

Il la regarda, nerveux, attendant sa réaction.

— Alors… tu n'es pas infidèle ?

— Bien sûr que non, ma chère Amy.

Elle cligna des yeux pour chasser ses larmes.

— Je suis désolée. (Elle se pencha pour le serrer dans ses bras.) Je suis tellement stupide !

— Non, tu n'es pas stupide. Tu es magnifique. Et merveilleuse.

— Je t'aime, nounours.

— Je t'aime aussi. (Il l'embrassa, puis il s'écarta.) Que diable as-tu fait à tes cheveux ?

Elle se redressa et toucha ses mèches fuchsia.

— Tu détestes ?

— Non, c'est tellement toi. J'adore !

Le sourire d'Amy s'élargit encore et elle l'étreignit de nouveau. Barry regarda par-dessus son épaule et me jeta un regard noir, signifiant clairement qu'il me tenait pour responsable de ce qu'elle avait fait à sa chevelure. Je haussai les épaules. Aucune importance. Je luttai contre la grosse boule que leur petite scène m'avait coincée en travers de la gorge. Ils étaient si différents, mais ils feraient en sorte que cela fonctionne entre eux. Ils le voulaient.

George vint près de moi.

— Après cette overdose de sucre, je crois que j'ai besoin d'une dose d'insuline.

— Moi aussi.

— Tu veux un chapeau ?

— Non, merci. Hé, George. (Je me tournai vers lui.) Tu sais que Thierry a vendu le club ?

Il hocha la tête et détourna les yeux.

— Oui, depuis peu. Le *Refuge* ne va pas exister bien longtemps. Je suppose que je vais devoir chercher un autre job. C'est peut-être un signe. Je devrais étendre mon horizon, ne plus être serveur. Qu'en penses-tu ?

Je fronçai les sourcils.

— Eh bien, je sais que *Precious Illusions* est toujours à la recherche de bons danseurs.

Il sourit.

— C'est comme si nous avions le même cerveau. Un cerveau brillant !

Je déglutis.

— Où est Thierry ?

— Ici, quelque part. Probablement enfermé dans son bureau, comme toujours. J'ai essayé de lui faire porter un chapeau, mais il m'a jeté un regard du genre « éloigne cette chose ou bien… ». Un vrai trouble-fête vendeur de club.

— J'ai… j'ai besoin de lui parler.

Je regardai autour de moi, tendue. Janie m'avait dit de me battre pour lui. J'allais le faire.

George fronça les sourcils.

— Tu sembles bouleversée. Tout va bien ?

— Non, tout ne va pas bien. Je… dois seulement lui parler.

Il hocha la tête, puis il me frotta l'épaule.

— Je suis là pour toi, ma belle. Quand tu auras besoin de parler.

— Merci, George.

— Mais tu déménages toujours de chez moi bientôt, hein ?

Je réussis à rire.

— Tu ne veux plus de moi comme coloc' ?

— Je t'aime autant que je suis capable d'aimer quelqu'un avec des seins, mais j'ai besoin de mon espace à moi.

— Et Barkley ?

Il montra le bar de la tête. Barkley me fit un signe de la main. Il portait des vêtements empruntés à George, une tenue très métrosexuelle composée d'une chemise blanche et d'un pantalon en cuir moulant. Il était rudement sexy pour une personne que je promenais en laisse il n'y avait pas encore si longtemps. Il buvait dans un verre. Quoique le mot « laper » me vint plus facilement à l'esprit.

Je fronçai les sourcils.

— Il ressemble beaucoup… à un chien, non ?

— Un peu plus tôt, il a regardé ma jambe d'une drôle de façon.

Je haussai un sourcil.

— Eh bien, tu as bien dit que ta vie amoureuse craignait, non ?

— Il n'a eu d'yeux *que* pour ma jambe. Malheureusement.

— Tu trouveras quelqu'un, ne t'inquiète pas. Qui pourrait résister à un homme aussi extra que toi ?

Il sourit.

— Je te retourne le compliment.

— Je suis un homme extra ?

— Oui. Tu l'es vraiment.

Tous les invités se servirent un verre, se mélangèrent, commencèrent à s'amuser. J'observai la fête. Il y avait un buffet composé de toutes les choses que l'on pouvait manger avec les doigts et qu'Amy aimait : bâtonnets de poulet, quesadillas, beignets de champignon, nachos, brownies et cupcakes. Je lorgnai le tout partagée entre l'envie, parce que je ne pourrais pas avaler une bouchée sans vomir, et le désintérêt, puisque mon estomac ne grondait plus à la vue de cette nourriture que je ne pouvais plus avaler.

La sono fut allumée, les lumières tamisées, et les lampes stroboscopiques commencèrent à tourner. La première chanson débuta, et Amy entraîna tout le monde sur la piste de danse. Elle me prit par la main, et j'acceptai une seule danse. Ensuite, j'avais des choses à faire.

— Tu aurais dû me prévenir, me gronda-t-elle.

— Ça n'aurait plus été une surprise.

Son expression se flétrit.

— Mais je n'aurais pas douté de mon Barry. Il est si merveilleux. Nous avons beaucoup de chance de nous être trouvés.

Elle me regarda, attendant ma réponse. Comme si j'allais faire une blague sur son mari. L'insulter.

Je hochai la tête.

— Tu as raison. Tu as de la chance. *Vous* en avez. Et souviens-toi de ça la prochaine fois que Monsieur Doute vient frapper.

Elle me regarda, radieuse.

— Je le ferai. C'est promis.

— Bien.

— Maintenant, on va te trouver ton homme idéal. Je sais qu'il est là, quelque part, Sarah. Tu ne peux pas abandonner tout espoir. Ne laisse pas les coups durs te casser le moral. Fonce pour obtenir ce que tu veux, et tu l'auras. Je crois en toi.

J'acquiesçai et arrêtai de danser, lui tournant le dos.

— Tu as raison.

— Où tu vas ?

— J'ai une affaire à régler.

Sans attendre sa réponse, je quittai la piste de danse et traversai le club, passant devant le bar, pour gagner le couloir menant au bureau de Thierry. La porte était fermée.

J'inspirai profondément et frappai timidement.

— George ? dit la voix grave de Thierry au bout d'une seconde. Je vous ai déjà dit que je ne porterai pas de chapeau. Je veux qu'on me laisse tranquille.

Je poussai la porte.

— Ce n'est pas George. Et tu serais mignon avec un chapeau. Tu es sûr ?

Il était assis à son bureau, entouré par des feuilles imprimées et toutes sortes d'autres papiers. Il me regarda, mais il ne dit rien pendant un moment.

Je levai les deux mains.

— Surprise !

Il m'étudia un peu plus longtemps.

— C'en est une. J'aurais cru que tu ne désirerais plus me parler, après ce qui s'est passé.

— C'était le cas, mais j'ai changé d'avis. (Je lui souris.) Je voulais m'assurer que tout allait bien. Te faire savoir que je n'ai pas de ressentiment.

— Je suis ravi que tu le prennes comme ça.

— Alors, tu ne m'as pas dit où tu iras quand tu quitteras la ville.

— En France.

Je hochai la tête et dus faire un effort pour que ma voix reste légère et insouciante.

— Ouah. Alors, tu ne quittes pas seulement la ville, mais le pays. Quand pars-tu ?

Il baissa les yeux sur ses papiers, et je vis les muscles de sa gorge bouger quand il déglutit.

— Demain.

La chaleur déserta mon corps.

— Demain ?

— Oui.

— Tu pars demain. Pour la France.

— Correct. (Il leva les yeux vers moi quand je ne répondis pas.) Nicolaï a quitté la ville.

— Vraiment ?

Il hocha la tête.

— Ce matin. Alors, la menace qu'il représentait s'en est allée. Je voulais attendre qu'il soit loin avant de prendre congé.

Nicolaï était parti alors que Gideon arrivait ? Quelle était cette embrouille ?

Thierry rompit le silence.

— Y avait-il autre chose, Sarah ?

— Je… (On aurait dit qu'un éléphant s'était assis sur ma poitrine. Un très gros éléphant. Qu'allais-je bien pouvoir dire ? Il avait déjà pris sa décision.) Tu vas revenir ?

Son visage n'avait aucune expression.

— Je ne l'ai pas prévu.

J'acquiesçai.

— Je vois. C'est pour ça que tu es dans ton bureau pendant que la fête bat son plein ? Parce que tu ne veux voir personne avant de t'en aller ?

Il se leva et s'approcha de moi.

— Je ne serais jamais parti sans te dire au revoir.

Je ris.

— Je ne suis qu'une idiote ! Je suis venue pour essayer de te convaincre qu'en dépit de ce que certaines personnes disent, nous sommes faits l'un pour l'autre. Que nous pourrions faire en sorte que ça marche entre nous, si tu voulais bien nous laisser une chance. Mais je vois que c'était une erreur.

Il expira lentement, l'air sifflant entre ses dents.

— Sarah…

Je secouai la tête.

— Tu as peut-être raison. Je vais aller voir Quinn, qui, soit dit en passant, s'est tenu à l'écart, parce que je lui ai dit que je voulais être avec toi. Mais peut-être devrais-je aller le trouver et le supplier de me pardonner, en espérant qu'il soit toujours intéressé. Puis lui et moi nous pourrons être ensemble. C'est ce que tu veux, non ?

— Je crois que ce serait pour le mieux.

Je le giflai. En plein sur la joue. J'écarquillai les yeux. Je n'avais pas prévu cela.

Il ne tressaillit même pas.

— Je suis navré de t'avoir blessée, Sarah.

— Je n'avais pas l'intention de te frapper.

Il sourit.

— Si. Et c'était une gifle magistrale. Ta force s'accroît.

— Je suis désolée.

— Moi aussi. Pour tout. Je n'aurais jamais dû laisser se développer l'idée d'une relation entre toi et moi. C'était mal de ma part.

Je me sentais complètement vide à l'intérieur.

— Je sais que je ne peux pas te forcer à m'aimer. Je le comprends enfin.

— Est-ce vraiment ce que tu penses ? (Il serra les dents et son front se barra de plis. Puis il détourna la tête et la hocha.)

Bien sûr. Oui. Je crois qu'il vaut mieux que nous nous disions adieu maintenant.

— Parfait. (Je serrai les lèvres et acquiesçai.) Mais veux-tu bien répondre à une dernière question, avant que je m'en aille ?

Il m'étudia un instant, puis il me tourna le dos.

— Tout ce que tu voudras.

J'inspirai profondément.

— Je veux savoir ce qui est arrivé à la femme de Nicolaï.

Il se figea.

— Qui t'en a parlé ?

— Quelle importance ?

— Nicolaï s'est entretenu avec toi avant de partir. J'aurais dû le savoir. (Il se tourna vers moi, le visage froid.) Le fait que tu m'interroges à ce sujet me dit que tu connais déjà la réponse.

— Des ouï-dire. Les gens me disent des tas de choses sur toi depuis notre rencontre. Dois-je croire leurs histoires, ou les entendre de la bouche de l'intéressé en personne ?

— Comment saurais-tu qui croire ?

— Je déciderai une fois que j'aurai toutes les pièces du puzzle.

— Que t'a dit Nicolaï sur Elizabeth ?

— Qu'elle était merveilleuse, et qu'il l'aimait plus que la vie. Et que lorsqu'il a tourné le dos, tu lui as arraché la gorge. Pour résumer.

Il aboya un rire.

— Eh bien, c'était vraiment la version courte. Et l'as-tu cru ?

Je déglutis.

— Puisque c'était juste après ça… (Je touchai mon cou.) Je n'étais plus très sûre de ce que je devais croire.

— Et maintenant ?

— Je ne suis toujours pas sûre.

— Alors, tu es idiote. Parce que c'est vrai. Je suis responsable de la fin malheureuse d'Elizabeth. Penser différemment serait naïf.

J'eus soudain bien du mal à respirer.

— Tu l'as vidée de son sang.

Son regard s'attarda un peu sur ma gorge avant qu'il acquiesce.

— Oui.

— Mais tu n'as pas pu te contrôler. Ce n'est pas comme si tu l'avais fait exprès.

Il fit « non » de la tête et me regarda comme si j'étais une gamine de cinq ans qui ne voulait pas apprendre sa leçon.

— Les circonstances atténuantes ne veulent rien dire. C'est ma faute si Elizabeth est morte il y a un siècle. Cela me hante toujours. Dès que je me sens libéré de ma culpabilité, quelque chose me rappelle… (ses yeux se posèrent brièvement sur ma gorge) qu'il existe un monstre en moi capable de choses abominables et incontrôlables.

— Mais tu as réussi à t'arrêter avec moi.

— Tout juste. Et cela fut pareil avec Elizabeth. Quand je m'arrachai à elle, elle s'enfuit et elle tomba dans les bras d'un groupe de chasseurs qui attendaient devant l'auberge où je logeais. Elle n'eut aucune chance. Tout ce que je pus faire, c'était la regarder mourir.

Je fronçai les sourcils.

— Des chasseurs l'ont tuée ?

L'expression de Thierry était tendue et hantée.

— Non. Je l'ai tuée. C'était ma faute. Si je ne l'avais pas attaquée, elle n'aurait pas eu besoin de s'enfuir.

Nicolaï ne connaissait pas cette version de l'histoire. J'étais certaine qu'il pensait que Thierry avait achevé Elizabeth lui-même. Mon Dieu, c'était trop. Mais Thierry ne l'avait *pas* tuée. Les chasseurs, oui. Pourquoi ne le voyait-il pas ?

— Tu l'aimais, Elizabeth ?

Il fronça les sourcils avec un air de confusion.

— Bien sûr que non. Elle était la femme de Nicolaï. À cette époque, il était mon plus proche ami. Pendant qu'il était en voyage d'affaires, j'avais promis de veiller sur Elizabeth, de m'assurer qu'elle allait bien. Elle n'était encore qu'une toute jeune vampire, et sa transition était difficile. Les nuits lui semblaient bien longues, et son amour pour Nicolaï n'était pas aussi grand que celui qu'elle avait pour son argent. Quand il resta absent plusieurs mois pour le Cercle, elle commença à se sentir seule.

— Elle s'est jetée à ton cou.

— D'une certaine manière.

— Où était Véronique ?

Il haussa les épaules.

— Je ne m'en souviens pas. Quelque part en Europe.

— Alors, tu as eu une aventure avec cette femme.

Mes questions semblaient le mettre mal à l'aise.

— Elle était l'épouse de mon ami. Je respectais cela. Mais c'était son objectif. Une nuit, alors que j'étais seul, elle… essaya de me séduire.

J'en éprouvai une pointe de jalousie.

— Oh.

— Je n'avais pas bu de sang depuis longtemps. J'étais déjà assez vieux pour n'avoir plus besoin d'en consommer, si tel était mon choix, mais la faim demeurait. Elle voulut que je la morde. Et… cela arriva. Je perdis le contrôle. Je bus trop, et elle mourut par ma faute.

— Pourquoi n'as-tu pas raconté toute l'histoire à Nicolaï ?

Il se rassit à son bureau.

— Elle n'est pas beaucoup mieux que ce qu'il a cru toutes ces années.

— Que son meilleur ami a tué sa femme ?

— Ça n'a plus d'importance, aujourd'hui.

— Alors, c'est pour ça que tu as quitté le Cercle ?

— Oui. Il valait mieux que je ne sois plus en sa présence. En celle de personne. Je suis resté seul depuis lors. Cela faisait un siècle que je n'avais pas goûté le sang d'un autre vampire.

— Jusqu'à cette nuit-là, avec moi.

— Et je sais que cela ne doit plus jamais arriver. (Nos yeux se rencontrèrent, et je vis les siens s'assombrir.) Ce sera difficile.

J'éprouvai de la peur pendant un bref instant, mais elle se mua aussitôt en inquiétude pour lui.

— Mais pas impossible.

— Tu devrais partir, maintenant, Sarah. Nous nous sommes déjà dit adieu, n'est-ce pas ?

— Oui. (Je déglutis.) Mais je veux une dernière chose.

— Quoi ?

J'attendis pour m'assurer que ma voix ne tremblerait pas.

— Un baiser.

Il sourit presque.

— D'abord, tu me gifles, et maintenant, tu veux que je t'embrasse ? Tu ne sais pas ce que tu veux, Sarah.

— Je sais. Mais… juste un baiser d'adieu. (J'inspirai profondément.) Tu n'as pas besoin de le faire, si tu n'en as pas envie.

Il secoua la tête.

— Non, c'est parfait. Un dernier baiser.

Il hésita un instant, puis il se leva et m'attira vers lui, plongeant son regard argenté dans le mien. J'allai ajouter quelque chose, j'ignorais quoi, mais il ne me laissa aucune chance. Il posa ses lèvres sur les miennes, aussi douces qu'une plume, les touchant à peine. Et je crus que ce serait tout. Une taquinerie. Un rappel de ce que c'était de le toucher. Il sembla reculer un peu, puis il s'arrêta.

— Thierry…, réussis-je à dire, puis mes mots furent étouffés dans ma gorge quand il broya ma bouche sous la sienne, resserrant sa prise sur mes bras.

Je sentis ses mains descendre dans mon dos, jusqu'à ma taille, et il m'écrasa contre lui comme s'il ne voulait plus jamais me lâcher.

Notre baiser devint plus profond, et je m'ouvris à lui. Il recula en titubant jusqu'à ce qu'il rencontre le bord de son bureau, et je passai mes mains sous sa veste, sa chemise, sur sa peau tiède. Je ne pouvais pas m'arrêter de le toucher. Je le voulais tellement. En dépit de tout. De toutes les paroles blessantes, des disputes, de l'incertitude. C'était réel. Je le sentais. Ce n'était pas un adieu. C'était impossible.

Le baiser me fit tourner la tête et me serra le cœur, puis ce fut fini. Mes lèvres semblaient contusionnées. Thierry se retourna et gagna la porte.

Il s'arrêta sur le seuil.

— Je te souhaite d'être heureuse à l'avenir.

— Thierry…, appelai-je, tremblante.

La douleur paraissait être une chose vivante dans ma gorge, alors que je parlais.

Il ne se retourna pas.

— Au revoir, Sarah.

Et ce fut tout. Il était parti. Il allait faire une brève apparition à la fête, avant de sortir de nos vies pour toujours. Pour aller dans un endroit où je ne le trouverais jamais, même si je le voulais.

Et pourquoi le voudrais-je ? Pourquoi voudrais-je d'un homme qui ne voulait pas de moi ? Qui me l'avait douloureusement fait comprendre ?

Mes jambes se dérobèrent sous moi et je m'assis lourdement dans son fauteuil. Je regardai la porte, sentant mon cœur peser aussi lourd qu'un presse-papiers au creux de ma poitrine. Lourd et facile à briser. Mais je ne pleurai pas. Je me sentais tout engourdie.

Je ne voulais pas retourner dans la salle. Pas encore. Au bout de quelques minutes, sans réfléchir, j'ouvris mon sac et le fouillai pour trouver ce que je cherchais. Puis je pris le téléphone et composai le numéro.

Il y eut quatre sonneries.

— *Oui** ? chanta une voix magnifique.

— Véronique ?

— Oui, c'est moi.

— C'est… Sarah.

Il y eut une pause.

— Sarah Dearly, clarifiai-je. De Toronto.

— Bien sûr ! Sarah, ma chère, comment allez-vous ?

Je me raclai la gorge.

— Vous aviez raison.

— J'ai raison à propos de tellement de choses. Pourriez-vous être plus précise ?

— Thierry. Il a rompu avec moi. Il a vendu le club et il rentre en France. Demain.

— Il vient ici ?

— C'est ce qu'il a dit. Vous pourrez peut-être régler vos différends et passer un autre millénaire ensemble. Peu importe.

Ma vision devint floue, mais je ravalai mes larmes. Je me concentrai sur le carnet près du téléphone. Mes lèvres me picotaient encore, après notre baiser.

— Oh, non, non, non, il n'en est pas question. S'il vient ici, nous ne nous verrons sans doute pas beaucoup. J'ai ma propre vie. (Elle couvrit le récepteur, mais je l'entendis dire :) Oui, oui, j'arrive, Jean-Luc. Juste un instant.

Ma gorge se serra.

— Je suis désolée de vous déranger.

— Non, vous êtes une amie dans le besoin. Et mes conseils peuvent aider à réparer votre cœur brisé.

— Je vous écoute, aidez-moi à guérir.

— Il n'était pas celui qu'il vous fallait. Jamais. Vous êtes trop… différents. Il est si vieux, et vous êtes si jeune. Il est si sérieux et rigide, et vous êtes amusante et pleine de fantaisie.

— « Amusante » ?

— C'est un homme d'affaires important, et vous êtes serveuse. Vous voyez ? Il vaut mieux que ce soit fini maintenant, pour vous éviter de souffrir inutilement.

J'acquiesçai.

— Nous sommes très différents.

— Vous voyez ? Mes conseils vous aident déjà. Votre relation a été si courte que ce n'est pas une grande perte.

— Mais je l'aime.

Je l'aimais encore. Vraiment. Merde.

Elle fit claquer sa langue.

— C'est le fantasme de l'écolière pour son beau professeur. C'est tout.

Je secouai la tête, même si elle ne pouvait pas me voir.

— Non, c'est faux.

— Ne vous inquiétez pas, vos sentiments s'effaceront avec le temps, et vous comprendrez qu'il ne s'agissait que d'illusions romantiques, comme celles décrites dans ces livres stupides que l'on trouve en kiosque.

J'entortillai le fil du téléphone autour de mon doigt.

— Je ne sais pas quoi faire.

— Vous devez continuer à vivre, ma chère. Vous trouverez la force en vous. Le temps guérit tout. Et j'ai découvert qu'acheter une nouvelle teinte de rouge à lèvres est une excellente distraction.

— Je ne sais pas, Véronique…

— Je déteste devoir vous quitter si vite, mais je suis très occupée. J'espère que vous vous sentirez mieux très bientôt. Appelez-moi quand vous voulez. Je suis toujours disponible pour aider mes amis. *Au revoir**.

Le silence se fit quand elle raccrocha.

Je me redressai et reposai le combiné.

Peut-être avait-elle raison. Peut-être n'étais-je qu'une écolière stupide amourachée du sombre héros intouchable.

Peut-être devais-je me laisser le temps avant de voir la situation avec clarté.

Peut-être avais-je besoin d'une bonne dose de moonshine.

Oui, c'était une excellente idée.

Je me levai vivement, puis me rassis lourdement. Non, elle avait tort. Pourquoi l'avais-je appelée ? Pensais-je vraiment qu'elle allait m'aider à me sentir mieux ? Elle ne connaissait pas mieux Thierry que moi.

J'aurais voulu le haïr. Cela m'aurait facilité les choses. Pourquoi n'y arrivais-je pas ? Après tout ce que j'avais appris sur lui. Après avoir vu son côté obscur, comment pouvais-je avoir tant de mal à accepter la situation ?

Pourquoi avait-il fallu qu'il m'embrasse comme ça ? Ce n'était pas juste !

Peut-être, mais tout était fini. C'était très clair. Il ne m'aimait pas. Il ne m'avait jamais aimée et il ne m'aimerait jamais.

Je regardai sur le bureau, cherchant machinalement des mouchoirs en papier. J'avais besoin de me moucher, d'essuyer mes larmes, de me reprendre, pour retourner à la fête. Je ne voulais pas qu'ils me voient comme cela.

Pas de mouchoirs. Génial.

Juste des tas de papiers stupides. Des fax, des photocopies, des listes téléphoniques.

Je fronçai les sourcils. Quelques papiers concernaient la vente du *Refuge*. D'autres, non. Certains portaient mon nom. Cela retint mon attention. J'en ramassai un et le lus, essayant de comprendre.

C'était un accord. L'adresse de la maison de George. Une photo de moi.

Je passai en revue les pages agrafées. Il s'agissait d'un service de gardes du corps différent de celui que j'avais pour le moment. Pas de Janie et de Lenny, cette fois. Thierry avait engagé une agence pour garder un œil sur moi, à dater du lendemain. Et il payait un prix élevé. Pour une durée indéterminée.

Il y avait une note en bas de la page :

« Un bonus si Mlle Dearly ne sait pas que vous êtes là pour assurer sa sécurité. »

Thierry avait engagé des gardes du corps pour me protéger. Même après qu'il aurait quitté la ville.

D'abord, le tesson. Maintenant cela. Tout ce que faisait Thierry semblait au mieux de mes intérêts, que je découvre ou pas qu'il était derrière tout cela. Qu'est-ce que cela voulait dire ? Se sentait-il coupable de s'en aller ? Ou était-ce autre chose ?

J'agrippai le bord du bureau. Tout n'était pas perdu. Je m'accrochai à ce petit rai de lumière.

J'avais fait un pas tremblant vers la porte quand le téléphone sonna. Je le regardai avec appréhension. Était-ce Véronique qui rappelait ?

J'attrapai le combiné et déglutis avant de parler.

— Le *Refuge*. Que puis-je faire pour vous ?

— J'ai besoin de parler à Sarah.

C'était Quinn. J'entendis des bruits, des voix dans le fond. De la musique.

— Quinn ? C'est moi. Où es-tu ?

— Au *Clancy's*.

J'écarquillai les yeux. Le *Clancy's* était un bar bien connu pour être le repaire des chasseurs de vampires. Après une journée passée à tuer des vampires, ils allaient là pour taper dans des boules de billard, se vanter de leurs exploits, lancer des fléchettes et descendre quelques bières. Un bouge très classe.

— Que fais-tu là-bas ? Tu es fou ? S'ils découvrent ce que tu es, qu'est-ce que tu crois qu'ils te feront ?

Il rit, mais le son n'eut rien de plaisant.

— Pourquoi crois-tu que je suis ici ?

— Quinn…

— Écoute, Sarah, je ne sais plus où je suis.

— C'est évident ! Alors sors immédiatement.

— Non, je ne parle pas de ce bar. Je veux dire, dans ma tête. Je ne sais pas ce que je vais faire de ma vie. Je suis perdu.

— Alors tu joues les kamikazes ? Je suis désolée, et je le suis aussi pour l'autre jour, mais ce n'est pas le bon moyen de régler tes problèmes.

Il rit de nouveau.

— Je suppose qu'il faudra pourtant que je le fasse, à ma manière.

— Oui, c'est logique. Comme dans « pas du tout logique ». Tu es saoul ?

— Si je le pouvais, je le serais. Mais malheureusement, non. Je suis ici pour avoir des infos sur ce vampire tueur. Il y a eu trois nouvelles victimes la nuit dernière. Mais j'appelle… J'ai une autre raison. Tu vas m'écouter ou quoi ?

— Bien sûr. Qu'est-ce que c'est ?

— J'ai entendu des chasseurs parler. Ils discutaient de ta garde du corps.

— Janie ?

J'avais entortillé le fil si serré autour de mon doigt, qu'il me coupait la circulation.

— Oui. Elle et son partenaire ne sont pas juste des gardes du corps. Ce sont aussi des mercenaires.

— « Des mercenaires » ?

— Oui. Généralement des ex-chasseurs qui vendent leurs services comme gardes du corps ou assassins aux vampires ou aux chasseurs… ou à n'importe quel humain normal. Ils se fichent de savoir pour qui ils bossent ou quel boulot ils doivent faire, si la paie est bonne. Ce sont des salauds, Sarah. (Il marqua une pause pendant que j'essayais de retrouver ma voix.) Où sont-ils en ce moment ?

J'humectai mes lèvres devenues sèches.

—Janie m'attend devant le club. Je ne sais pas où est Lenny. Mais, Quinn, elle n'est pas si mal. Nous avons beaucoup parlé. Même si elle est une de ces mercenaires, elle a seulement beaucoup de choses à faire. Elle m'a dit avoir plusieurs boulots à la fois.

—Oui, tu m'étonnes.

—Je l'aime bien. Et je crois que c'est réciproque.

Il ricana.

—Alors tu es encore plus dans la merde que je le pensais. Quand je l'ai vue, hier, devant le *Refuge*, elle m'a semblé familière. Je n'ai pas pu la replacer dans son contexte sur le coup. Je me suis dit qu'elle n'était qu'un de ces visages, tu sais. En plus j'étais un peu distrait et je ne regardais pas les autres femmes, alors je n'y ai pas fait plus attention que ça.

J'enroulai le fil encore plus serré autour de mon doigt.

—Quinn…

—Mais alors que j'écoutais les chasseurs parler d'elle ce soir, j'ai trouvé. Je sais qui elle est.

—Qui est-elle ?

—Son nom de famille, c'est Parker, hein ?

Je me raidis.

—Oui, Janelle Parker. Comment le sais-tu ?

—Parce que je la connais. Parce que je… je connaissais son frère.

—« Son frère », répétai-je. Elle m'a dit que son frère avait été assassiné. C'est l'une des raisons de sa présence à Toronto. Elle veut venger son meurtre. Elle semble très affectée par ça.

Il jura tout bas.

—Elle *savait*. Tout ce temps. Je le sais. C'est pour ça qu'elle t'a prise pour cible. J'ai du mal à croire que Thierry était au courant quand il l'a engagée. Il a dû la trouver par le biais d'une agence. Mais *elle* savait. Elle est pleine de ressources. Je ne l'avais pas revue depuis qu'elle avait douze ou treize ans.

— De quoi tu parles ? Qui est-elle ?

— Sarah. (Quinn marqua une pause, la voix étranglée.) Janie est la sœur de Peter.

— *Peter* ? (Mon estomac se retourna.) Ne plaisante pas avec ça. Ce n'est pas drôle !

— Non, ça ne l'est pas. Je ne plaisante pas.

Je revis ce rêve horrible que j'avais fait avec Peter, quelques jours plus tôt, quand je m'étais assoupie chez *Starbucks*.

« Oh, j'aurai ma revanche, chérie. Et tu ne verras rien venir. »

— C'est elle qui a fait sauter ton appartement, poursuivit Quinn. C'est ce que les chasseurs ont dit.

Je sentis les couleurs déserter mon visage, et je m'assis lourdement dans le fauteuil.

— Tu es en danger. Je ne sais pas pourquoi elle n'a encore rien fait. Elle doit attendre le bon moment.

Je secouai lentement la tête. C'était dingue. Vraiment dingue. Cela ne pouvait pas être vrai. Mais… si. Je le sentais. Tout devenait terriblement logique. Et dire que je l'aimais bien. Même après que l'Homme au feutre m'avait dit que je ne pouvais pas lui faire confiance. Je ne m'étais pas entièrement fiée à mon instinct.

Elle devait me haïr.

Évidemment, pensai-je. *J'ai tué son frère.*

En état de légitime défense !

Mais pour Janie, son frère Peter, le brave chasseur de vampires qu'elle idolâtrait, avait été tué par une vampire démoniaque. Et les rumeurs m'affublant du surnom de Tueuse de Tueurs n'avaient rien fait pour laver mon nom.

Elle avait fait sauter mon appartement.

Parce que j'avais tué son frère.

— Sarah, tu es toujours là ?

Ma bouche était sèche.

— Oui. Je ne comprends pas. Nous avons été seules des tas de fois. Elle m'a sauvé la vie. Pourquoi ne m'a-t-elle pas simplement tuée ?

— Je ne sais pas. Elle veut peut-être finir son travail de garde du corps. Être payée. Avant de…

Sa voix mourut.

— Avant de finir le boulot commencé par son frère. (Je me massai le front, fronçant les sourcils, puis je relevai les yeux.) Attends un peu, son nom est Janie Parker ?

— Oui.

— Alors ça veut dire que Peter… (Je déglutis.) Que son nom, c'était Peter Parker ?

— Oui.

J'éclatai en sanglots.

— Oh, mon Dieu ! J'ai tué Spider-Man !

— Sarah, reprends-toi.

— Je dois y aller. Je dois le dire…

— À Thierry ? dit-il avec une bonne dose d'amertume.

— Non. Je ne sais pas. Je ne sais pas à qui le dire. J'ai juste besoin de partir. Quinn ?

— Oui ?

— Sors de ce bar. Ne te fais pas tuer.

— Oui, toi non plus. Je vais juste essayer d'avoir encore quelques informations avant de partir.

Il raccrocha.

Chapitre 18

Janie était la sœur de Peter.

Il n'y avait pas de mots pour exprimer ce que je ressentais.

Attendez une minute. *Stupéfaite.* C'était un mot.

Et j'en voyais deux autres : *sonnée* et *perplexe.*

Terrifiée. En voilà un autre, qui résumait bien la situation.

J'avais tué son frère.

Je fus parcourue par un frisson. C'était la vérité. Je l'avais tué.

Et elle était venue pour se venger.

Dire que tout ce temps, j'avais eu peur des chasseurs. Et même de ce Gideon dont je n'avais jamais entendu parler auparavant. J'aurais dû plutôt me méfier de la garde du corps blonde et bien habillée, tapie dans l'ombre.

Ma main serra la poignée de la porte du bureau de Thierry et je me sentis envahie par une fureur brûlante.

J'avais peut-être tué son frère, un acte pour lequel j'étais rongée par la culpabilité, mais uniquement pour me défendre. Elle avait essayé de m'éliminer dans mon sommeil, au milieu de la nuit. Et tout ce qu'elle avait réussi à faire, c'était détruire toutes mes possessions, y compris mon irremplaçable collection de DVD.

Quelqu'un allait devoir payer pour cela.

Quel jeu avait-elle joué là, dehors, aujourd'hui ? Qu'avait signifié notre petite conversation ? Elle avait dû bien se marrer en voyant combien j'étais stupide.

Vraiment très drôle.

Je me demandai seulement ce qu'elle attendait. Nous avions été seules deux ou trois fois. Elle m'avait sauvée des chasseurs et du bus. Pourquoi n'avait-elle pas essayé de me tuer ?

Cela n'avait aucun foutu sens.

Cela n'avait pas besoin d'avoir un sens. C'était vrai. Janie était la sœur de Peter. Peu importaient les autres raisons de sa présence à Toronto ; même si l'une d'elles était d'être ma garde du corps, embauchée par Thierry, cela ne changeait pas son véritable objectif.

J'étais morte.

Et puisque je n'avais pas envie de mourir bientôt, c'était un problème.

Mais que devais-je faire ?

Thierry saurait, lui.

Mon cœur se serra à cette pensée.

Cette nuit pouvait-elle encore devenir pire ?

Probablement.

Finalement, je retournai dans la salle pour me joindre aux invités. Je balayai la foule du regard pour voir si Janie était entrée pour le morceau de gâteau qu'elle m'avait dit vouloir déguster. Je ne la vis pas.

Amy bondit vers moi, un verre à la main (rose, pour aller avec ses cheveux), et elle me sourit joyeusement.

— Le nouveau barman l'a fait pour moi, dit-elle, levant son verre. Ça s'appelle un Amy. Tu en veux ?

— Non, merci.

Je jetai un coup d'œil au barman, qui leva les deux pouces avec enthousiasme. C'était bien mon fan de l'autre nuit.

— C'est une fête super, dit Amy. Tu ne trouves pas ?

— Oui, fantastique. (J'inspirai profondément et expirai lentement.) Est-ce que tu as vu… (*Tue-moi maintenant!*) Thierry quelque part ? Il faut que je lui parle. Et ensuite, j'aurais sans doute besoin de plusieurs dizaines de ce cocktail, de préférence avec du moonshine et des lames de rasoir.

Elle fronça les sourcils.

— Hum, je l'ai vu il y a une minute. George voulait qu'il porte un chapeau, et Thierry lui a flanqué son poing dans la figure.

Je cherchai George du regard. Il était au bar et tenait un linge mouillé contre son visage. J'allai vers lui.

— Mon nez est cassé, dit-il. Il a de la chance d'être si vieux ou je l'aurais eu un de ces jours.

J'ouvris de grands yeux.

— Thierry a fait ça ?

— J'ai compris, d'accord ? Il ne veut pas porter ce maudit chapeau. Un « non » ferme et répété aurait été suffisant.

— Où est-il maintenant ?

— Parti. Sorti. Je ne sais pas et je m'en fiche. (Il écarta la serviette mouillée et regarda les taches de sang.) Si cet endroit ne fermait pas, je donnerais ma démission. Ou je ferais comme Sally Field dans *Norma Rae*[1] et je demanderais qu'on fonde un syndicat pour les vampires. Qu'est-ce que tu lui as dit pour le mettre dans une humeur pire que d'habitude ?

Je croisai les bras et détournai les yeux.

— Rien. Je n'ai rien dit.

— C'est ça. (Il m'étudia un instant et son front se plissa.) Qu'est-ce qui ne va pas ?

1. *Norma Rae* (1979), film américain de Martin Ritt, avec Sally Field dans le rôle de Norma Rae, qui se bat pour fonder un syndicat dans l'usine de textile où elle travaille, dans le sud des États-Unis. (*NdT*)

Je lui dis tout ce que Quinn venait de m'apprendre par téléphone au sujet de Janie.

— Elle sait que j'ai tué son frère et elle veut m'éliminer pour se venger. C'est elle qui a fait sauter mon appartement.

George écarquilla les yeux.

— Tu plaisantes ! Et son partenaire super canon ?

— Lenny ? dis-je. Je suppose qu'il est dans le coup aussi. Il est tout aussi secret et corrompu qu'elle...

— Excusez-moi. (Je sentis une tape sur mon épaule, et quand je me retournai, Lenny était derrière moi.) Venez-vous de dire que Janie essaie de vous tuer ?

Je reculai, me pressant contre George.

— Ne m'approchez pas !

Lenny leva l'index et but une grosse gorgée de son verre avant de poursuivre.

— Janie ne sait pas ce qu'elle rate. Elle n'a jamais su ce qu'elle avait avant de l'avoir perdu. Mais je m'en vais. (Il hoqueta.) Pardon. (Il regarda George.) Vous venez de dire que je suis canon, non ?

— Eh bien... (George me coula un regard.) C'était avant de découvrir que vous et votre collègue vouliez tuer Sarah. Mais, oui. Super canon. Je craque pour les grands bruns baraqués.

— Pourquoi je voudrais vous tuer ? dit Lenny, avant de vider son verre. J'ai été engagé pour vous protéger. Je suis juste venu souhaiter un joyeux anniversaire à Amy. Janie m'a parlé de la fête. Je me suis dit que j'allais prendre quelques verres.

Sa lèvre inférieure tremblota.

J'ouvris la bouche pour parler, mais il ne me laissa pas une seule chance.

Il posa violemment le verre sur le comptoir.

— Vous savez quoi ? J'en ai assez. MARRE DE TOUT ! Je donne, donne et donne encore, et qu'est-ce que j'ai en retour ? Je me fais piétiner ! Comme si j'étais de la merde sous ses stupides chaussures de créateur ! Je l'aurais traitée comme une reine. Mais noooon !

— Je crois que vous êtes un peu saoul, observa George.

— Vous avez tout faux, mon pote. Je suis complètement saoul.

— Écoutez, Lenny. (Je lui pris le poignet.) Janie veut me tuer.

Il fronça les sourcils.

— Ça craint.

— Il faut que vous m'aidiez. Elle m'a dit que Gideon Chase était en ville. Est-ce vrai ? Elle m'a peut-être menti. Qu'est-ce que je dois faire ?

— Je vais vous dire quelque chose sur Janie Parker, dit Lenny d'une voix pâteuse. Elle est mauvaise. Cette femme est une diablesse qui a volé mon cœur et l'a enfermé. Vous savez ce qu'elle fait avec les poèmes que je lui écris ? Hein ?

Je secouai la tête.

— Elle les jette. À la poubelle. Comme si ça ne voulait rien dire pour elle. Rien !

— Je suis navrée.

— Vous voulez entendre quelques-uns de mes poèmes ?

Il fouilla dans sa poche.

— Ce sera pour une autre fois, d'accord ? Écoutez, Lenny… Janie est dehors ?

Il fit « non » de la tête et fit signe pour qu'on lui apporte un autre verre.

— Elle était ici il y a une minute. Maintenant, qui sait ?

Je me figeai.

— Elle était ici il y a une minute ? « Ici ». Comme dans… ici ?

— Ouais. Je lui ai tourné le dos un instant, et elle a disparu. Pouf ! Comme Houdini. (Il fit la moue.) Un Houdini angélique et magnifique. Je l'ai vue parler à votre amie juste avant qu'elle s'en aille.

Je regardai autour de moi, terriblement mal à l'aise.

— À qui parlait-elle ?

— À la fille qui fête son anniversaire. Celle aux cheveux roses et à la grosse part de gâteau. (Il prit son nouveau verre et le vida d'une seule gorgée, puis il renifla et passa sa grosse pogne sous son nez.) Janie adore le gâteau.

Je balayai le club du regard, sentant la panique monter en moi. Puis je vis Amy, qui avait demandé qu'on passe une chanson country et dansait sur la piste avec Barry.

Je lui fis signe jusqu'à ce qu'elle me remarque. Elle donna un gros baiser à Barry, ce qui me donna un peu mal au cœur, et elle me rejoignit.

Elle fronça les sourcils.

— Tu ne sembles pas très contente. Tu es fâchée contre moi ?

— Toi ? Non, pas du tout. Janie était là ?

Elle acquiesça en souriant.

— Oui, il y a un instant. Elle est super gentille.

— Non, elle ne l'est pas. Elle est vile et démoniaque. Elle t'a fait du mal ?

— Bien sûr que non. Elle a dit qu'elle aimait mes cheveux.

— Sale menteuse.

— Quoi ?

Je me mordis la lèvre inférieure.

— Je veux dire… tes cheveux sont super. Vraiment. Donc, elle était ici et elle est repartie ? (Je lâchai un soupir de soulagement.) Ça me laisse un peu de temps pour réfléchir à ce que je vais faire.

Elle enfourna une grosse bouchée de gâteau entre ses lèvres colorées de rose et prit un air pensif.

— Oui, elle est partie juste derrière Thierry. Elle a dit qu'elle voulait s'occuper de lui. Qu'est-ce que ça veut dire ?

Je clignai des yeux.

— Qu'est-ce que tu viens de dire ?

Une autre bouchée de gâteau disparut.

— Oh, maintenant que j'y pense, elle te cherchait, mais je ne savais pas où tu étais. Elle t'a laissé une lettre. Elle m'a demandé de te la donner.

Elle glissa la main dans son chemisier et en tira une petite enveloppe.

Je la pris, les mains tremblantes.

— Tout va bien ? demanda Amy.

— Oui. (J'arrachai mon regard au bout de papier à l'aspect inoffensif et je me forçai à sourire.) Barry semble se sentir seul. Va le retrouver.

Amy eut un large sourire. Elle m'empoigna pour m'embrasser sur la joue.

— Je crois que ma trentaine va être géniale ! C'est un nouveau départ.

Elle partit rejoindre son mari sur la piste de danse.

George me toucha l'épaule.

— Que se passe-t-il ?

Je secouai la tête et, les mains tremblant toujours, j'ouvris l'enveloppe et en sortis une feuille de papier. Je la tins de manière que nous puissions lire ensemble.

« Votre ex-petit ami est canon. Je vais peut-être m'amuser un peu avec lui avant de le tuer. Ça vous ferait mal si je lui arrachais le cœur ? Œil pour œil, dent pour dent, après ce que vous avez fait à mon frère Peter. Vous vous souvenez de lui ? Le chasseur de vampires à qui vous avez crevé l'œil, avant de l'assassiner ? Vous avez peut-être trompé tout le monde avec vos airs innocents. Mais je ne suis pas tout le monde. Et je crois avoir réussi à vous berner jusqu'à cet instant, non ? Vous voulez votre petit ami ? Venez voir le spectacle ! Je vous attends. »

Elle n'avait pas signé. Elle avait dû se dire que je saurais de qui cela venait.

— Son écriture est atroce, commenta George.

— Elle tient Thierry. (J'étais surprise de pouvoir parler, malgré la panique qui m'étouffait.) Elle va le tuer.

Il eut l'air inquiet.

— Que devrions-nous faire ?

Je balayai le club du regard. La musique pulsait. Les lumières tournaient. L'alcool et le sang de divers groupes sanguins coulaient à flots. Nul ne s'était rendu compte de quoi que ce soit.

— Je vais vous aider à récupérer votre ami. (Lenny s'avança et passa un bras autour des épaules de George.) Je connais Janie. Je sais comment elle pense. Nous devons faire vite si vous voulez le sauver.

Il avala un autre verre.

J'exhalai lentement.

— Merci, Lenny. Vous ne savez pas combien ça…

— Si seulement… (il hoqueta et chancela) je n'étais pas si saoul.

Je vis son bras glisser des épaules de George. Le verre lui échappa et s'écrasa au sol, explosant en mille morceaux.

Puis son grand corps musclé suivit le même chemin. Il s'écroula. Inconscient.

— Et maintenant ? demanda George.

Mauvais. Très mauvais. Je sentis une vague d'angoisse me submerger, et elle faillit m'emporter. Quelles étaient mes options ? À qui devais-je m'adresser ?

Aucune importance. Je savais ce que je devais faire. Sans hésitation. Je me fichais que tout soit fini entre lui et moi, même si cette pensée retournait le couteau dans la plaie. Je devais sauver Thierry. Janie ne bluffait pas. Si je ne la retrouvais pas très vite, où qu'elle soit, pour m'offrir à elle comme nouvelle cible, elle tuerait Thierry.

Comment avait-elle pu le faire prisonnier ? Il n'était pas vraiment sans défense…

Je fronçai les sourcils. Peut-être mentait-elle. Peut-être m'avait-elle laissé cette note pour s'assurer de ma participation à la chasse privée de ce soir.

Je courus vers le bar, attrapai le téléphone et composai le numéro du portable de Thierry. Il y eut une sonnerie. Deux. Trois. Quatre.

Ma gorge était nouée.

Réponds, Thierry, pensai-je. *S'il te plaît, réponds. Même si c'est pour me raccrocher au nez, j'ai juste besoin d'entendre ta voix.*

À la sixième sonnerie, alors que mon appel allait passer sur la messagerie, on décrocha.

— Thierry ? dis-je, haletante. C'est toi ?

— C'est un très joli téléphone, dit Janie. Vraiment. J'avais justement envie d'en avoir un mieux que le mien. Mais vous savez combien ça coûte ? C'est vraiment ridicule…

— Si vous lui faites du mal je vais… je vais…

Ma voix mourut et je fronçai les sourcils, le corps tremblant de la tête aux pieds.

— Qu'est-ce que vous allez me faire ? Dites-moi. Je suis tout ouïe.

Je serrai les dents.

— Thierry vous a engagée pour veiller sur moi.

Elle rit.

— Et alors ? Je ne serai pas payée pour ce job, c'est tout. C'est personnel, ma chérie. Mon Dieu, vous savez quoi ? Thierry est vraiment *super* canon. Quand vous m'avez dit qu'il était vieux, marié et qu'il buvait beaucoup, j'ai eu des doutes. Mais, hé ! C'est super. Quand il se réveillera, lui et moi nous allons bien nous amuser.

Tous les muscles de mon corps se raidirent.

— Si vous le touchez, je… je…

— C'est ça. Toujours à la recherche d'un super plan, hein ? Vous savez, je crois que je vous ai enfin cernée. Je parie que vous ne vouliez même pas tuer mon frère. (La peine rendit ses paroles dures.) Mais vous l'avez fait. Vous avez fait votre choix. Et maintenant, j'ai quelque chose que vous aimez. Même s'il se fiche complètement de vous. C'est pas ce que vous m'avez dit ? Eh bien, vous avez un autre choix à faire, maintenant. Laissez-moi mettre un terme définitif à votre relation, ou venez le chercher. Et ensuite, nous réglerons les choses entre vous et moi une bonne fois pour toutes. Qu'en dites-vous ?

J'essayai de ne pas prêter attention à la boule dans ma gorge.

— Où êtes-vous ?

— C'est dans ma lettre. Si vous ne pouvez pas suivre de simples instructions, vous avez déjà pris votre décision. À plus, salope.

Elle raccrocha.

Quand je reposai le combiné, mes paumes étaient moites.

« De simples instructions. » Je relus le message.

« Venez voir le spectacle ! Je vous attends. »

Voir le spectacle…

Je secouai la tête, essayant de me concentrer, malgré mon esprit qui partait dans toutes les directions.

Où irais-je pour voir un spectacle ?

Et une seconde plus tard, j'eus enfin le déclic.

— Nous devons aller au théâtre Paragon, dis-je à George.

— C'est quoi ? Et pourquoi tu dis « nous » ?

— C'est là que Janie a amené Thierry.

— Je lui souhaite bonne chance. Je ne crois pas que ce soit une bonne idée. Thierry sait se défendre.

Il toucha son nez cassé d'une main hésitante.

— Elle a dû le rendre inconscient. Il devait être distrait ou quelque chose comme ça.

Je repensai à la fin de notre dernière conversation. À notre dernier baiser, avant qu'il s'en aille. À la manière dont il avait réagi devant l'insistance de George pour lui faire porter un chapeau. Tout cela était ma faute.

Je devais réparer les dégâts.

— Nous n'avons pas le temps d'en débattre. Tu viens avec moi, ou non ? Moi, j'y vais. Avec ou sans toi. Mais j'apprécierais un peu de compagnie.

— Le patron est vraiment en danger ?

J'acquiesçai.

Il se tourna vers la piste de danse, vers ceux qui s'amusaient à la fête d'anniversaire d'Amy. Puis il hocha la tête.

— Je pense qu'il vaut mieux ne rien dire à personne. Ils paniqueraient. Et ils rendraient les choses encore pires.

—Je suis d'accord, dis-je.

Il coinça ses cheveux blonds mi-longs derrière ses oreilles.

—Nous allons le faire. Nous allons sauver Thierry. Même s'il m'a flanqué son poing en pleine figure.

—Oui.

—Juste toi et moi. Nous deux. (Il opina du chef avec fermeté, serrant ses mâchoires carrées bien dessinées.) Nous sommes des guerriers. J'aime ça. Nous n'avons besoin de personne d'autre. (Il baissa les yeux sur Lenny.) Il faudra désormais compter avec nous. Et si quelqu'un s'en prend à ceux que nous aimons, il ferait bien de s'attendre à se voir offrir son propre derrière sur un plateau.

—Bien dit. Enfin, presque.

Il cligna des yeux.

—Quoi ?

—La partie au sujet de toi et moi, y allant seuls… Il n'en est pas question. Janie est dangereuse. Elle nous mettrait en pièces.

—Vraiment ? Elle est si forte ?

Je hochai la tête.

—Alors peut-être devrions-nous bien réfléchir. (Il toucha de nouveau son nez.) Le patron a dépassé les bornes.

Je l'attrapai par le bras.

—Non, nous y allons toujours. Mais il nous faut d'abord faire un arrêt pour chercher des renforts.

—Quoi comme renforts ?

—Pas quoi, mais qui, corrigeai-je. Nous allons aller chercher Quinn pour nous aider.

George me regarda avec sévérité.

—Sarah, ce n'est pas un double rendez-vous.

— Il est entraîné. Exactement comme Janie. Il saura quoi faire. Viens. Ne perdons plus de temps. Il faut aller au *Clancy's*.

— Le *Clancy's* ? Tu veux parler du bar des chasseurs ?

Je ne répondis pas, me contentant de le regarder longuement avant de me mettre en route. Je ne pensais pas qu'il avait besoin d'une confirmation. Je n'allais pas le forcer à venir, surtout qu'il pouvait être blessé. Mais moi, j'y allais. Seule, s'il le fallait.

Je traversai le club, droit vers la sortie, sans un regard en arrière. Je passai devant Angel le videur, qui m'ouvrit la porte, et je sortis. Le vent glacé rabattit mes cheveux en travers de mon visage, m'aveuglant un instant, jusqu'à ce que je les remette à leur place.

George se tenait devant moi. Je haussai les sourcils.

— Allez, viens, dit-il. Qu'est-ce qu'on attend ? Il y a des derrières à botter, non ?

Je ne l'aurais pas mieux dit.

Chapitre 19

Moins de quinze minutes plus tard, George et moi étions sur le trottoir devant le *Clancy's*, sans garde du corps, regardant le bar des chasseurs avec une certaine appréhension. Je tordais la chaîne en or sur elle-même avec nervosité.

— Comment tu sais qu'il est encore là ? murmura George.

— Je le sais, c'est tout.

Je croisai les bras sur ma poitrine. Fait étrange, mes pieds avaient cessé de fonctionner. Complètement. Ils étaient bien plus intelligents que moi, je suppose, et ils ne voulaient pas approcher davantage du bar.

— Pourquoi tu ne cries pas son nom ? Il sortirait peut-être, suggéra George.

— Non, il va falloir entrer.

Il y avait des chances que les chasseurs sachent maintenant de quoi j'avais l'air. J'allais risquer ma vie en entrant dans le *Clancy's*.

Mais j'avais besoin de Quinn.

Je devais sauver Thierry. Rien d'autre n'avait d'importance.

Cependant, mes pieds émettaient toujours quelques réserves concernant la situation.

— Il y a une cabine téléphonique de l'autre côté de la rue. Nous pourrions appeler et demander à parler à Quinn.

Je regardai George.

— Tu peux m'attendre ici, si tu as peur.

— Peur ? Tu me fais de la peine. Je n'ai pas peur. J'essaie juste d'être pragmatique. Cette chemise est neuve, et je ne veux pas la tacher. Ou pire, qu'elle soit déchirée par un pieu. Tu peux me traiter de cinglé.

— Tu n'es pas cinglé. Allons-y. C'est comme pour arracher un pansement : il faut le faire vite, ou ça fait mal.

— Arracher un pansement, prendre un pieu en bois dans le cœur…

J'essayai de sourire, et j'échouai. Je regardai mes pieds.

Allez, les bottes. En avant !

Et elles obéirent. C'était un miracle.

Je poussai la porte et reçus une grosse bouffée de fumée de cigarette en pleine face. Les bars de la ville étaient maintenant interdits aux fumeurs, mais le *Clancy's* était l'exception à la règle.

Je m'accrochais au moindre espoir, aussi remarquai-je aussitôt que la salle était presque vide. Ce devait être une nuit creuse. Il y avait quelques costauds occupés à jouer au billard sur la droite. Une femme grande et musclée hurlait sur son petit ami, qui ne l'était pas moins, près de la cible du jeu de fléchettes. Le barman massif comptait la recette, une cigarette lui pendant au bec.

Personne ne fit attention à nous.

George enfonça ses doigts dans mon bras.

— Il est là.

Je regardai vers le bar, à travers la fumée. C'était bien Quinn. Il était assis au comptoir. En fait, il était perché sur le même tabouret que le soir où je l'avais rencontré. Il avait une bouteille de bière en face de lui, et il s'amusait à en arracher l'étiquette. Il portait un jean foncé et un tee-shirt noir à manches longues. Je discernai presque le petit nuage d'orage au-dessus de sa tête. Mais avec toute cette fumée, qui sait ? Il ne semblait pas vraiment enquêter sur une série de meurtres, mais les apparences étaient parfois trompeuses.

Je jetai un coup d'œil plein d'appréhension aux chasseurs, puis je m'approchai vivement de Quinn. George ne relâcha pas sa prise sur mon bras. Je m'assis à côté de Quinn. Il ne me regarda pas.

— Qu'est-ce que tu veux, Sarah ? demanda-t-il, étudiant l'étiquette en lambeaux.

— La paix dans le monde. (Je soupirai.) J'aimerais aussi l'un de ces minuscules chihuahuas, tu sais, comme celui de Paris Hilton. Et… je ne sais pas. Des cheveux plus longs. Mais ils deviennent mous si je les laisse pousser plus bas que mes épaules. Ce serait agréable de changer, cependant.

Cela me valut un regard en coin.

— Tu ne devrais pas être ici.

— Toi non plus.

— Tu vas te faire tuer.

— Tu as sans doute raison. Écoute, Quinn, je n'ai pas beaucoup de temps. J'ai besoin de toi.

Il fronça les sourcils. Puis il leva les yeux vers George, debout derrière moi.

— Moi aussi, j'ai besoin de toi, annonça George.

Quinn reporta son attention sur la bouteille de bière.

— Qu'est-ce que vous faites ici ?

— Comment peux-tu poser cette question ? C'est toi qui m'as appelée pour me dire que Janie voulait ma mort. Ou bien était-ce quelqu'un qui avait ta voix ?

— Je voulais juste te donner une longueur d'avance. Mais je suis sûr que ton petit ami peut te protéger.

Je me raidis.

— C'était sans doute une erreur de venir ici.

— Sans doute. Maintenant, pourquoi ne te tires-tu pas d'ici avec ton copain avant que les miens, là-bas… (il montra de la tête les chasseurs) comprennent que l'ennemi public numéro un est juste sous leur nez ?

Je lâchai un soupir exaspéré et me tournai vers George.

— Tu peux nous laisser un moment ?

— « Un moment » ?

— Oui, je dois dire quelques petites choses à Quinn, en privé.

George regarda autour de lui.

— Euh, d'accord, je serai près du portemanteau, à essayer de ne pas me faire tuer.

Il partit en traînant un peu les pieds, restant dans l'ombre, ce qui ne manquait pas au *Clancy's*.

Je regardai Quinn.

— Écoute, je ne veux pas paraître insensible. Je comprends que tu aies des difficultés. Vraiment. Je sais que tu as traversé l'enfer ces deux derniers mois, et je n'ai rien fait pour alléger ton fardeau. Mais tu sais quoi, Quinn ?

— Quoi ?

— Secoue-toi, bon sang !

Il cligna des yeux.

— Pardon ?

— J'ai dit : secoue-toi ! Tu es ici pour enquêter sur des meurtres ? On dirait plutôt que tu t'apitoies sur ton sort tout en tentant le diable en la personne d'un groupe de chasseurs. Je suis inquiète pour toi.

Il fronça les sourcils.

— Je croyais que tu m'avais dit que tu ne voulais plus me revoir ? Que tu te fichais de ce qui pouvait m'arriver ?

Je reniflai, et je me rendis compte que j'avais recommencé à pleurer. Encore. Alertez les médias.

— C'est faux. Bien sûr que je me soucie de toi. Comment peux-tu penser le contraire ?

— Mais Thierry...

— Arrête. Arrête tout de suite, d'accord ? Il m'a larguée. Aujourd'hui. Il a dit que tout était fini entre nous. Content ? Content que je me sente comme de la merde ?

Il eut l'air surpris.

— En fait, ça ne me déplaît pas.

— Ravie de t'aider. (J'essuyai mes larmes avec le dos de ma main.) Janie a enlevé Thierry et elle le tuera si je ne me montre pas pour prendre sa place.

Il haussa les sourcils.

— Elle a kidnappé Thierry ?

— Elle le tient dans un théâtre abandonné, et si je n'y vais pas très vite, tout sera fini. J'ai besoin de toi pour m'aider à le sauver, parce que je n'ai aucune chance contre elle. D'accord, George a des muscles, mais ils sont purement décoratifs.

— Laisse-moi récapituler. Si je ne t'aide pas à sauver ton ex, Janie le tuera.

— C'est ça.

— Je ne vois pas où est le problème. (Puis il soupira.) Au fait, je sais que ce ne sera pas une surprise pour toi, mais je l'ai éliminé de la liste des suspects. Il y a eu trop de crimes semblables, dans trop de villes différentes. Pas seulement à Toronto. Ça ne peut pas être lui.

— Je te l'avais bien dit.

Il but une gorgée de bière.

— Je veux être sûr d'avoir tout compris. Il t'a laissé tomber, et tu veux quand même lui sauver la vie ? Tu es bien plus noble que moi.

Je serrai les dents.

— Tu es en train de me dire que tu ne veux pas m'aider, c'est ça ?

— Je dis que tu devrais réfléchir avant de foncer tête baissée. Janie veut ta peau. Et d'après ce que j'ai entendu dire ce soir, Gideon Chase voudrait bien te mettre la main dessus, lui aussi.

— Oh, je sais. Je ne te l'avais pas dit ? Ça n'a rien de nouveau.

— Non, le sujet n'a pas été évoqué. Tu le savais déjà ? (Il serra les dents.) Honnêtement, Sarah ! Gideon est un con de la pire espèce. Il finance tout sans jamais se salir les mains. Son père, lui, était très différent, mais peut-être Gideon essaie-t-il un truc nouveau.

Je fis de mon mieux pour écarter ce rappel de l'existence de Gideon Chase, car c'était une distraction malvenue.

— Je me fiche de ça pour le moment. Je ne peux pas laisser Thierry mourir.

— Pourquoi pas ?

— Comment peux-tu me demander ça ? (Je le regardai fixement. Comment allais-je pouvoir le convaincre de m'aider ?) Écoute, Thierry m'a dit quelque chose. Il… il croit que toi et moi, nous devrions être ensemble.

— Quoi ?

— Toi et moi. Il ne t'aime pas, et tu le lui rends bien. Mais il sait que tu es un homme bien. Du moins quand tu n'es pas aussi pénible que ce soir.

Il faillit sourire.

— Les compliments te mèneront loin, Sarah.

J'essayai de choisir mes mots avec soin.

— Il a peut-être raison. J'ai peut-être fait le mauvais choix. Je devrais peut-être être avec toi. Parce que tu es merveilleux, Quinn. Tu l'es. Et même si tu ne le vois pas, c'est la vérité. Je sais que tu feras ce qui est bien, même si c'est difficile. Je sais que tu éprouves de la culpabilité concernant ton passé. Thierry a vu tout ça. Et aussi combien tu voulais me protéger de lui.

— C'est vrai.

Je croisai les bras.

— Alors, peut-être… qu'on peut y arriver. Si tu le veux. Je sais que j'ai été vraiment méchante, et je ne t'en voudrais pas si tu me disais d'aller au diable. C'est à toi de décider.

Il m'étudia un moment. Puis il but un peu de bière.

— Attends, je veux m'assurer que j'ai bien saisi. Thierry t'a donné la permission d'être avec moi, et tu es d'accord avec ça ?

Je déglutis péniblement et acquiesçai.

— Et tu veux que je t'aide à lui sauver la vie. Après ça, toi et moi, nous pourrons être ensemble. C'est bien ça ?

Je hochai de nouveau la tête.

Il m'observa encore, longuement, puis il se leva de son tabouret et s'approcha de moi jusqu'à ce que nous ne soyons plus qu'à quelques centimètres l'un de l'autre. Il me regarda de la tête aux pieds, et il me caressa le cou d'une main, touchant les marques laissées par les crocs de Thierry. Puis il m'attira contre lui et m'embrassa avec passion.

Quand nous nous écartâmes, il m'étudia encore, puis il eut un large sourire.

— Je n'avais jamais vraiment cru que tu étais amoureuse de ce connard.

Je clignai des yeux, un peu sonnée.

— Quoi ?

— Je croyais que tu imaginais l'être. Parce que c'était un homme mystérieux. Les femmes aiment ça. Mais j'ignorais que c'était réel, je pensais que c'était juste un fantasme passager. Jusqu'à maintenant.

— Quinn, qu'est-ce que tu… ?

Il leva une main.

— C'est assez difficile comme ça sans que tu m'interrompes toutes les trois secondes.

Je fronçai les sourcils.

— J'ai beaucoup réfléchi à ce que tu m'as dit hier. Tu sais, que j'ai pris la situation, ma vie de merde, et que j'ai transformé tout ça en passion pour toi ? Que ce que je ressens, c'est juste de la gratitude parce que tu m'as aidé quand tous les autres me tournaient le dos ? Je croyais que tu disais ça juste pour que je m'en aille et que je te laisse tranquille. Que tu m'en voulais parce que j'ai essayé… de te tuer. Pour toutes les erreurs merdiques que j'ai faites au cours de mon existence. Mais maintenant, je comprends… et tu avais raison.

— Vraiment ?

— Oui. Je me suis convaincu que j'éprouvais quelque chose pour toi parce que ça simplifiait tout. Ça me donnait une chose sur laquelle me concentrer. Un but. Mais je vois que ça n'arrivera jamais. Oh, je pourrais accepter ton offre. Nous pourrions être ensemble… (Il inclina la tête sur le côté et il sourit.) Et je ferais de mon mieux pour te rendre heureuse. Chaque nuit. Certaines nuits, plusieurs fois.

Je me sentis rougir.

— Quinn…

— Mais ce ne serait pas réel. Ce ne serait pas comme ce que tu ressens pour Thierry. Et quand je suis avec une femme, je veux que ce soit réel. Si je ne peux pas t'avoir tout entière, Sarah, je ne veux rien.

Je hochai la tête au bout d'un moment.

— Je suis… désolée, Quinn. Vraiment désolée.

— Réponds juste à une question, Sarah. Es-tu vraiment, sérieusement, amoureuse de Thierry ? Même en sachant ce qu'il est et de quoi il est capable ? Même en sachant que la route sera tout sauf droite et plate ?

Je sentis les larmes me monter aux yeux.

— Oui.

Il hocha la tête, sans sourire cette fois.

— Alors, tout est clair.

Un chasseur approcha et vint se camper entre nous. Il avait un pieu en bois dans une main.

— Hé, je sais qui vous êtes. Vous êtes Sarah Dearly. La Tueuse de T…

Quinn l'attrapa par le cou et lui cogna la tête contre le comptoir. Le mastodonte s'écroula sur le sol. Puis Quinn prit une profonde inspiration et hocha la tête.

— D'accord, allons sauver ton petit ami.

Tout ce que je pus faire, c'était regarder bouche bée l'homme qui avait voulu m'assassiner, et opiner du chef.

Nous arrivâmes très vite au théâtre Paragon et garâmes la voiture de George, une Mustang rouge vieille de vingt ans, juste devant. Je ne m'étais pas rendu compte, la première fois, que le théâtre n'était pas le seul bâtiment abandonné. Tout le quartier avait été déserté.

— Vous croyez qu'ils se sont aperçus de notre absence à la fête ? demanda George.

— Je ne sais pas.

— Tu es sûre qu'ils sont ici ?

Quinn passa devant et nous conduisit à l'arrière du théâtre où, comme je le lui avais dit, il y avait une entrée.

— Pas à 100 %. Mais je l'espère. Suivez-moi. Et essayez de ne pas faire de bruit.

J'avançai sur le trottoir, sentant l'air glacé de la nuit me cingler la peau. Étant une vampire, le froid normal ne me dérangeait pas vraiment, mais ça, c'était pire. Nous étions à la mi-janvier, et le théâtre était situé près d'une route menant directement au lac. Quand le vent soufflait, il était glacé.

Je savais que c'était là que Janie avait amené Thierry. Si j'avais été un assassin psychopathe voulant se venger d'une manière spectaculaire devant un public, j'aurais trouvé que la scène était un choix évident.

Nous entrâmes par la porte de derrière enfoncée. Il faisait sombre à l'intérieur, très sombre. Quinn alluma un Zippo qui ne nous aida pas beaucoup, mais je pus voir le couloir que nous avions emprunté la veille. Je gardai la main contre le mur, jusqu'à ce que je puisse voir quelque chose devant. Nous avions gagné l'entrée. Le guichet n'était plus qu'un fantôme du passé. De petites lumières accrochées aux murs, ressemblant à des bougies, étaient allumées. Je me demandai quand ce théâtre avait été ouvert pour la dernière fois. Pourquoi personne n'avait-il jamais racheté la propriété ? Il avait été abandonné, tel qu'il était, pendant sans doute plus de cinquante ans. C'était triste.

Quinn ouvrit la porte qui menait à la salle de spectacle. J'aperçus la scène et inhalai vivement. Un projecteur était braqué dessus.

J'avais eu raison. C'était bien là.

George et moi stoppâmes et regardâmes Quinn, qui l'avait vu comme nous.

Thierry était assis sur une chaise au milieu de la scène. Je plissai les yeux et focalisai ma vision améliorée de vampire. Il avait les mains attachées derrière lui, et sa tête penchait vers l'avant, montrant qu'il était inconscient. Je serrai les dents. Janie allait me le payer.

— Il est ici, murmura George. Allons le chercher.

— Attendez, dit Quinn. C'est trop facile. Ça ne peut être qu'un piège.

J'acquiesçai.

— Je suis d'accord.

— Ouah ! dit une voix derrière nous. Trois vampires pour trouver ça. Combien faut-il de vampires pour changer une ampoule ?

Je pivotai lentement. Janie était à quatre mètres environ, seule, une main sur la hanche, l'air étonnamment décontractée. Elle m'adressa un grand sourire.

— C'était ça votre plan ? demandai-je. M'attirer ici pour m'insulter ? Excellente stratégie. Fantastique.

— Merci beaucoup.

Je me risquai à jeter un autre coup d'œil vers Thierry.

— Il n'est pas mort, si c'est ce que vous vous demandez, commenta-t-elle. Les vampires de son âge se désintègrent, vous savez. Ils ne laissent pratiquement rien derrière eux, mais assez pour que ce soit un enfer à nettoyer sur du cachemire, vous n'avez pas idée. Je porte donc un jean, ce soir.

Je me focalisai de nouveau sur elle.

— D'accord, vous avez fait passer le message.

— Oh, et quel message, je vous prie ?

— Si seulement vous m'aviez parlé, nous aurions pu régler le problème entre nous. Il était inutile d'en arriver là.

— Quel problème ? Vous voulez parler de la mort de mon frère ?

— C'était de la légitime défense. Il voulait me tuer.

Elle hocha la tête.

— Du moment que ça vous permet de dormir la nuit.

Je plissai les yeux.

— J'ai du mal, depuis que vous avez fait sauter mon appartement.

Elle sourit d'un air méprisant.

— J'aimerais bien pouvoir m'en vanter, mais ce n'était pas moi. Dans le cas contraire, nous ne serions pas en train de parler, parce que lorsque je fais quelque chose, je le fais bien. C'étaient juste des chasseurs mordus de pyrotechnique.

— Ce que Sarah a dit au sujet de Peter est vrai, intervint Quinn. Elle n'a pas eu le choix.

Janie lui jeta un regard noir.

— Eh bien, Michael, cela faisait longtemps.

— Michael ? s'enquit George.

— C'est son prénom, répondis-je.

— On en apprend tous les jours.

Quinn fit un pas vers Janie.

— Rends-toi, Janie. Tu n'as aucune chance. Tu es intelligente, tu dois bien le voir.

Elle leva les yeux au ciel.

— Je m'occupe de toi dans une seconde, beau gosse. Maintenant, Sarah, que me disiez-vous au sujet de mon frère et de la légitime défense ? Je veux bien entendre tous les arguments avant de rendre mon jugement.

— Quand avez-vous vu votre frère pour la dernière fois ?

Son expression devint tendue.

— Ça fait quelques années, pour être honnête. Il était si excité à l'idée de partir en tournée avec les autres chasseurs. Il allait voir le monde, et tout.

Je hochai la tête.

— Je suppose qu'il était un gentil garçon, alors. Et je sais que vous êtes sa petite sœur et que vous deviez être proches, mais ces années l'avaient changé, Janie. Le Peter que j'ai rencontré n'était pas gentil. Il était impossible de raisonner avec lui. C'était un meurtrier de sang-froid.

Elle pinça les lèvres.

— Il faut en être un pour en reconnaître un autre.

— Vous croyez que je voulais faire ça ? S'il m'avait laissé le choix, je l'aurais épargné. Mais à cet instant, c'était lui ou moi, et j'ai choisi de vivre.

Elle hocha la tête avec raideur.

— Comment vous avez fait ?

J'humectai mes lèvres sèches.

— Avec une arme à feu.

Elle opina de nouveau du chef.

— Je vois. Eh bien, quand j'éviscérerai votre petit ami, je promets d'être aussi douce que possible. Je vous invite à assister au spectacle.

Je sentis la colère me colorer les joues. Je fis un pas en avant, mais Quinn tendit le bras pour m'arrêter.

— Janie, elle dit la vérité. Peter n'était plus le même. Il ne savait plus ce qu'il faisait. Il considérait la chasse au vampire comme un sport, et non plus comme un service à la société.

Elle ricana.

— Oui, et pourquoi je devrais te croire ? De ce que j'en sais, tu es passé chez les suceurs de sang, *Michael*. Alors économise ton souffle, si tu respires. Je ne sais pas, est-ce que les vampires ont besoin de respirer ? Est-ce que leur cœur bat ? Je ne suis pas très au courant de tous ces trucs *new age*. J'en suis restée aux méchants vampires, qu'il faut éliminer. Je ne sais rien de ceux qu'il faudrait traiter comme des égaux et à qui l'on pardonne tout, même les meurtres.

— Je ne demande pas ça, j'essaie simplement de vous expliquer ce qui s'est passé. Peter a essayé de me tuer.

Plusieurs fois. Et il a échoué. Et un jour, j'ai riposté. Il a perdu. Fin de l'histoire.

Elle éclata de rire.

— Fin de l'histoire. Oui, je suppose, hein ?

— Janie, dit Quinn. Je sais que tu as eu une vie difficile. Vous êtes restés seuls, toi, ta petite sœur et Peter, quand vos parents sont morts, non ? Je me rappelle quand tu jouais à la poupée, pendant que Peter et moi on traînait ensemble. Tu étais une gamine très mignonne.

Elle lui adressa un regard sombre.

— Je ne suis plus une gamine, au cas où tu ne l'aurais pas remarqué.

— Non, en effet. Mais je ne crois pas que tu aies pu changer à ce point. Cesse d'être si entêtée. Tu ne vas pas t'en tirer comme ça. Nous allons aller chercher Thierry, puis nous partirons. Et tu peux nous laisser faire ou essayer de t'interposer.

— Et si je m'interpose ?

Elle mit les poings sur les hanches.

— Alors, on a un problème.

Elle l'étudia un moment, le front barré de plis. Puis elle me regarda et haussa un sourcil.

— Tu aides Sarah à récupérer son petit ami ? C'est tellement noble de ta part. (Il haussa les épaules et ne répondit rien.) Tu étais tellement maître de toi. Je dois dire que je suis un peu déçue que tu sois devenu un éternel second, une loque amoureuse qui laisse le monde entier la piétiner. Dommage, oui.

L'expression de Quinn s'assombrit.

— Tu as une grande gueule, tu sais, Janie.

Elle rit sèchement.

— C'est Sarah qui a fait de toi un vampire ?

— Non.

— Alors quoi ? C'est bien court comme réponse. Pas de longue anecdote sur ta transformation en monstre ?

Quinn grimaça visiblement.

— La plupart des vampires ne sont pas des monstres.

Elle hocha la tête.

— C'est ça. Répète-toi ça, beau gosse. Tu finiras peut-être par y croire.

L'expression de Quinn devint orageuse.

— Écarte-toi, d'accord, Janie ? Ma patience a ses limites.

Elle me sourit.

— Vous savez, quand je disais, l'autre jour, que j'avais eu le béguin pour l'un des amis de mon frère ? Je vous donne trois chances de deviner, et les deux premières ne comptent pas. Le monde est petit. (Elle jaugea Quinn de la tête aux pieds.) Tu étais plus mince. Tu dois faire de la muscu. C'est donc si dur d'être un vampire ?

Quinn me coula un regard, puis il revint vers elle.

— Janie…

— Oui, j'étais raide dingue de toi, Quinn. Tu préfères qu'on t'appelle par ton nom, maintenant, non ? Quand je t'ai revu, l'autre jour, ça m'a fait flipper, je l'admets. Ça m'a rappelé ce que je ressentais étant gosse. Toute maladroite et stupide. Juste la petite sœur de Peter. Chaque fois que tu venais pour t'entraîner avec mon frère, je n'avais d'yeux que pour toi. Je t'étudiais. J'apprenais.

Elle soupira avec tristesse.

— Janie, nous pouvons parler de ça…

— J'avais un très gros béguin, à l'époque. (Elle leva une main. Je remarquai, horrifiée, qu'elle tenait une arme.) Mais ça m'est passé.

Et elle lui tira en pleine poitrine.

Chapitre 20

Puis Janie pointa son arme sur George.

— Non ! hurlai-je.

Les yeux exorbités, George et Quinn baissèrent la tête dans un bel ensemble. Mais il n'y avait pas de sang. Mon cœur cognait si fort que j'entendais à peine par-dessus le tonnerre de ses battements, tandis que je voyais Quinn arracher une fléchette de sa poitrine et la regarder, avant de relever les yeux vers Janie.

Elle rangea son pistolet dans son holster d'épaule.

— Ne me regarde pas comme ça, beau gosse. Ce n'est qu'une fléchette de jus d'ail. Je ne vais pas te tuer. Pas aujourd'hui, du moins. Je ne suis pas une telle salope. Je n'ai rien contre toi, mais je ne peux pas te laisser gâcher mon plaisir.

Quinn fronça les sourcils.

— Une fléchette… à l'ail…

— C'est ça. Ça fait office de tranquillisant pour les vampires. Tu devrais t'en souvenir, idiot. Bonne nuit.

Je vis George et Quinn tomber en avant, comme au ralenti, et atterrir sur le sol, avant que je puisse courir vers eux. Je vérifiai leurs pouls. Ils semblaient aller bien, sauf qu'ils étaient inconscients. Je ramassai la fléchette que Quinn avait lâchée.

Une fléchette de jus d'ail ?

J'étais tellement heureuse que ce ne soit pas un vrai pistolet que je faillis éclater en sanglots. Ils auraient pu mourir. J'avais entendu dire qu'une balle en argent marchait sur les loups-garous, mais aussi sur les vampires. Si elle avait eu une arme chargée avec des balles en argent, tout serait terminé. J'aurais perdu deux des personnes les plus importantes dans ma vie. Juste comme ça. Cette pensée me rendit malade, physiquement.

Je me retournai, m'attendant à la voir sourire, mais Janie avait disparu.

Je ne pris pas le temps de réfléchir. Je pivotai, poussai la porte menant à la salle et longeai une allée, toute mon attention rivée sur la silhouette immobile de Thierry. Il faisait si noir autour de la scène que malgré ma vision améliorée de vampire, je trébuchai sur les marches. Mais je ne ralentis pas. Quand je fus enfin au pied de l'estrade, je levai les bras pour m'y accrocher et m'y hissai, la respiration haletante. Et je fus enfin près de lui. Juste à côté de Thierry. Je touchai son épaule. Je le secouai.

— Thierry. Réveille-toi.

Je regardai derrière la chaise, où ses mains étaient attachées.

Des menottes en argent. Quelle surprise.

Je tirai dessus, espérant me servir de ma force de vampire, avant de me rappeler que je n'en avais pas. J'abandonnai. En plus, l'argent me faisait mal quand je le serrais trop fort, comme si le métal lisse était tranchant. Si Thierry se débattait, il risquait de s'arracher les mains. Je frissonnai à cette idée.

— Thierry, s'il te plaît, réveille-toi !

Je repoussai gentiment sa tête en arrière, pour qu'il n'ait plus le menton sur la poitrine. Et je passai la main dans ses cheveux noirs.

Rien.

Je le giflai alors, fort.

— Désolée, mais il faut te réveiller !

Sa poitrine se souleva quand il prit une profonde inspiration, puis il ouvrit les yeux et me regarda un moment. Je vis son expression devenir confuse.

— Sarah ? Que se passe-t-il ?

Une vague de soulagement monta en moi et je l'embrassai sur les lèvres, tenant son visage entre mes mains. Il cligna les yeux de surprise.

— Je te sauve la vie.

— Tu me sauves la vie ? (Il regarda autour de lui.) Où sommes-nous ?

— Laisse-moi te résumer la situation. Janie, l'une des gardes du corps que tu as si gentiment engagés pour me protéger ? C'est la sœur de Peter.

— Quoi ?

Il eut l'air tellement choqué que je sus qu'il n'était pas au courant.

Je hochai la tête.

— Elle veut se venger de moi, alors elle t'a enlevé quand tu es sorti du club. Elle a dû te tirer une fléchette d'ail pour… te rendre inconscient ou que sais-je. Si j'avais su que c'était aussi simple, j'en aurais peut-être acheté quelques-unes moi-même. (J'essayai de sourire alors que je lui caressais le visage.) Ça va ?

Il balaya la scène du regard, évaluant la situation en quelques secondes, et ses yeux revinrent se poser sur moi, sourcils froncés.

— Tu n'aurais pas dû venir. C'est dangereux.

— Oui, ça tu peux le dire ! Mais elle allait te tuer si je ne venais pas.

— Alors tu aurais dû la laisser faire. Sarah, tu dois partir immédiatement.

Il remua sur son siège et se raidit quand il sentit les menottes en argent autour de ses poignets.

Je ne tins pas compte de lui et jouai avec les bracelets. Mais ils ne s'ouvriraient pas sans la clé. Ou l'aide d'un serrurier. Y avait-il des vampires serruriers ? Il faudrait que je consulte les Pages Jaunes.

— George et Quinn m'ont accompagnée.

— Ils ont réussi à arrêter Janie, n'est-ce pas ?

— En fait, non. Elle leur a tiré dessus avec des fléchettes à l'ail. Tu sais, j'ai mangé du pain à l'ail au mariage de ma cousine, et je pense que je serais tombée dans les pommes si je ne l'avais pas vomi.

— Sarah, s'il te plaît ! S'il te plaît. Tu dois t'en aller.

— Ne m'oblige pas à te frapper encore.

— Sarah…

Je lui adressai un regard noir.

— Je ne partirai pas d'ici sans toi. Fourre-toi ça dans le crâne dès maintenant, comme ça on pourra avancer.

— Tu es en danger.

Je me redressai et le regardai de toute ma hauteur. Même après tout ce qui s'était passé entre nous, je n'avais qu'une envie : le serrer dans mes bras. Ou l'étrangler. L'un ou l'autre.

— Thierry, je suis constamment en danger. Même quand j'étais humaine, je l'étais déjà, mais je l'ignorais. J'aurais pu être agressée, renversée par un bus… n'importe quoi. Vivre est dangereux. On n'est jamais en sûreté.

Il secoua la tête.

— Ce n'est pas pareil. Tu peux choisir d'être en sécurité.

— Je peux choisir de t'étouffer dans une seconde si tu n'arrêtes pas de me contredire.

Il fronça les sourcils.

— M'étouffer ? Avec quoi ?

— Je trouverai quelque chose.

— Tu es venue me sauver.

Son ton était incrédule.

— Oui. Ou du moins, j'essaie.

Il plongea son regard dans le mien.

— Tu devrais pourtant me haïr après ce qui s'est passé, et tu es venue m'aider au péril de ta vie ?

— Je ne te hais pas.

— Tu devrais.

— Eh bien, non. Maintenant, tais-toi, OK ? Je ne sais pas où est passée Janie et je dois trouver un moyen de te retirer ces menottes.

— Oh, dit Janie de la droite de la scène. Vous aurez besoin de ça.

Je tournai la tête vers elle. Elle tenait une petite clé en argent, qui brillait sous les lumières. Elle sourit.

Je sentis mon cœur se serrer. Mon estomac l'était déjà, alors croyez-moi quand je vous dis que les deux sont possibles. C'était un piège, et il ne nous avait pas été tendu uniquement par Janie. J'ignorais jusqu'alors qui était derrière tout cela, mais mon intuition venait de me souffler un nom.

— Vous travaillez pour Gideon Chase, n'est-ce pas ? dis-je.

— Il me paierait bien. Ce type est plein aux as. (Elle eut un sourire méprisant.) Mais ce n'est pas lui. Mon vrai patron voulait que je vous amène ici. (Elle regarda autour d'elle.) J'ai bien envie de chanter un air de *Sacré Graal*. Ce serait mal ?

J'étais tellement tendue que j'aurais pu me briser.

— Alors, quoi, maintenant ?

— Avant ou après mon rappel ?

— Ce n'est pas drôle, Janie.

Elle plissa les yeux, et son sourire s'effaça.

— Oh, je sais bien. Croyez-moi, je préférerais vous avoir pour moi toute seule, mais le patron a d'autres plans. Et il paie bien. Pas aussi bien que l'aurait fait Gideon, mais quand même. Ce n'est pas trop minable.

— Et ce patron, c'est qui ?

— C'est moi.

Je me retournai au son de cette voix familière. Nicolaï sortit des coulisses pour monter sur la scène.

Mon estomac se serra encore plus.

— Je croyais que vous étiez parti.

Il haussa les épaules.

— J'ai changé d'avis.

— Nicolaï, que faites-vous…

Ma voix s'étrangla quand il s'avança sous les projecteurs. Je remarquai que ses yeux n'étaient pas normaux. Ils s'assombrissaient, devenant noirs. J'en eus la chair de poule.

— Ne t'approche pas d'elle, gronda Thierry dans mon dos.

Nicolaï haussa un sourcil à mon adresse et pivota.

— Thierry, mon vieil ami. Étant donné ta position actuelle, je ne crois pas que tu puisses me dire ce que je dois faire.

J'étais interdite.

— Nicolaï… qu'est-ce qui ne va pas ? Que se passe-t-il ici ?

— « Qu'est-ce qui ne va pas » ? (Il rit.) Par où commencer ?

— Et Gideon ? demandai-je. Je croyais qu'il était en ville. Ou était-ce encore un mensonge ?

Je coulai un regard à Janie, qui avait sorti un pieu en bois.

— Oups, dit-elle. Est-ce que mon nez s'allonge ?

Je regardai Nicolaï passer le bout de sa langue sur ses crocs anormalement longs. Il m'étudiait comme si j'étais une proie. Ce n'était pas une bonne sensation, c'était le moins que je puisse dire. Qu'est-ce qui n'allait pas chez lui ? Que tramait-il ?

— Je dois admettre, Sarah, que lorsque je suis arrivé en ville, mes intentions étaient honorables. J'avais prévu d'assassiner Gideon Chase quand il passerait à l'attaque. Cela aurait été ma plus belle victoire.

— L'assassiner ? répétai-je, écarquillant les yeux. Vous ne m'aviez pas parlé de ça. Je croyais que vous vouliez juste le capturer.

Il secoua la tête.

— Pour l'enfermer quelque part ? Pour le raisonner, peut-être, avant de le relâcher ? Vous êtes si jeune et si stupide. Je suis vraiment surpris que Thierry vous ait accordé la moindre attention. Quand je suis arrivé, j'attendais de grandes choses de la Tueuse de Tueurs. J'avais mis tellement d'espoirs en vous. Vous m'avez terriblement déçu. (Il regarda Thierry.) D'accord, elle est jeune et attirante, mais quoi d'autre ? Ne me dis pas que tu te soucies de ce qui peut arriver à cette fille !

L'expression de Thierry s'assombrit encore et il se redressa malgré les menottes.

— Touche-la, et tu mourras dans d'atroces souffrances.

Nicolaï adressa un regard à Janie, qui alla se placer derrière Thierry. Elle fit glisser la pointe de son pieu le long de sa chemise noire.

— Si j'étais vous, je la fermerais, dit-elle. Nicolaï n'est pas de très bonne humeur. Et franchement, moi non plus.

Nicolaï, je croyais que si je les amenais, vous deviez vous occuper de Thierry et j'aurais Face de Salope ?

« Face de Salope » ? C'était le mieux qu'elle pouvait faire ? Si je n'avais pas été si terrifiée, je me serais sentie insultée.

Il lui jeta un sourire froid.

— J'ai changé mes plans.

— Oh, et quand est-ce arrivé ? demanda-t-elle, serrant les dents.

— Il y a quelque temps.

Il se tourna de nouveau vers moi. Instinctivement, je fis un pas en arrière. Ses yeux noirs étaient ceux d'un prédateur. Quel était son problème avec moi ? Qu'avais-je fait pour le mettre en rogne ?

— Alors..., commençai-je

J'essayai de respirer normalement. Ce n'était pas aussi terrible que je le pensais. Non. Si je me répétais cela encore et encore, alors peut-être que tout irait bien. Nicolaï était l'un des gentils. Il m'avait donné son sang après que Thierry m'eut mordue. Il était le chef du Cercle, pour l'amour du ciel.

— Je crois que nous devons parler. Pourquoi n'irions-nous pas boire un café quelque part, pour discuter de nos problèmes ? Il n'y a pas de raison que nous ne soyons pas amis.

Mouais. Cela ne me sembla pas très convaincant, à moi non plus. Mais cela valait la peine d'essayer.

Un sourire cruel lui tordit les lèvres.

— Passablement attirante. Pas très futée. Plus ou moins attachante grâce à ses tentatives naïves de faire de l'humour. (Il regarda Thierry.) Je ne comprends quand même pas. Mais qu'il en soit ainsi. Vous voulez savoir quand j'ai changé mes plans, Janie ?

Elle haussa les épaules.

— En fait, je préférerais qu'on en finisse.

— Quand je suis arrivé au club, l'autre nuit. J'ai trouvé Sarah inconsciente et saignant à mort. J'ai compris aussitôt ce qui s'était passé. Que Thierry l'avait vidée de son sang et laissée pour morte.

Je vis Thierry tressaillir à ces paroles.

— J'ai également compris que les rumeurs sur la Tueuse de Tueurs étaient fausses, car cela ne serait jamais arrivé à un être avec une once de force et de bon sens, poursuivit Nicolaï. C'était comme si les cent dernières années n'avaient pas existé. Je revoyais mon Elizabeth devant moi. Assassinée par quelqu'un en qui j'avais confiance. Quelqu'un que je considérais comme mon ami. Ma première pensée a été de l'aider. Et je l'ai ranimée. N'est-ce pas ?

J'acquiesçai.

— Oui, c'est ce que vous avez fait. Et j'apprécie beaucoup. Mais pourquoi… ?

Il me fit taire d'un geste.

— J'aurais dû me sentir bien d'avoir fait ce sacrifice. J'étais meilleur que lui. Je voulais la sauver. Mais alors qu'elle buvait mon sang, alors qu'elle revenait à elle, mes sentiments ont changé. J'ai vu les traces de morsure sur son cou. Les mêmes que celles qu'avait eues Elizabeth. Et tout est redevenu très clair, après tout ce temps. Tout ce que je voulais, c'était finir ce que Thierry avait commencé. Vous achever, Sarah, pour pouvoir enfin faire mon deuil. (Il plissa les yeux.) Peut-être comprendrais-je alors ce qu'il vous trouve. Avez-vous meilleur goût que les autres ?

Il fit un pas vers moi.

— Nicolaï…

J'entendis la menace dans la voix de Thierry.

L'intéressé le regarda.

— Je lui ai dit que Gideon Chase voulait tuer la Tueuse de Tueurs. Et qu'il voulait te tuer. Elle a aussitôt accepté de se mettre en danger pour assurer ta sécurité future, n'est-ce pas idiot de sa part ?

Je ne regardai pas Thierry, qui resta silencieux.

Nicolaï soupira.

— Mais il n'est pas là. Lui aussi a changé ses plans, comme moi. C'est donc entre nous que cela va se passer.

— Qu'est-ce que ça veut dire ? demandai-je d'une voix tremblante.

— Il est question de vengeance, dit simplement Nicolaï. Il est enfin temps que je prenne ma revanche. J'ai essayé de laisser tout ça derrière moi. Mais revoir Thierry, après tout ce temps. Vous voir avec Thierry, les yeux remplis d'étoiles et d'amour. Me rendre compte qu'il tenait à vous. Qu'il se souciait de ce qui pouvait vous arriver. Cela valait la peine d'attendre. Il a assassiné la femme que j'aimais plus que tout. (Il balaya le théâtre de ses yeux sombres.) C'est pour ça que j'ai voulu venir ici. Après que Janie m'a parlé de votre petite mésaventure. Mon Elizabeth était actrice. Des milliers d'individus l'ont vue jouer le temps de sa courte existence. Je lui avais donné l'immortalité, elle aurait pu brûler les planches pendant des millénaires. Mais elle a été tuée. (Il tourna un regard furieux vers Thierry.) As-tu quelque chose à dire à ce sujet ?

Thierry baissa les yeux, sa poitrine montant et descendant au rythme de sa respiration laborieuse. Puis il releva la tête.

— Fais ce que tu veux de moi. Mais Sarah… laisse-la partir. Au nom de notre amitié passée, je t'en supplie.

Nicolaï l'observa un instant.

— Tu me supplies. (Il commença à rire.) Oh, c'est tellement merveilleux. Il me supplie d'épargner sa vie.

Apparemment, Nicolaï était le seul à comprendre cette plaisanterie qui n'avait rien de drôle.

— Thierry de Bennicœur me supplie d'épargner la vie de la femme qu'il aime. Ne voyez-vous pas ? Cela rend les choses encore plus douces. Car ai-je eu l'occasion de le supplier de laisser la vie sauve à Elizabeth ?

Le silence tomba sur la scène quand son rire mourut.

— Nicolaï, dis-je, au bout d'un moment. Je ne vous connais pas très bien, mais je sais que vous n'êtes pas quelqu'un de mauvais. Écoutez-moi. Écoutez la raison une minute, d'accord.

Il me regarda en inclinant la tête sur le côté.

— Je suis effectivement un homme raisonnable.

— Thierry n'a pas tué Elizabeth.

Son expression s'assombrit pour s'accorder avec son regard hanté et, je m'en aperçus seulement, dément.

— Si.

Je secouai la tête et essayai de conserver une voix calme, qui ne trahirait pas ma panique.

— Il l'a mordue, ce que je n'essaie pas de justifier, mais elle a réussi à s'enfuir. Et elle a été attaquée par des chasseurs. Ce sont eux qui l'ont tuée. Ce sont eux qu'il faut blâmer.

Il m'observa un long moment.

— Et pourquoi s'enfuyait-elle ? demanda-t-il à mi-voix. Pourquoi mon Elizabeth courait-elle ?

Ma bouche devint sèche.

— À cause de moi, dit Thierry. Elle voulait m'échapper.

Nicolaï acquiesça.

— Alors, vous voyez, ma chère Sarah, c'est la seule preuve dont j'aie besoin. (Il reporta son attention sur Thierry.)

Tu acceptes donc la punition qu'il m'a fallu un siècle pour t'infliger ?

Thierry ne me regarda pas.

— Relâche Sarah d'abord.

Nicolaï sourit.

— Mais, Thierry, mon vieil ami, Sarah fait partie de ta punition.

Thierry ouvrit de grands yeux et il lutta contre les menottes, tandis que Janie se tenait comme une statue derrière lui.

— Sarah… cours !

Mais je n'eus pas la moindre chance. Plus vite que j'aie jamais vu personne se déplacer, qu'il s'agisse d'un humain ou d'un vampire, Nicolaï combla la distance entre nous et fut derrière moi, un bras passé autour de ma gorge. Je l'attrapai, me creusant la cervelle pour trouver un moyen de me défendre. En vain.

— Oui, siffla Nicolaï à mon oreille. Avant de te tuer, Thierry, je vais vider de son sang la femme que tu aimes. La dernière chose que tu verras, c'est la vie quitter son regard, sachant que tu ne peux rien faire pour la sauver.

Il approcha son visage de mon cou où les marques de morsure étaient encore visibles. Il tira sur le col de mon chemisier pour exposer ma gorge.

— Hé ! s'écria Janie. C'est le collier que je cherchais, non ? Autour de votre sale cou de vampire ? Merde alors !

Je ne fis pas attention à elle, car je venais de comprendre quelque chose.

— Nicolaï… vous êtes… responsable des attaques récentes en ville, n'est-ce pas ? Les meurtres. J'avais espéré que c'était faux. Qu'un vampire… qu'un vampire ne…

— … ne pourrait jamais tuer ainsi ? (Je le sentis sourire contre mon oreille.) Qu'il serait incapable de faire du mal à âme qui vive ? Vous pensez que nous sommes tous d'innocentes créatures injustement accusées de crimes monstrueux depuis des siècles ? Que les chasseurs ont tort de faire ce qu'ils font ? Après ce qui vous est arrivé l'autre nuit, j'aurais cru que votre opinion naïve avait changé. Que vos soupçons s'étaient peut-être tournés vers Thierry. Mais jamais, n'est-ce pas ? Pas une seconde.

Je réussis à secouer la tête.

— Thierry ne ferait jamais une chose pareille.

Il inspira profondément et écarta les cheveux de mon cou.

— Loyale jusqu'au bout. Comme mon Elizabeth.

Je luttai, mais il était aussi fort qu'il y paraissait. Il me tenait la tête de manière que je ne puisse pas le mordre.

— Pour votre information, Nic, votre Elizabeth était une traînée. Elle a essayé de séduire Thierry. Très loyal, ça. Je suppose que l'absence rend le cœur volage, qu'en dites-vous ?

— Taisez-vous.

Il resserra sa prise autour de ma gorge. Je ne pouvais plus respirer tant la pression qu'il exerçait était forte.

— C'est vrai, renchérit Thierry, les yeux scintillant comme des diamants sous les projecteurs. Et je n'étais pas le premier.

— Menteurs !

Janie fit passer son pieu dans son autre main et l'appuya contre le cou de Thierry pour l'empêcher de dire un mot de plus, mais son attention portait sur Nicolaï et moi.

— C'est vrai ? demanda-t-elle. Vous avez tué tous ces gens ?

Je sentis les lèvres de Nicolaï contre ma peau et je frémis.

— Un homme a ses appétits, et il doit les satisfaire. N'est-ce pas, Thierry ?

Elle fronça les sourcils.

— C'est un « oui » ? demanda-t-elle.

Il ricana.

— Oh, Janie. Vous êtes toujours si curieuse. C'est ce que j'aime chez vous. Oui. Je prends ce que je veux quand je le veux et je l'ai toujours fait. Des chasseurs, d'autres vampires, des humains innocents. Peu importe à qui appartient le sang dont je me délecte. Je n'ai pas à obéir aux règles humaines. Si davantage de vampires pensaient comme moi, nous n'aurions pas besoin d'avoir peur des chasseurs. Ils nous craindraient. Rappelle-toi cela, Thierry, durant les quelques instants qui te restent à vivre. Seuls les forts survivent.

— Nicolaï… non ! cria Thierry.

Je sentis une douleur cuisante quand Nicolaï planta ses crocs dans mon cou. Je ne pouvais pas bouger. Je ne pouvais pas penser. J'aurais dû lutter plus fort contre lui. J'aurais dû apprendre à me défendre. Je ne devrais pas suivre mon cœur, mais plutôt ma tête. Cela ne faisait que m'attirer des ennuis.

Je n'allais pas me sortir de celui-là. Et il ne restait personne pour m'aider. *Nous* aider.

Soudain, le corps de Nicolaï s'arc-bouta et je glapis quand il arracha ses crocs de mon cou. Je m'éloignai de lui en titubant. Il baissa les yeux, puis retira une fléchette de son épaule et regarda Janie.

Elle avait dégainé le pistolet à fléchettes d'ail.

— Désolée, Nicolaï. Mais vous n'avez pas joué franc-jeu.

— Et alors ? cracha-t-il. Vous la haïssez. Elle a tué votre frère.

Elle tressaillit.

— Je commence à comprendre qu'il n'y a pas de réponse facile, dans la vie. À aucune question, j'en ai peur. Et je suppose que je ne suis pas très heureuse d'avoir bossé pour un tueur en série. Je ne pouvais pas laisser passer ça. Pas même pour une petite vengeance.

— Du sens moral ? Chez une mercenaire ?

— En plus, elle a mon collier. (Elle haussa les épaules, puis elle le regarda en fronçant les sourcils.) Euh, vous ne devriez pas être inconscient, là ?

Il acquiesça.

— Il est bon que je ne me fie à personne. Y compris vous. J'ai pris un antidote à vos fléchettes avant de venir.

— Oh, merde.

Je balayai le sol du regard tout en portant la main à ma gorge. Tout était un peu flou. J'ignorais combien de sang il m'avait pris. Peut-être pas tant que cela, car ça n'avait pas duré très longtemps. Mais je m'étais déjà sentie mieux, c'était certain.

Une petite clé argentée brillait à quelques pas. La clé des menottes de Thierry. Janie avait dû la laisser tomber.

Je regardai Thierry. Son visage était empreint d'inquiétude pour moi. Il suivit mon regard, et il secoua la tête, mimant « Cours ! » avec ses lèvres.

— Janie, vous êtes une mauvaise fille. Je suis très déçu. On vous avait chaudement recommandée.

— Que puis-je dire ?

— Rien.

Il se rua sur elle, l'attrapa comme il l'avait fait avec moi, et lui mordit le cou. Elle hurla de surprise et de douleur, et elle le griffa frénétiquement. Mais il la tenait de telle manière qu'elle était désavantagée. Il avait déjà fait cela. C'était évident. Elle n'avait pas la moindre chance.

Je pouvais ramasser la clé. Je pouvais libérer Thierry et nous pouvions nous tirer de là avant que Nicolaï en ait fini avec Janie et commence à chercher un dessert.

Mais je ne pouvais pas faire cela.

J'écartai ma main de ma gorge et je rampai à travers la scène aussi vite que possible. J'attrapai le pistolet, visai et tirai.

Nicolaï s'arc-bouta de nouveau et s'écarta de Janie. Il baissa les yeux sur la fléchette que je lui avais tirée dans l'épaule avant de l'arracher et de la jeter.

— Ah oui ? dit-il avec incrédulité. N'avez-vous pas entendu, pour l'antidote ? Vraiment, je n'avais encore jamais rencontré une femme aussi stupide !

Je me remis debout sur mes jambes flageolantes et me débarrassai de l'arme.

— Très bien, connard, pour commencer, je ne suis pas si stupide. Compris ?

Il haussa un sourcil.

— Parce que, poursuivis-je, je n'essayais pas de vous rendre inconscient. Je voulais seulement vous distraire. Alors, qui est stupide, hein, crétin ?

Il pivota juste au moment où Janie lui plongeait son pieu en bois dans la poitrine et reculait, portant une main à son cou meurtri. Il la regarda avec stupeur.

— Ça veut sans doute dire que je ne serai jamais payée, dit-elle. Mais ce n'est pas un problème pour moi, si ça n'en est pas un pour vous.

Il ouvrit la bouche pour répondre, mais le reste de son corps était déjà trop occupé à se transformer en poussière pour qu'il émette un son.

— Dégoûtant.

Je m'écartai. Heureusement, je ne portais pas mes belles chaussures. J'aurais voulu me sentir mal au sujet de ce qui venait d'arriver, mais je découvris que je ne le pouvais pas.

Nicolaï était mort, et tout ce que j'éprouvais, c'était du soulagement.

Janie regarda un moment ce qui restait de Nicolaï, apparemment secouée par ce qui venait de se passer, puis elle nous tourna le dos.

— Où allez-vous ? demandai-je. Vous ne voulez pas le collier ?

Elle se retourna pour jeter un coup d'œil à la chaîne en or autour de mon cou.

— Pour vous dire la vérité, j'en ai assez de suivre des ordres. Je vais dire à mon patron que je n'ai pas pu l'avoir. Alors, je verrai bien ce qui arrivera.

— Qu'est-ce que c'est ? (Le métal était froid contre ma peau. Je songeai qu'il avait peut-être aidé Barkley à reprendre sa forme humaine.) Qu'est-ce qu'il est censé faire ?

— Aucune idée. Je récupère les objets, je n'écris pas leur mode d'emploi.

Je le remis sous mon chemisier.

— Vous ne m'avez pas laissé vous remercier de m'avoir sauvé la vie.

Elle haussa les épaules.

— Nous sommes quittes. Ça ne veut pas dire que nous devons nous embrasser, hein ?

Je fis « non » de la tête.

— Écoutez, dit-elle. Je ne suis pas d'accord avec ce qui est arrivé à mon frère. Je comprends qu'il était devenu un homme différent de celui dont je me souviens. Mais quand même. Ça fait mal. Alors, nous ne sommes pas amies.

— Je sais.

— Je m'en vais.

— Et Lenny ?

Elle sourit.

— Il devrait se dévouer à quelqu'un qui le mérite, mais j'ai bien peur qu'il soit coincé avec moi comme partenaire pour un bout de temps encore. Je le rattraperai.

— Amusez-vous bien avec ses poèmes.

— Oui, je ferai ça. Et dites à Quinn… (Elle marqua une pause, puis elle sourit avant de se retourner.) Dites-lui que je suis désolée de lui avoir botté les fesses.

— Je suis sûre qu'il appréciera. Et, au fait, Janie ?

Elle me regarda de nouveau.

— Oui ?

— Super chaussures.

Elle baissa les yeux sur ses pieds.

— Oui, je sais. Et le croirez-vous, elles étaient en solde !

— Sale chanceuse.

Elle haussa les épaules, puis elle sourit, un tout petit sourire, avant de disparaître dans l'ombre.

Chapitre 21

Je me tournai vers Thierry.

Il me regarda en secouant la tête.

Je haussai les épaules.

— Je n'ai pas droit à un merci pour t'avoir sauvé ?

— Ce que tu as fait était complètement stupide.

— Que veux-tu dire ?

— Cela aurait pu se terminer très différemment. Tu aurais pu mourir. Tu as de la chance.

Je touchai mon cou et tressaillis.

— Je suppose que oui. Je n'ai même pas consulté mon horoscope ce matin pour m'assurer que toutes mes étoiles étaient alignées ou quelque chose comme ça.

— Ne plaisante pas à ce sujet, Sarah. Nicolaï aurait pu te tuer. Et je n'aurais rien pu faire pour l'en empêcher. C'est à cause de moi qu'il ressentait cela.

Je secouai la tête.

— Nicolaï était fou. Tu comprends ? Et peu importe comment tu veux réécrire ce qui est arrivé à Elizabeth, tu n'as jamais été responsable de sa mort. Les chasseurs, oui. Fin de l'histoire.

Il inspira profondément.

— Tu es si innocente.

— Non, j'ai l'esprit pratique. Tu es accro à la culpabilité. Ça t'aide à avancer, comme moi autrefois la caféine. Mais tu dois oublier. C'est terminé. Définitivement. Nicolaï était le vrai meurtrier, et il n'a pas volé ce qui lui est arrivé. Et c'est tant mieux, ou nous n'aurions pas cette conversation sur la culpabilité et la caféine.

Il détourna les yeux.

— Il va falloir accepter d'être d'avis différents.

J'étudiai les menottes.

— Nous ne devrions pas traîner ici. Mieux vaut partir.

— Excellente idée.

— Tu vois, nous pouvons être d'accord, parfois. (Je marquai une pause.) Et puis, tu ne voudrais pas rater ton vol pour la France.

Son expression devint tendue.

— Non.

— J'ai vu les papiers sur ton bureau. Tu n'as pas besoin d'engager d'autres gardes du corps. Je me débrouillerai.

— Tu n'étais pas censée les voir.

Il était temps d'être brave et de faire bonne figure. Après tout ce qui s'était passé, c'était le moins que je puisse faire.

— Trop tard. Écoute, je veux que tu saches que ça me va. Quoi que tu décides de faire, même si c'est quitter le pays. J'espère seulement que ce n'est pas pour me fuir. J'ai déjà bien assez de complexes comme ça.

Il tira sur les menottes.

— Ce n'est pas seulement à cause de toi, Sarah. Maintenant, s'il te plaît, quittons cet endroit.

Je l'étudiai un moment. Il était attaché et il ne pouvait aller nulle part.

— Eh bien, n'est-ce pas intéressant ? Tu ne peux pas t'échapper, n'est-ce pas ?

Thierry cessa de s'agiter pour me regarder. Il haussa un sourcil.

— M'échapper ?

— Oui, chaque fois que nous commençons à parler de quelque chose qui te met mal à l'aise, tu tournes les talons et tu t'en vas.

— Je pars quand il n'y a plus rien à ajouter.

— Non, tu pars quand *tu* n'as plus rien à ajouter.

— C'est la même chose.

Je croisai les bras sur ma poitrine.

— Bien. C'est fini entre nous. Tu as été très clair un peu plus tôt. Mais puisque j'ai toute ton attention, il y a quelques petites choses que j'aimerais dire avant que tu t'envoles.

Il soupira.

— Sarah…

— S'il te plaît, Thierry. Je te demande juste de m'écouter, d'accord ?

Il serra les mâchoires.

— Très bien.

Je déglutis avec peine.

— Je suis allée voir Quinn ce soir. Je lui ai dit que tu pensais que nous devrions être ensemble. Je lui ai dit que s'il m'aidait à te sauver, nous pourrions l'être. Ensemble. Lui et moi.

L'expression de Thierry se durcit. Il hocha la tête.

— C'est la meilleure chose à faire.

Je serrai les poings.

— Non, c'est faux. Et tu sais pourquoi ? Parce que après tout ce qui s'est passé, après t'avoir connu ces quelques semaines, j'ai fait des découvertes à ton sujet. Pour commencer, tu es un pauvre type. Tu ne penses qu'à tes petites affaires. Tu es très secret. (Je touchai mon cou.) Et tu m'as mordue. Tu as failli me tuer. Il y a un monstre en toi, Thierry, et je n'en suis pas particulièrement fan.

Il hocha la tête et la détourna.

— Tu ne m'as pas touchée depuis notre retour du Mexique, poursuivis-je. Juste quelques baisers. J'ai essayé de me dire que c'était parce que tu étais occupé avec le nouveau club, mais ce n'était pas seulement ça, n'est-ce pas ? Tu m'as évitée volontairement. Tu espérais peut-être que je romprais la première ?

Il croisa mon regard.

— Peut-être.

— Tout le monde, absolument tout le monde, n'a cessé de me dire que toi et moi nous n'avions aucune chance. (Je m'approchai et m'accroupis près de lui.) Et voilà que tu romps avec moi. Tu me dis que tu quittes le pays. Et ça fait tellement mal. Même si je savais que ce n'était qu'une question de temps. Et quand tu m'as dit que je devrais courir derrière Quinn, l'homme qui, sur le papier, est parfait pour moi, qui m'a toujours mise sur un piédestal et qui me donne l'impression que j'existe et que j'ai mon rôle à tenir dans le grand ordre des choses, tu sais ce que ça m'a donné envie de faire ?

Il secoua la tête avec raideur.

— Tu es allée vers lui.

— Non. Ça m'a donné envie de hurler. Parce que tu es tellement stupide.

Il haussa les sourcils de surprise.

— « Stupide » ?

— Oui. Tu es trop stupide pour voir à quel point je t'aime. Même après avoir découvert ta face obscure, après avoir entendu l'opinion de tous à notre sujet, après… tout, tout ce que je désire, c'est être avec toi. Découvrir que tu es loin d'être parfait ne m'a pas fait t'aimer moins, mais bien plus encore. Et peut-être que ça fait de moi une idiote. Peut-être que je suis bête, mais je me fiche de ce que les autres pensent de moi. Tout ce qui m'intéresse, c'est ce que je pense, et ce que tu penses. (Je reniflai.) Et malheureusement, tu ne partages pas mes sentiments. Pas une seconde. J'ai bien compris. Mais je ne t'en aime pas moins. Si seulement c'était le cas, mais non.

— Sarah…

— Je sais que c'était juste une petite aventure pour toi. Je suis trop jeune, trop naïve, trop… comme Véronique me l'a fait remarquer… « pleine de fantaisie ». J'aurais préféré qu'elle ne choisisse pas une expression qui fasse tellement Walt Disney, mais c'est la vérité, je suppose. Je sais que je n'ai pas ma place dans ta vie. Et je… je m'en fiche. Rien de tout ça ne change la profondeur de mes sentiments. J'ai essayé d'écouter ceux qui me disaient qu'ils n'étaient pas réels. Et j'ai failli les croire. Mais ils avaient tort. Mon cœur ne me ferait pas si mal s'ils avaient raison. Cependant, je ne vais pas m'imposer dans ta vie si tu ne veux pas de moi. Et je sais que je ne suis pas… des tas de choses. Nicolaï vient de dire que je n'ai rien de spécial. Je le sais bien. Tu mérites bien plus que ce que je peux te donner.

Il déglutit.

— Tu es idiote, Sarah.

Je ris.

— Eh bien, merci de le confirmer.

— Tu as risqué ta vie pour venir me sauver, moi qui n'ai pas cessé de te faire souffrir ? Et tu me dis que tu m'aimes toujours ?

— Je sais. Je suis bizarre.

Il cligna des yeux.

— Tu es un cadeau que je ne mérite pas.

Je sentis une larme brûlante rouler sur ma joue.

— Quoi ?

— Tu as fini ton petit discours ?

J'acquiesçai.

— Parfait. Parce que maintenant, c'est à toi de m'écouter. (Il remua sur son siège, les mains toujours attachées dans le dos.) Tu es trop jeune, bien trop naïve, et plus pleine de fantaisie qu'une seule personne devrait l'être. C'est la vérité. Et ce soir, après tout ce que je t'ai dit, et ce que je ne t'ai pas dit, j'ai cru que je t'avais perdue pour toujours. Toi et Quinn… Je sais qu'il t'aime. Je sais que tu l'aimes. Je savais que c'était la bonne décision. Mais je n'étais pas préparé à sentir ma suggestion me transpercer le cœur à la pensée qu'il puisse être avec toi. Lui, et pas moi.

Il marqua une pause. Mon cœur battait follement dans ma poitrine.

— C'est mal. Toi et moi, poursuivit-il. Logiquement, je le sais. Mais je ne peux pas m'empêcher de souhaiter que les choses soient différentes. De vouloir te protéger du monde et de moi-même. Quand je t'ai mordue, j'ai pensé que tu reviendrais à la raison. Que tu verrais enfin le monstre tapi en moi et que j'essaie de te cacher en devenant toujours plus distant. Mais quand tu n'as pas semblé t'en soucier… Quand ton instinct de conservation a semblé t'abandonner chaque fois qu'il était question de moi, j'ai compris que j'allais devoir prendre des mesures cruelles pour assurer ta sécurité. Même si cela impliquait de te blesser.

Il cligna de nouveau des yeux.

— J'ai sous-estimé ta ténacité. Ton entêtement. Et entendre dire de la bouche de Nicolaï que tu étais prête à mettre ta vie en danger pour m'aider, que je le sache ou non… (Il déglutit.) Quand tu es restée, ouverte, aimante, en dépit de mes défauts, j'ai su qu'il n'y avait qu'une seule chose à faire. Je devais partir. Cela te ferait mal, une fois de plus, mais quand je serais loin, je pensais que tu t'épanouirais. Et pourtant, te voici. À risquer ta vie pour quelqu'un qui n'a pas cessé de te faire souffrir.

— Non, Thierry, ce n'est pas vrai.

— Sarah, je suis un homme secret. Je l'ai toujours été. Mais ta présence dans ma vie y a fait briller de la lumière.

— C'est une mauvaise chose ?

— Je le croyais. Mais je ne suis plus si sûr. Tu es tellement ouverte. Tu t'abandonnes si librement à ce qui pourrait te causer du chagrin. Je ne comprends pas. Je pensais pouvoir tout contrôler. Mais quand je t'ai vu dans les bras de Quinn, l'autre jour, j'ai laissé tomber le masque. Cela m'a rendu malade de jalousie. Et j'ai pris des décisions brutales. Et ce soir, cette jalousie m'a aveuglé, elle m'a poussé dans la nuit, et entre les mains de Janie.

— Elle est partie, maintenant.

— Personne ne m'avait encore jamais sauvé, tu sais cela ?

— Si, Véronique.

— Il y a très longtemps, et pour ses propres desseins. Et depuis qu'elle m'a arraché au bûcher où brûlaient les cadavres, une partie de moi a toujours souhaité qu'elle m'y ait laissé. Durant des siècles, j'ai souhaité que la mort m'emporte, qu'elle me laisse me reposer.

Je pinçai les lèvres, essayant de ne pas pleurer. Enfin, plutôt de ne pas sangloter comme un bébé, parce que pour le reste, il était déjà trop tard.

— Puis je t'ai rencontrée, dit-il, capturant mon regard. Dans mon heure la plus sombre. Quand je croyais que plus rien ne valait la peine de continuer à vivre. J'ai su que j'avais trouvé un ange venu me sauver.

— « Un ange » ?

— Pas littéralement, bien sûr. Tu es parfois bien loin d'être angélique, Sarah.

Je lui adressai un regard noir.

Un sourire joua sur ses lèvres.

— J'ai passé des siècles avec Véronique et appris à l'apprécier à ma façon, mais elle n'a jamais réussi à toucher mon cœur. En fait, j'avais commencé à douter d'en avoir un. Mais il a suffi de quelques jours avec toi… et tu m'as guéri. Tu m'as sauvé, encore et encore, sans jamais avoir la moindre idée de ce que tu faisais. Avec tes mots, avec tes caresses… Simplement en étant *toi*. Et je n'ai jamais eu aussi peur de ma vie. Car je sais qui je suis. Ce que je suis. Et la pensée de devenir proche de quelqu'un, après tout ce temps, a été trop difficile à affronter. Alors j'ai essayé de te repousser.

— Qu'est-ce que tu essaies de me dire, Thierry ?

— Ce que j'essaie de te dire, c'est… (Sa pomme d'Adam remua.) Je t'adore, Sarah. Chaque jour que tu passes dans ma vie. Malgré ma tête qui me dit de te repousser, de te sauver de toi-même, mon cœur ne peut pas s'empêcher d'être égoïste. Cette pensée me fait peur, à l'idée que je puisse te faire du mal, que quiconque puisse te faire du mal, mais je ne peux plus me taire. Je… je t'aime, Sarah. S'il te plaît, n'en doute jamais.

Eh ben merde…

— Tu m'aimes ? (Je clignai des yeux. Sous le choc.) Vraiment ?

— Tu sembles surprise.

— Eh bien, oui, je le suis. Oui, pas qu'un peu.

— Tu ne me croyais pas capable d'aimer ?

— En fait, non. Sans vouloir t'offenser.

Il remua sur sa chaise, un peu mal à l'aise de faire tant d'aveux.

—Je ne le suis pas. Alors, et maintenant… ?

Je jetai mes bras autour de son cou et l'interrompis d'un baiser, sans plus me soucier de mes larmes, qui étaient maintenant de joie. Thierry m'aimait. *Moi*. Comment diable était-ce arrivé ?

—Je t'aime aussi, murmurai-je à son oreille. Mais je suis certaine que tu le sais déjà, non ?

Je le lâchai, enfin, et me penchai en arrière. Ses yeux étaient sombres.

—Alors, tu me pardonnes ? demanda-t-il.

—Non. Mais je finirai par y arriver. Tu ne pars plus pour la France, n'est-ce pas ?

Il m'étudia un instant.

—Je suppose que tout voyage que j'ai pu prévoir peut attendre.

—Bonne réponse.

Il sourit.

—Je ne te serai pas très utile attaché à cette chaise, tu sais.

—Oh, je ne dirais pas ça. (Je l'embrassai encore et sentis sa réponse, ses lèvres s'ouvrant pour approfondir notre baiser. Au bout d'un moment, je m'écartai.) Aucun doute, je te laisse ces menottes ! Fais juste attention de ne pas trop te débattre, elles font un peu mal.

Il haussa un sourcil.

—En effet.

—Oui, en effet. (Je lui adressai un sourire éblouissant.) Alors, nous sommes ensemble. Tu ne vas pas redevenir froid et distant avec moi, hein ?

—Mais, je le fais si bien.

— Oui, c'est sûr. C'est un don.

— Si tu veux être avec moi, qui suis-je pour protester ?

— Et tu m'aimes.

Il sourit.

— Oui, je t'aime, Sarah Dearly.

— Alors tout est parfait.

Mon cœur se gonfla, prêt à exploser. Alors, je n'ajoutai rien, et me contentai de le serrer dans mes bras, ma bouche rencontrant la sienne pour un autre baiser qui ne laissa plus aucun doute. Je savais que rien ne pourrait gâcher cet instant. C'était parfait. Mon conte de fées devenu réalité.

Son téléphone sonna et je me penchai pour le prendre dans la poche de sa veste, le tenant de manière qu'il puisse voir l'écran.

Thierry haussa un sourcil.

— C'est ma femme.

Je grimaçai. Tout n'était peut-être pas si parfait, après tout.

— Ne réponds pas, dit-il.

— Je n'en avais pas l'intention.

Je vis des mouvements sur ma droite. George et Quinn venaient vers nous, boitillant un peu et se tenant la tête.

— Qu'est-ce qui s'est passé, bon sang ? demanda Quinn.

— Mon cerveau semble sur le point d'exploser, gémit George. Et pas en bien.

— Vous avez reçu une fléchette de jus d'ail, expliquai-je.

George renifla sa chemise.

— C'est donc pour ça que je sens comme une salade César.

— Janie, gronda Quinn. Où est cette salope ?

Je haussai les épaules.

— Partie.

Il serra les dents.

— Elle a du bol. Si je la retrouve, elle aura tout le temps de regretter ce qu'elle vient de faire.

— Alors, il y a eu de la bagarre ? demanda George.

— En quelque sorte, dis-je. Il semble que Gideon n'était pas si intéressé par moi, après tout. C'était un coup de Nicolaï. Il était fou. Il voulait me tuer sous les yeux de Thierry.

— Gideon Chase est toujours intéressé, corrigea Quinn. J'en suis sûr. Il est dangereux.

— Ce n'est pas un scoop.

— Où est Nicolaï ? poursuivit Quinn.

Je montrai la tache d'un mouvement de la tête.

— Il a quitté la scène côté jardin. Définitivement.

Quinn nous regarda, Thierry et moi.

— Et vous deux, vous êtes… ?

J'acquiesçai.

Il détourna les yeux.

— Bien. Alors, je suppose qu'il est inutile de rester ici. (Il se pencha et ramassa la clé que Janie avait laissée.) Je pense que ça vous appartient ?

Je la pris et m'appliquai à défaire les menottes de Thierry, qui finirent par s'ouvrir.

Puis je regardai ma montre.

— Vous savez, je crois que la fête n'est pas encore finie.

— Partons immédiatement, dit George. J'aimerais bien du gâteau. À moins qu'il y ait autre chose à faire pour ton service, Sarah, un truc qui pourrait nous faire tuer ?

Je secouai la tête.

— Non, ce sera tout pour aujourd'hui.

— Alléluia !

Quand nous regagnâmes le *Refuge*, personne ne s'était aperçu de notre absence. Ce qui était parfait, et en même temps j'en fus un peu déçue, car cela signifiait que nous n'étions pas indispensables à la fête. Nous décidâmes de ne rien dire de ce qui s'était passé durant les dernières heures... du moins pas tout de suite.

Thierry avait bel et bien vendu le club. Il ne pouvait pas revenir en arrière. Mais cela n'avait pas d'importance. Il pourrait faire quelque chose de différent. *Nous* pourrions faire quelque chose de différent. Ou rien du tout. Aucune importance, du moment que nous étions ensemble.

Et pour bien commencer, j'emménagerais avec lui. George m'avait fait comprendre de manière sans équivoque que même s'il appréciait ma compagnie, nous ne pouvions pas vivre sous le même toit pour toujours. Alors j'avais décidé de m'installer chez Thierry. Il ne le savait pas encore, mais ça n'allait pas lui poser problème, si ? Inutile de répondre !

J'offris la chaîne en or à Amy pour son anniversaire. Elle y jeta un coup d'œil, me remercia et la fourra dans sa poche au lieu de la mettre à son cou. Il faut dire qu'elle était très moche, et qu'Amy était plus du genre à porter du platine. J'étais sûre que, quoi que cette chaîne puisse être, elle serait en sécurité bien au fond de la boîte à bijoux de ma meilleure amie, qui ne la porterait jamais. J'en refilais la responsabilité à quelqu'un d'autre ? Peut-être. Mais en cas de besoin, je saurais où la trouver, même si je n'imaginais pas que cela puisse arriver.

Quinn sembla accepter que Thierry et moi soyons ensemble. Je ne crois pas qu'il aimait cela, mais il paraissait en paix avec cette idée. Je le présentai à Barkley le loup-garou au cours de la soirée, et ils s'entendirent aussitôt comme larrons en foire. Puisque Quinn avait envie de quitter le pays (peut-être pour s'éloigner de moi, imaginez ça !), il se porta volontaire pour conduire Barkley, qui avait une peur panique des avions, en Arizona, pour qu'il retrouve sa meute. Ils paieraient l'essence à tour de rôle. Ils allaient me manquer. Tous les deux. Même si sortir Barkley à 3 heures du matin n'avait jamais été une partie de plaisir. Et Quinn ne serait plus si prompt à tout dramatiser.

Je me demandais si ce Gideon Chase, dont j'avais tellement entendu parler, était vraiment intéressé par moi. La vérité sur mes prétendus exploits ne tarderait pas à arriver jusqu'à lui, n'est-ce pas ? Alors, il trouverait une autre obsession. Du moins l'espérais-je. Il ne semblait pas être le genre d'homme que j'avais envie de rencontrer face à face. Cette seule pensée suffirait à me tenir éveillée la nuit, à force d'inquiétude. Et j'avais déjà bien assez de problèmes.

Par exemple, la réunion des anciens élèves de mon lycée devait bientôt avoir lieu, et Thierry insistait pour que j'abandonne mon ancienne vie. Mais je me demandais s'il verrait un inconvénient à ce que je m'y rende, juste pour parler du bon vieux temps. Peut-être pourrait-il même m'accompagner ? J'en profiterais pour le présenter à mes parents comme mon petit ami vampire de six cents ans, qui se transformait en monstre quand il buvait une goutte de sang. Je leur dirais aussi que j'étais raide dingue de lui. Oh, et que, au fait, j'étais une vampire, moi aussi.

Ils seraient heureux pour moi, n'est-ce pas ?

Le temps me le dirait.

Mais j'affronterais tout cela après la fête.

Thierry vint vers moi et glissa un bras autour de ma taille pour m'attirer contre lui. Il ne portait toujours pas de petit chapeau pointu. Et bizarrement, il n'était pas très fan de musique.

— Tu sais, Sarah, dit-il, nous avons encore de nombreux problèmes à régler. La vie d'un vampire n'est pas facile, et elle semble même devenir plus difficile chaque jour.

Je plaçai une main sur sa poitrine et sentis son cœur battre aussi vite que le mien.

— Ah, tu sais parler aux femmes ! Nous ferons face aux problèmes l'un après l'autre. Ensemble. (Je me mis sur la pointe des pieds pour l'embrasser, et il me rendit mon baiser avec une passion qui m'enflamma les sens.) Mais tu crois que nous pourrions attendre demain pour y penser ?

Il me fit un grand sourire qui dévoila ses crocs.

— Oui, Sarah. Demain.

Cela sonnait comme une promesse.

EN AVANT-PREMIÈRE

Découvrez un extrait de la suite des aventures
de Sarah Dearly

À CRAN
(version non corrigée)

Traduit de l'anglais (États-Unis) par Anne-Virginie Tarall

Chapitre premier

Ça ne le regardait pas, mais cela ne l'avait encore jamais arrêté.

Caché dans l'ombre, Quinn observait les deux chasseurs qui se déplaçaient sur le parking du restaurant en bordure de route, jusqu'à ce qu'ils aient acculé leurs proies. Sa première impulsion fut de tourner les talons et retourner à sa voiture. Mais il ne pouvait s'y résoudre.

Il approcha silencieusement par-derrière.

— Vous avez besoin d'aide ? demanda-t-il.

Les deux hommes se tournèrent vers lui. Le premier était grand, avec des avant-bras épais et une barbe naissante qui semblait davantage due à la paresse qu'à une recherche de style. L'autre était plus jeune, plus mince, avec des lunettes rondes qui lui faisaient des yeux deux fois plus grands que la normale. À première vue, ce duo était complètement improbable.

— Dégage, répondit le premier.

Quinn haussa les épaules.

— J'ai compris. Aucun problème.

Il fit demi-tour.

Pars, se dit-il. *Tu as des choses bien plus importantes à faire.*

Puis il regarda les deux vampires qui s'étaient laissés prendre sur le parking du *Burger King*, près des poubelles. Un homme et une femme, qui devaient avoir entre vingt et deux cents ans selon Quinn. C'était le genre de chose qu'on ne pouvait tout simplement pas évaluer avec certitude.

— Pitié, aidez-nous, dit la fille.

Elle était mignonne. Petite et blonde. On aurait dit une étudiante surprise au cours d'un rendez-vous avec son petit ami. Ce dernier, cheveux bruns et yeux écarquillés, tentait de lui faire un rempart de son corps. Il était presque impossible de voir ses crocs, à moins d'y regarder de très près.

Quinn éclata de rire.

— Aider un vampire ? Pourquoi voudrais-je faire un truc aussi dingue ?

— Hé…, dit le plus jeune des chasseurs, faisant passer son pieu dans son autre main. Je te connais, non ? T'es le fils de Roger Quinn, Michael. Oui, on s'est rencontrés il y a deux ans. On a fait flamber un nid de vampires à St. Louis.

Quinn essaya de discerner le visage derrière les verres démesurés. Il ne lui sembla pas familier. Mais à St. Louis, il avait été saoul la majorité du temps. Un mois et demi en enfer. La bière l'avait aidé à tenir le coup.

— Oui. Content de te revoir.

— Moi aussi, mec. (Il se gratta la jambe d'un geste absent avec son pieu, et le vampire lorgna l'arme terriblement pointue avec terreur tandis que le chasseur se tournait vers son partenaire.) Quinn est l'un des meilleurs chasseurs que j'aie rencontrés. Il a du flair pour repérer les vampires. Il peut les sentir, où qu'ils se cachent.

Quinn agita la main.

— Tu dis ça pour me flatter.

— Je m'appelle Joe, tu te souviens ? Lui, c'est mon copain Stuart. Écoute, tu peux peut-être nous aider, après tout. C'est nos premiers de la soirée. Ils devaient attendre que leurs victimes sortent du *fast-food*. (Il piqua le vampire à la poitrine, et il plissa ses yeux agrandis par les lunettes.) Pas vrai, vampire ? Vous aviez envie d'un casse-dalle, hein, tarés suceurs de sang ?

— Allez au diable, répondit le vampire.

Il avait serré les dents pour se donner l'air brave. Mais il était loin du compte.

— Vous connaissez les vampires. (Quinn coula un regard vers le restaurant ; une voiture quittait le *drive-in*.) Ils sont pourris jusqu'à la moelle.

— Vous vivez dans le coin ?

Il secoua la tête.

— Non, je suis juste de passage. Je me suis arrêté pour manger un morceau.

— Hé, dit le chasseur costaud, fronçant les sourcils. Vous êtes Michael *Quinn* ?

— Oui.

— Pitié, dit la fille. Nous ne sommes pas mauvais. Nous voulions juste manger.

— C'est ça, gronda Stuart. Planter vos dents dans des personnes innocentes !

— Non, j'ai pris des frites.

L'autre s'humecta les lèvres.

— Laissez-nous tranquilles.

— Tarés de suceurs de sang ! cracha Stuart. Les vampires ne mangent pas de nourriture solide.

— Certains d'entre nous, si.

La voix de la femelle tremblait.

— Fermez-la. (Stuart se tourna de nouveau vers Quinn.) Je crois avoir entendu dire quelque chose à votre sujet, récemment. Je me demande ce que c'était…

Quinn croisa les bras sur la poitrine, essayant de ne pas tenir compte du regard implorant de la blonde.

— Ah oui ? Un truc important ?

— Je crois. Mais qu'est-ce que c'était ?

Il se gratta le menton.

— Eh bien, sans doute que j'ai pris ma retraite, commença Quinn.

Stuart hocha la tête.

— Ouais, ça devait être ça. Mais il y avait autre chose. (Il fronça les sourcils puis leva vivement les yeux.) Attendez une minute. Je m'en souviens maintenant. Vous... vous êtes...

Quinn lui flanqua son poing en pleine figure.

— Un taré de suceur de sang ?

Le chasseur hurla et se couvrit le nez, qui pissait le sang.

Joe se raidit et leva son pieu. Quinn pivota et lui mit un coup de pied dans l'estomac. Le chasseur percuta la poubelle et se cogna la tête. Il glissa sur le sol, assommé. Le pieu suivit le même chemin.

Stuart releva la tête, se tenant toujours le visage.

Quinn lui montra les crocs.

— J'ai perdu de nombreux amis, ces derniers temps. Pour une raison que j'ignore, ils ne me parlent plus.

Les vampires s'étaient serrés l'un contre l'autre, pétrifiés.

Stuart passa à l'attaque. Quinn attrapa son pieu, le lui arracha et fit passer le chasseur par-dessus sa hanche.

Puis il s'accroupit au-dessus de lui pour lui appuyer l'objet pointu contre la gorge.

— Comme je le disais, je ne fais que passer. Je te conseille de faire la même chose.

Le chasseur émit un gargouillis.

— Ça fait mal, hein ? J'ai changé d'avis, concernant la chasse aux vampires. Je te laisse deviner pourquoi.

— Ne me tuez pas ! supplia-t-il.

Quinn éloigna le pieu.

— La prochaine fois que tu sors chasser, rappelle-toi qu'un taré de suceur de sang t'a laissé la vie sauve. Compris ?

Le chasseur hocha la tête, touchant son cou d'une main tremblante. Il y avait de la peur dans son regard.

— Maintenant, emmène ton petit copain, et fichez le camp d'ici.

Joe revenait à lui. Stuart l'attrapa par la chemise, et ils s'éloignèrent en titubant. Vite.

Très vite.

Quinn les regarda partir.

Des amateurs. Il pouvait les repérer à des kilomètres.

— Merde, Quinn, dit une voix sur sa droite. Je croyais que tu devais m'attendre dans la voiture ?

Il se retourna. Matthew Barkley venait de sortir du *fast-food* chargé d'un gros sac. Quinn inspira, et son odorat sensible de vampire lui apprit qu'il contenait deux énormes hamburgers au fromage et une grande frite. L'odeur de la nourriture solide lui donna un peu la nausée. Certains vampires, comme le couple qu'il avait sauvé, pouvaient manger normalement. Malheureusement, lui-même ne faisait pas partie des chanceux.

— Il fallait que je me dégourdisse les jambes.

— C'étaient des chasseurs ?

— Des aspirants.

— Tu leur as cassé la gueule ?

Quinn haussa les épaules.

— Super, approuva Barkley. C'est bon de voir que tu n'es pas un grand fan de tes anciens copains. Je suppose que c'est logique.

Les vampires s'avancèrent.

— Merci de nous avoir sauvés ! dit la blonde. Nous ne savions pas quoi faire. Comment pouvons-nous vous remercier ?

Quinn ne les regarda pas.

— Vous pouvez commencer par rester loin de moi.

— Mais nous…

— Partez, gronda Quinn.

Ils se regardèrent, puis tournèrent les talons et s'enfuirent dans la direction opposée à celle prise par les chasseurs.

Barkley avait mordu dans un des hamburgers. Il mâcha d'un air pensif et avala avant de dire :

— Et tu n'aimes pas non plus les vampires. Ce qui n'est pas logique du tout. Tu n'as rien contre les loups-garous, hein ?

— T'inquiète pas, je ne vais pas te chasser.

— C'est bon à savoir. Tu es prêt à partir ? On a encore trois cent cinquante kilomètres à faire avant de prendre du repos.

Le cœur de Quinn battait la chamade. Pour être honnête, il se sentait un peu malade. Il avait froid et il transpirait.

— Dans une minute. Je te rejoins.

— Je t'attends dans la voiture, où j'ai bien l'intention d'engloutir toute cette nourriture.

Quinn gagna les toilettes du restaurant et s'aspergea le visage à l'eau froide. Il s'agrippa au bord du lavabo jusqu'à ce que ses articulations blanchissent.

Tiens bon, pensa-t-il.

Seigneur. Cela faisait deux mois qu'il était vampire, et cela ne devenait pas plus facile. Quand est-ce que ça le deviendrait ?

Bientôt. Très bientôt.

Il toucha sa poche et le contour rassurant de la lettre, et il sentit aussitôt son cœur se calmer et revenir à un rythme normal pour un jeune vampire de trente ans. C'était la seule chose parmi les possessions de son père qu'il avait voulu garder.

Cette lettre l'aiderait à trouver les réponses à ses questions.

Résoudre ses problèmes.

Il devait être patient. Juste encore un peu.

Pour autant qu'il sache, nul être vivant ne savait. Pas âme qui vive. Son père avait passé une grande partie de sa vie, celle qu'il n'avait pas consacrée à la chasse aux vampires, à chercher l'*Œil*. Quinn croyait savoir pourquoi son père n'avait pas pu le trouver. Le timing était mauvais.

Mais plus maintenant. Et l'Œil serait bientôt à Quinn.

Puis tout ceci n'aurait plus d'importance. Il pourrait se sortir du pétrin dans lequel il s'était fourré une bonne fois pour toutes.

Il leva les yeux vers le miroir, qui ne reflétait rien d'autre que les boxes derrière lui. Quand il montra les dents, il ne vit pas ses crocs, pourtant il savait qu'ils étaient là.

D'un coup de poing, il brisa la glace.

La porte s'ouvrit, et un gamin portant l'uniforme *Burger King* passa la tête dans l'ouverture.

— Tout va bien, monsieur ?

Quinn gronda.

Le garçon lui adressa un sourire pas très rassuré tout en évaluant les dégâts.

— Aucune importance, dit-il, et il s'en alla.

Quinn inspira profondément et ferma ses yeux las.

Encore un tout petit peu et il ne serait plus un monstre.

Janie Parker allait mourir.

L'accepter, pensa-t-elle, *c'est déjà faire la moitié du chemin*.

Et boire trois vodkas martinis avant que cela arrive, cela aidait. Un peu.

— Il va vous recevoir, annonça la voix.

Elle hocha la tête. Bien. Que le spectacle commence.

Elle se leva du canapé de la salle d'attente et longea le couloir jusqu'au bureau de son patron. Les murs étaient couverts de photos d'autres employés. À gauche, il y avait les stars, ceux qui n'avaient jamais raté un seul boulot. Pour eux, rien n'était trop beau. Ils avaient tout ce qu'ils voulaient : l'argent, le pouvoir et l'influence.

Enfin, tout ce qu'ils voulaient, sauf la possibilité de prendre leur retraite.

À droite, il y avait les employés qui avaient raté une mission.

Ils n'avaient pas eu besoin de démissionner.

Ils avaient eu un rendez-vous avec le Boss, comme celui qu'elle était sur le point d'avoir. Et leur photo avait été déplacée d'un côté à l'autre du couloir, pour servir d'exemple.

Elle avait toujours su qu'un boulot dont le contrat d'embauche stipulait les « options d'enterrement » devait avoir des problèmes de gestion des ressources humaines.

Janie avait déjà rencontré le Boss deux fois. La première, c'était quand elle s'était fait piéger par son ex-petit ami, qui lui avait fait prendre sa place au sein de la Compagnie ; nom sous lequel l'organisation était connue de ceux qui étaient assez infortunés pour savoir qu'elle existait. Il avait réussi son coup parce qu'elle s'était imaginée être amoureuse de ce crétin avec une belle gueule. Il avait été si convaincant et si charmeur qu'elle avait signé sur les pointillés avec le sourire. Enfin, son sourire s'était mué en grimace quand elle avait compris qu'elle devait le faire avec son sang. Mais quand même. L'ordure avait promis qu'ils travailleraient ensemble. Menteur. Il s'était tiré une nuit, et elle ne l'avait jamais revu. Il avait réussi à battre le système.

Aujourd'hui, c'était elle le système.

La deuxième fois qu'elle avait vu le Boss, c'était un peu plus d'un an auparavant, quand son ancienne partenaire avait fait capoter une mission et voulu lui faire porter le chapeau. On les avait convoquées toutes les deux, et le Boss avait calmement écouté leurs explications avant de décapiter sa partenaire sous ses yeux, proprement et efficacement.

Janie déglutit. Elle avait bien aimé son ancienne partenaire. Elle lui avait fait confiance comme à nul autre depuis des années. Cela prouvait seulement à quel point les gens changeaient lorsqu'ils devaient affronter leurs propres échecs. Sans parler d'avoir la tête coupée.

Janie ne faisait plus confiance à personne.

Depuis cet incident malheureux, elle s'était montrée une employée modèle. Elle avait fait ce qu'on lui demandait. Quand on le lui demandait. Où qu'elle doive aller. Elle serrait les dents quand la mission était déplaisante, et puisque c'était le cas de la plupart, ses dents seraient sans doute usées jusqu'à la gencive très bientôt. Mais l'image du départ prématuré de son ex-partenaire continuait à la hanter. Il valait mieux ne pas chercher le Boss. Ni le laisser tomber.

Or, c'était justement ce qu'elle avait fait.

Elle venait de laisser sa mission lui filer entre les doigts. Il s'agissait de récupérer un bijou magique à Toronto. Un collier. Elle ignorait ce que c'était et quel était son pouvoir. Tout ce qu'elle savait, c'était que le Boss le voulait.

Elle avait échoué. Et en fait, de son plein gré. Elle savait que ce job n'avait qu'une seule porte de sortie, et elle n'allait pas tarder à l'ouvrir.

Mais maintenant que le moment était arrivé, elle tremblait dans ses bottes Prada flambant neuves.

Oui, elle pouvait fuir. Ou du moins essayer. Mais à quoi bon ? Le Boss avait des voyantes à sa solde, et elles pouvaient retrouver n'importe quel employé, où que celui-ci essaie de se cacher. Fuir ne ferait que repousser l'inévitable.

Elle voulait en finir.

— Entrez, gronda le Boss à travers la porte entrebâillée.

Janie obéit. Deux hommes se tenaient de part et d'autre de l'entrée. C'était les assistants personnels du Boss. Ils avaient l'air d'hommes normaux, mais ils ne l'étaient pas. Ils étaient sous le coup d'un sort qui faisait d'eux ses esclaves, incapables de résister à son autorité. D'un autre côté, ils avaient une super prime de Noël, alors elle se disait qu'ils n'y perdaient pas vraiment au change.

Elle s'efforça d'afficher son plus beau sourire.

— Salut, patron. C'est bon de vous revoir. Vous avez une mine superbe.

C'était faux, mais Janie était une excellente menteuse. Le Boss était un homme petit, chétif, à l'aspect fragile, avec des joues creuses. Il lui rappelait M. Burns, le patron d'Homer dans les *Simpsons*. En plus méchant. En plus vieux. Et en bien moins jaune.

— Gardez vos compliments pour votre prochaine vie, Parker, répondit-il.

— Écoutez, Boss, je peux tout vous expliquer.

Il agita sa main osseuse.

— Gardez aussi vos explications. Approchez.

Janie déglutit, puis elle ordonna à ses pieds de recommencer à avancer. Elle le voulait. Cela ne durerait qu'une seconde, espérait-elle. Après, elle serait morte, et elle serait libérée de cette horrible vie solitaire et décevante une bonne fois pour toutes. C'était la meilleure décision. Un suicide par procuration.

Ses nouvelles chaussures lui manqueraient, mais c'était bien tout.

Il lui sembla qu'il lui avait fallu deux heures pour atteindre le bureau.

— Je suis navrée, s'entendit-elle glapir, et elle se flagella mentalement.

Boucle-la !

Il l'étudia de ses yeux gris pâle larmoyants. Il glissa sa main osseuse dans le tiroir sur la droite de son monstrueux bureau noir comme une nuit sans lune.

Que cherchait-il ? Une arme ? Un couteau ? Une fiole d'acide ? Un bocal de piranhas ?

Elle ferma les yeux et se prépara à l'impact.

Il ne se passa rien.

— Regardez ça, dit le Boss.

Janie ouvrit un œil avec précaution, puis l'autre, et elle les baissa. Il s'agissait d'un dessin en couleur très détaillé représentant une petite sphère en cristal, qui disparaissait presque entièrement dans une toile de filigranes d'argent, montée sur une grosse baguette dorée enchâssée d'un rubis.

Elle se força de nouveau à sourire.

— On veut se déguiser en Harry Potter au prochain Halloween ? Parce qu'on est seulement en février, mais d'après moi, c'est aussi bien de prévoir longtemps à l'avance. Vous serez adorable.

Il tapota le dessin.

— Je le veux. Et je veux que vous alliez me le chercher.

— Vous voulez que je... (Elle marqua une pause.) Mais je croyais être ici pour...

Il secoua sa tête ridée.

— Vous me décevez beaucoup, Parker. Vous êtes un terrible gâchis d'espace. Mais je veux bien vous donner une dernière chance. Rapportez-moi l'Œil, et tout sera pardonné.

— Après un discours si valorisant, comment pourrais-je refuser ? (Elle prit le croquis et le regarda de plus près.) Pourquoi l'appelle-t-on l'Œil ?

Un sourire froid étira les lèvres du Boss.

— Vous n'avez pas besoin d'en savoir davantage que ce que je voudrai bien vous révéler pour le trouver. Quelqu'un sait où il se trouve. L'une de mes voyantes l'a vu ce matin. Un vampire, qui veut utiliser le pouvoir de l'Œil à ses propres fins. Suivez le vampire, et vous trouverez l'Œil. Obtenez-le par n'importe quel moyen et venez me l'apporter. C'est tout ce que je veux.

— Ça paraît simple. Et si le vampire me crée des problèmes ?

— Tuez-le.

Janie inspira profondément et expira avec lenteur.

— Il est mauvais ?

— C'est important ?

Elle hésita.

Ne gâche pas tout, idiote.

— Bien sûr que non.

— Alors, il n'y a aucun problème. (Il se renfonça dans son énorme fauteuil en cuir noir, le regard rivé sur Janie, ce qui la mit mal à l'aise.) Le vampire roule avec un ami, un loup-garou, vers l'Arizona. (Il poussa un bout de papier vers elle.) La voyante affirme qu'ils seront à cet endroit demain à midi.

Elle le ramassa, puis elle le fourra dans sa poche avec le dessin.

— Je suppose que je ferais bien de me mettre en route.

Elle se retourna pour sortir.

— Parker.

Elle se figea, puis elle pivota sur les talons pour de nouveau faire face à l'homme qui tenait le rôle principal dans la plupart de ses cauchemars.

— Oui, monsieur ?

— Au cas où vous songeriez à échouer de nouveau, sachez que cela me déplairait énormément.

— Je comprends.

— Vraiment ? (Il glissa de nouveau la main dans le tiroir de son bureau et en tira une photographie, qu'il plaça devant lui.) Votre vie ne vaut peut-être pas grand-chose à vos yeux, mais si vous me décevez encore, j'ai prévu une autre punition.

Elle s'approcha du bureau pour jeter un coup d'œil au cliché d'une jolie rousse, et son cœur faillit s'arrêter. C'était sa sœur cadette, Angela, qui avait disparu cinq ans auparavant, juste après son dix-huitième anniversaire. Janie n'avait eu de cesse de la chercher pendant plus de un an, mais n'avait trouvé aucun indice qui lui aurait permis de la retrouver. Après cela, elle s'était convaincue qu'Angela était morte, comme le reste de sa famille l'avait fait.

Elle leva les yeux pour croiser le regard maléfique de son patron.

— Où est-elle ?

Il écarta les mains.

— Rapportez-moi l'Œil et nous en rediscuterons. Échouez, et elle subira votre punition. Et je vous promets d'être sans pitié. Me comprenez-vous ?

Janie lutta pour refouler les larmes brûlantes qui menaçaient d'échapper à son contrôle. Merde. Elle n'avait pas pleuré depuis des années. Elle pinça les lèvres et acquiesça, juste un bref hochement de tête, pour satisfaire le salaud en face d'elle.

— Je comprends.

— Vendredi, à minuit au plus tard, ou vous regarderez votre sœur mourir.

Janie s'empara de la photo et la mit dans sa poche, puis elle passa en vitesse entre les deux esclaves inexpressifs et quitta le bureau, claquant la porte derrière elle. Elle se retourna et s'adossa au mur, essayant de rester calme. Se saisissant de son collier, elle le tordit. Oh, elle essayait de jouer les dures, mais elle portait toujours un souvenir de ce qu'elle avait perdu. Angela et elle avaient acheté le même collier fait d'une fibre naturelle, avec une grosse turquoise ovale, des années plus tôt, au cours de vacances familiales au Mexique. À l'époque, leur famille était unie et si heureuse. Le collier n'était pas à la mode, et il n'allait pas avec la majorité de sa garde-robe, mais elle ne l'aurait pas échangé contre de l'or et des diamants. Elle ne le retirait jamais.

Sa petite sœur était vivante. Cette idée l'emplissait d'excitation et de terreur, à tel point qu'elle se sentait prête à exploser. Ses parents étaient morts quand elle était adolescente. Son frère l'avait abandonnée pour devenir chasseur de vampires, et s'était fait tuer deux mois auparavant. Elle s'était crue seule au monde. Elle avait ressenti cette solitude. Peut-être était-ce pour cela qu'elle s'était accrochée au loser qui l'avait enchaînée à la Compagnie : elle éprouvait ce besoin irrépressible d'appartenir à quelqu'un.

La punition en cas d'échec serait immense, mais sa récompense, si elle réussissait, serait encore plus grande. Et comment pourrait-elle ne pas remplir cette mission ? C'était une simple récupération. Elle faisait partie des meilleurs. Elle allait passer prendre son partenaire actuel, Lenny, et ils iraient en Arizona.

Elle tuerait une centaine de vilains vampires pour avoir l'occasion de découvrir où était sa sœur.

Un petit vampire ne poserait aucun problème.

CPI
AUBIN IMPRIMEUR

IMPRIM'VERT
Votre imprimeur agit pour l'environnement

Achevé d'imprimer en octobre 2010
N° d'impression L 74068
Dépôt légal, novembre 2010
Imprimé en France
81120396-1